混亂 04

凌舞水袖 × lemonlait

創世紀

Love story
其實是一把辛酸淚

87．要結婚的準新娘

「蜜桃，這麼難得，想到要回這族裡看看？」族裡負責發任務的俊美壯男正扛著木頭搭新棚子，見雲千千發動魅影亂入餐廳，於是詫異的招呼了一聲。

全修羅族就只有九夜和雲千千兩個玩家，在一群NPC的中間，這獨一無二的兩個人自然顯得稀罕了那麼一點兒。大家倒是很樂意和他們交流，可惜人家老沒空，尤其是雲千千……九夜偶爾還會回來學學新技能，這爛水果可就完全不同了，一副打算憑著一單一群兩招雷法吃遍天下的架式，出了族落之後就是黃鶴一去不復返，連訊息都沒捎回來過的……

「嗯哪！隨便逛逛！」雲千千腳步不停，如鬼魅般飄忽的竄到餐廳裡的肉食櫃前，捲走烤肉若干，再「刺溜」一聲竄出，一整套竊食動作如行雲流水般，不知道是練過了多少遍的熟練。

俊美壯男把肩上的木頭放到地上，直起身子對雲千千鄙視的比了個中指。香蕉的！族裡的魅影技能是多麼稀罕的絕學啊，可是一落到這爛水果的手裡，也就是個偷雞摸狗、腳底抹油的猥瑣技能，看了就踏

馬的讓人生氣。

「帥哥啊，族裡有啥任務嗎？」雲千千早不介意族裡人在看到自己時，那臉上經常出現的鄙視、失望、悲憤、懊惱、沮喪等等表情了，逕自啃著肉，笑呵呵的問道。

「要任務？」俊美壯男瞥了她一眼，指指地上的一堆木頭和旁邊的半成品木棚，「那來幫我搭棚子吧！按進度給獎勵。」

「好的！」雲千千再啃幾口，把其他肉往空間袋裡一丟，捲捲袖子上前開工，邊幹邊順口問：「我們修羅族也打算開展養殖業了？您打算餵豬還是養牛啊？前面部分倒是修得不錯，這棚子看起來應該夠結實！」

「……這是我打算修來當結婚新房的。」俊美壯男面無表情的說。

雲千千聞言，瞬間僵滯數秒，半晌後回過神，接著立即更賣力的幹起活來，口中若無其事的糾正改口道：「這房子真不錯，看這建材，原木的！看這裝修，田園風！看這面積……呃，看這地段，修羅族黃金位置啊！」

好不容易絞盡腦汁揪出幾點來誇完，雲千千轉過頭去就是一陣狂抹汗，她頭一次覺得拍馬屁也能讓自己這麼不舒服。

俊美壯男「切」了聲，根本沒打算和雲千千拌嘴。他早知道這爛水果是個什麼性格，別看嘴上一套一套的說得好聽，其實有用的內容一點兒也沒有，就連真實性也是有待討論的……基本上這女孩說話的時候，當她是在放屁就行，根本不用搭理……

「對了，帥哥你要結婚了啊？」雲千千邊幹著活，邊想起了另外一個重要的問題。

NPC結婚!?她倒是真的很少聽說。

一般遊戲裡NPC的戶口狀態和家庭成分都是固定了的，沒結婚的NPC們守寡的守寡，打光棍的打光棍，急得抓心撓肺X火焚身，人家系統就是死活不讓人登記辦手續。結了婚的則是恰恰相反，別管家庭多麼不合，黃臉婆那張臉看得多麼疲憊，還是得永無休止的繼續湊合下去，讓人想想就有種人生無望的絕境末路之感……

於是這個俊美壯男說他要結婚，想當然的雲千千肯定會覺得詫異。

俊美壯男邊搭棚……房子，邊看了雲千千一眼：「新娘身分不簡單，妳別想著搗亂啊！」

「……」本來沒那心思，被他這麼一說，她還真想搗亂了……

搭完棚子，雲千千百無聊賴的在修羅族裡到處亂逛，順便打量過往族人，準備抓個口風不嚴的傢伙出來，好套點關於俊美壯男他媳婦的個人資訊。

修羅族部落是個小部落，但再小，人家也是部落，該有的職能NPC和建築一樣不少，比如藥店、武器店啥的，再比如說祭司、長老啥的……要說整個族裡誰的地位最高、消息最靈通，那毫無疑問是長老同學。人家德高望重，族裡但凡出點什麼事情，那肯定是得跟長老報備一下的，大到本族未來規劃發展，小到誰家後院的母雞多生了個蛋……

總而言之一句話，要想聽八卦？找長老絕對沒錯！

一到長老的小屋前，雲千千頓時被人頭攢動的壯觀場面震了一下。木屋外小小的院子裡坐滿了修羅族人，本來雲千千還覺得這部落挺小的，沒想到人全聚一起後數數，居然還真有不少位來著。

長老坐在木屋門檻上，手邊放著一個酒葫蘆，止一派閒適表情的對著滿院子的修羅族人侃侃而談：「自從神魔之戰的時候開始，我修羅族就一直以驍勇善戰聞名三界，哪怕是神魔或巨龍都不敢正面挑釁修羅族。這份超然的尊嚴和敬畏正是我族的榮光，以無數族人的鮮血和生命堆積起來的不敗榮光……」

雲千千隨便找個空位鑽進去站著，拉來身邊一個NPC問道：「大家來這麼齊，今天這是怎麼了？」

NPC頭也不回的答道：「妳難道沒有注意聽廣播？」

「……沒有。」廣播？香蕉的！一個隱世種族有個毛的廣播！大哥，做隱士也做得專業點好嗎!?

「那凱魯爾要結婚了妳總知道吧？」

凱魯爾是俊美壯男的名字。

「哦，這個倒是知道！」雲千千剛從「新房」的建築工地現場趕過來的，怎麼可能不知道？自己還在搭牆的時候預留了一片可以抽出來的活木，打算等結婚當天去現場觀摩下洞房，研究一下NPC之間到底有沒有夫妻生活……

「知道就好說了！凱魯爾的新娘是我們修羅一族的死對頭種族，而且還是公主的身分。凱魯爾婚禮當天，那一族的人肯定要來大鬧一場，甚至是血洗婚禮現場，把喜事變喪事也不是不可能的事情……」

接下來，這位NPC就講了一個俗套到讓雲千千想打呵欠的故事。

在神魔大戰的時期中，有許多種族都被牽扯進了戰鬥中，這些種族有的互為盟友，有的則是互為仇敵。而修羅族最大的死對頭種族就是傳說中的亡靈一族。

故事就發生在兩族爭鬥的時候，主人公自然是修羅族的俊美壯男凱魯爾以及亡靈一族的公主瑟琳娜。

當年兩族爭鬥時，凱魯爾因為其武力強大、勇猛善戰而任衝鋒將領一職；而亡靈一族的地位是按實力劃分，

實力最高的是王族，其次是領主，再接下來才是其他法師。瑟琳娜身為公主，自然也是一方統帥。

一對狗男女在戰場相遇，初時是針鋒相對，結果打著打著，幾次血戰交手，大家誰也奈何不了誰，到最後居然越打越惺惺相惜；再接著，一個不小心就摩擦出了愛的火花……

雲千千聽得冷汗淋漓，抹了抹額頭問：「用哪裡摩擦的？」

所以說有些強人的思想真是無法理解，別的不說，光兩人從相識到相戀的過程中，她怎麼聽怎麼覺得似乎是帶了點S和M的色彩……這也太虐了吧!?要是真單單的打個架、交個手就能找到另一半，那以後大家戀愛可簡單多了，只要找到自己看著順眼的人，拖回來打到半死，多揍個幾次自然就可以勾搭成姦……只是不知道事後會不會有警察叔叔來找自己喝茶!?

「喂！妳怎麼……」正講到感動處的那NPC被打斷了話，瞬間就不高興的黑著臉回頭，結果一看自己跟前站著的居然是那顆享譽族內外的水果，頓時無語，把剩下的話都噎了回去。

「我怎麼？」雲千千茫然的眨眼。

「……沒什麼。」NPC默默無語的抹把汗，悄悄遁走了。

雲千千又站在原地聽了一會長老的演講，把剛才的故事和現在類似直銷的戰前動員情景一結合，頓時明白，長老這是在為凱魯爾結婚當天可能會有的戰鬥做準備。

想了想，這水果忍不住又想吐槽，於是邊轉頭邊說話：「大哥，既然知道凱魯爾結這婚不太平，那你們就別舉行什麼儀式了，拉著那公主直接把生米煮成熟飯先，到時候……咦?人呢！」

還有個屁的人！旁邊其他NPC倒是站了不少，不過大家都在認真聽長老講話。剛才講故事的那兄弟已經溜掉了，連聲都沒吭一下，消失得乾乾淨淨。

雲千千生氣，這簡直是蔑視自己的行為啊！想自己年方正茂、貌美如花，好說也是嬌滴滴的美少女一個，先不說殷勤討好吧，起碼也別個個見自己都跟見了鬼似的，跑得比兔子還快吧!?這不是打擊自己身為美女的自尊心嗎？

一生氣，一上火，雲千千十分不爽的一道雷劈下，正落在長老面前，把他和其他族人間的那小塊空地上砸了個窟窿出來，還冒著黑煙。

長老的敘述戛然而止，心生大怒，抬頭正要斥責，一看卻發現是雲千千，於是愣了愣。

長老還沒回過神來，雲千千已經搶先開口討好：「長老大人，許久不見，您還是這麼老當益壯、老樹開花啊！剛才小的在人群外遠遠旁聽您講話，只覺精神煥發、如醍醐灌頂。如此金玉良言實在難得，非是如長老您這般有豐富人生累積的人，不然絕對說不出這麼一番發人深省的話來！」

「……」長老默然數秒，良久後才終於站起身來，對著其他族人一揮手，把不爽的一干人群驅散，接著這才淡淡的瞥了雲千千一眼，「妳出去那麼多日子，還真是一點都沒變。」

「好說好說，我這人最大的優點就是念舊。」雲千千不好意思的臉紅，謙虛了一下。

長老眉角亂跳，一忍再忍之後才終於沒當場破功。「廢話少說，妳來我這裡是想問什麼？還是說有什麼要求？」

「長老大人，您這麼說就見外了，難道我看起來很像那種非得有事求您的時候才會登門的人嗎？其實我只是單純的因為仰慕懷念您的風采，所以才想來拜訪探望一下……喂！長老大爺，您不要這副表情好不好，而且我是客人耶！難道說把客人一個人留在屋子外面就是您的待客之道!?」

雲千千黑線，看著一言不發直接甩手轉身還打算當場關門的長老。

「好嘛好嘛，我承認確實是有點事情才來找您的！但是因為怕您趁機敲詐我點什麼，所以這才會稍微委婉那麼一下下……喂喂！好吧、好吧，我錯了，是我誤會您了！您高風亮節、為人清白無垢、有大智者的超然之風采……只要您別把我關在外面，哪怕是讓我寫反省書都沒問題啊……喂！開門啦！我真的知道錯了嘛！」

「不准試圖從婚禮中撈取什麼好處！」長老無奈的拉開門嘆氣，他有時候真希望自己別那麼了解這水果。如果這婚禮真有她摻和，很可能會成為一場鬧劇，更會成為修羅族有史以來最大的汙點……

「咦!?為什麼啊!?要知道，你們 NPC 本來就不會有結婚這種情況和事件的。既然現在凱魯爾結婚，也就代表了這是個特殊劇情，其中有特殊任務可以產生。身為一個具有專業資質的玩家，我覺得這婚禮本來就是為了我才……好嘛好嘛！我保證不搗亂，開門啦！」

把雲千千拉到了門裡，長老讓她坐在自己對面，替自己和對方都倒了杯茶放在手邊後，這才沉思了起來，考慮話該從什麼地方講起。「蜜桃多多，妳已經聽說過了凱魯爾和瑟琳娜的故事吧？」

「嗯！」雲千千捧著茶杯，老實的點頭。

「那麼妳有什麼感想？」長老期待的看著雲千千。

「我的感想？」雲千千為難的抓了抓頭，看到長老一副等待答案的表情之後，認真的思考之後才回答：「其實我個人對凱魯爾的審美觀表示不能理解……亡靈族的人都是骨頭架子或者類似骨頭架子的生物，全身上下除了骨頭就是皮。男人不是對女人的身材挺執著的嗎？雖然那女人是個公主，但是凱魯爾為什麼會喜歡這麼一個沒有胸部的女人!?」

「……瑟琳娜是亡靈族中的特例，她身材還不錯。」長老嘴角抽搐，狠狠的抽搐。

「哦！那我就沒有其他問題了！」雲千千放心的點頭，一副終於滿意了媳婦的操心母親形象，看得長老都想打她。

想了又想，長老皺眉猶豫了許久，終於忍不住自己開口：「妳對我們修羅族和亡靈一族通婚的事情怎麼看？」

雖說在為婚禮做準備，但他其實一直也在猶豫來著。兩族打殺了那麼多年，冷不防的，自己族裡的小夥子就把人家公主拐了過來，鐵了心的非得娶她不說，還為此招惹來了亡靈族的大舉進攻……無論從哪一方面來看，長老都覺得這場婚事不大妥當。

備戰是一回事，這涉及到修羅族的尊嚴；但是否贊同這場婚禮卻是另外一回事。在長老看來，這同樣涉及到修羅族的面子問題。

「挺好挺好！孩子大了，也該結婚了……聽你們這意思，凱魯爾似乎是神魔大戰的時候就已經成年了。雖說現在越來越晚婚晚育了，但還是不能晚得太多嘛！萬一以後他生不出兒子，或者生出來的小孩身體資質不好了怎麼辦啊！」雲千千胡說八道一通，看著長老的臉色越來越難看，她才訕訕住口，不知道自己哪裡說得惹人家不高興了。

雲千千抓頭想了半天，在絞盡腦汁之後才想出點頭緒來。她眼中閃過驚訝，詫異的看長老問道：「長老大人，您該不會是打著拆散這對狗男女的主意吧？」

「什麼狗男女！那叫情侶！」長老生氣。自己族的人能這麼形容嗎？就算是自己不滿凱魯爾要娶亡靈族公主的事情，但也容不得人這麼胡說八道的詆毀他啊，好說也是自己族裡的子弟來著……

「呵呵……」香蕉的！又不叫人說他們壞話，又想破壞人家的好事，你踏馬的學什麼不好，非得學

女人那麼善變!?雲千千乾笑兩聲，在心中痛罵。

雲千千想從長老這裡套到任務線索，正好長老也想發任務給她。修羅族裡都是光明正大的戰士，要想照顧凱魯爾的心情，又想阻止瑟琳娜嫁到這裡來，也就只有雲千千這唯一一個修羅族的異類能做得了這種事情了。除了她以外，全族上下沒人能想到什麼卑鄙齷齪的點子可以阻止這樁聯姻了……

所以說天生我才必有用，哪怕是一張衛生紙都有它的用處，雲千千終於得到了在修羅族發光發熱的機會了……

「香蕉的！一做壞事的時候就想到本蜜桃了！」

從長老家裡出來，雲千千一邊忿忿的吐口水，一邊打開面板看著自己剛接到手的任務——保護婚禮現場並阻止婚禮進行……草泥馬！你還敢發個更無恥的任務要求嗎!?

雖然任務條件很無恥，但是有壓力就有動力，越是難以完成的任務，就越能引起雲千千的興趣。這種心態要具體解釋的話，主要是因為這女孩對遊戲太過於了解了。對早已熟稔的舊有任務在一定程度上失去了探索樂趣之後，對於新鮮事物的期待自然比其他玩家要更加強烈一些。越是出人意料的發展和任務，就越是能得到雲千千的喜歡……

而要用個更簡潔的句子來歸納雲千千此時的心態的話，那就是犯賤了欠虐。

人哪，總是不知足，沒有成就想成就，有了成就想刺激，這是人之常情……

重新回到凱魯爾的小棚……房子前時，對方正在忙著布置家具和裝飾。也不知道他是什麼時候開始準備的，一應生活用品居然樣樣不缺，把剛建好的新房塞得滿滿當當。房子雖然簡陋，但看上去還真有

幾分溫馨的居家感覺。本來看著光禿禿的棚子，現在總算有了幾分新房的味道。

「凱魯爾帥哥，你有空沒？」雲千千站在房門口糾結三秒，接著探頭衝裡面喊人。

「沒有！」凱魯爾頭也不回的打發雲千千，完全不念及對方剛剛才幫他修建好新房的事情，完全就是一用完就甩掉。

「……沒有也得有！如果你不撥出時間給我，到時候婚禮上出現什麼不愉快事情的話，那可就不關我的事了啊！」雲千千滿頭黑線，咬牙切齒道。

凱魯爾一聽，頓時還真是被威脅了一下，於是回頭認真的看了眼雲千千，再聯想下對方那不怎麼好聽的名聲，無奈權衡了一番，終於妥協：「小姑奶奶！我可是頭一次結婚，新手上路沒經驗，妳別搗亂啊！」

「那得看你表現了！」雲千千哼了哼，「原則上我是站在你這邊的，但是如果你不配合，就算我好心想幫忙也幫不上啊！你說是不是!?」

「妳幫我？」凱魯爾狐疑的看雲千千，不一會後恍然大悟：「哦！我知道了，妳是說亡靈一族將要進攻的事情？」頓了頓後，凱魯爾爽朗大笑，一臉欣慰，「妳是在長老那裡聽到的消息吧？很高興妳願意來幫我……放心好了，亡靈族如果真敢來的話，全族的人都不會坐視他們囂張的！」

「……人傻不能復生。對你的智商我真是不該抱太大希望來著。希望越大，失望越大，這話果然是至理名言啊！」雲千千沉默的盯著凱魯爾看了半分鐘，轉身傷心長嘆。

她怎麼會期望凱魯爾能猜到長老心裡的糾結思緒!?

對於凱魯爾，雲千千不抱希望了，她覺得自己還是去找亡靈族公主了解一下情況會更可行些。不管怎麼說，人家畢竟也是當事人之一。而且亡靈族的人好偷屍，所以個個都挺有錢的，如果這公主能給她

的好處比長老多的話，自己當場反叛也不是不能考慮的……

打著任務布置的名義，雲千千從長老那裡打聽到了亡靈族公主現在的地方，正是凱魯爾以前作為戰士時在演練場邊的單身小宿舍。雖然地方小了點，但好歹也是個單人房，公主一個人住著，除了洗澡、洗衣服可能不大方便，其他也就沒什麼了……

當然了，對於一個亡靈究竟用不用洗澡、洗衣服這件事，雲千千還是持懷疑態度的，畢竟這種事情沒法親眼見證。前世大家的關係沒那麼好，很少有接觸的機會。

雲千千到達宿舍，整理衣服，敲門。門裡很快由遠及近的傳來一道甚是甜美的女聲：「親愛的，是你嗎？」

雲千千被電了下，打了個哆嗦重新站好，再笑咪咪的看著房門打開。從打開的房門裡露出個精緻面孔。

雲千千面上故作驚訝的回道：「親愛的，是我啊！能進去坐坐嗎？」

「……」亡靈公主嘴角抽搐，半天後才回神。她不動聲色的把雲千千從頭到尾打量了一下，突然展顏笑開，並讓出門口的位置，做了個「請進」的動作。「原來是冒險者中的修羅族人！真是難得一見，請進請進！」

「客氣客氣！」雲千千謙讓了下，接著大搖大擺的走進了房間。

亡靈公主關上門跟進來，笑呵呵道：「不知道這位小姐來找我，是有什麼事情嗎？」

「嗯，確實有事情，但是我還沒考慮好，妳先等等。」雲千千現在挺為難的。本來自己打的主意是想要幫幫凱魯爾和這公主來著——在達成任務條件的基礎上，其實這兩人也不是非要分開不可。如果能

做到兩全其美，那自己沒準就可以得到雙份獎勵……吃了東家拿西家，這是雲千千最樂意做的事情！

可是這會情況有些不對勁了，雲千千突然發現自己似乎對這公主挺沒好感來著。雖說人家確實身材火辣、貌美如花，一點兒也看不出來有亡靈族陰森詭異的影子，但不知道為啥，她就是看人家不爽……當然了，這絕對不是因為這公主長得讓她自慚形穢，這一點必須嚴肅聲明！

亡靈公主因為雲千千的回答而窒了窒，一時不知道怎麼接話。這應對答案在她的程式之外，難度確實有點過大了些。

還好，雲千千沒打算等人回答，自己就自說自話的又接著開口了：「公主啊，妳和我們家小凱子認識多久了啊？」

「……小凱子？」亡靈公主有些當機。

「就是凱魯爾嘛！這是暱稱，妳不用介意。」

亡靈公主的嘴角再次抽搐，沉默許久後才回答：「我們自從神魔大戰時期就在一起了……請問，妳是他什麼人？」

「沒啥，我就隨便問問，妳別介意啊。」雲千千呵呵一笑，走到房間裡的小圓桌邊，拿起個茶壺，嘖嘖道：「公主還喜歡喝茶啊？我還以為亡靈族人對食物飲水的需求應該都不高，要不怎麼個個都苗條得只剩一把骨頭……呃，公主妳身材是很不錯的，我是指其他亡靈族，呵呵。」

亡靈公主勉強一笑，沒有說話。

雲千千不以為意，放下茶壺又看看桌上的茶杯，又笑道：「公主還喜歡一次倒兩杯喝!?」

亡靈公主緊張了一下，有些尷尬，「……沒什麼，我以為凱魯爾會來，所以多倒了一杯。」

「哦……那這凳子也是以為小凱子會來才抽出來的!?」放下茶杯，再看板凳，雲千千摸著下巴，盯著亡靈公主笑得意味深長。

「……是！」

聽了亡靈公主的回答，雲千千被氣樂了。好嘛！這位公主還真是把自己當傻子糊弄了。從一進這房間她就覺得不對勁，怎麼看這公主怎麼覺得詭異和不舒服，這會果然被她發現不正常的地方了。

兩人份的茶、兩張被抽出來放在桌邊的凳子……這明擺著亡靈公主的房間裡，剛才是有另外一個人在的。往影響小了想，那沒準是姦夫啥的；而往更惡劣的方向思考，沒準人家亡靈公主私下裡還和自己族人有聯繫來著……

如果真是這樣的話，那她嫁給凱魯爾究竟是為了什麼，這也就需要重新慎重考慮了。別到時候自己族的NPC都還在傻乎乎的為保護亡靈公主不被搶走而戰，人家反倒先和亡靈族的來了個裡應外合，把這幫傻愣愣的修羅族人抓了起來……

看著一臉忐忑和猶豫的亡靈公主，雲千千放鬆的安慰道：「別緊張啊，我就是來看看小凱子的媳婦。我想妳也有其他事情要忙，要是太打擾的話，那我就先走了。」

這話一出，亡靈公主明顯的鬆了一口氣，忙不迭的點頭，「好的好的！那我就不留妳了。到婚禮的那天，歡迎妳來見禮！」

「一定一定！留步吧！」

「有空再來！妳慢走！」

囉囉嗦嗦的虛偽了幾句，再加上幾句例行的客套話和恭維之詞後，雲千千終於告辭，走出凱魯爾的

單人宿舍。

門裡門外的兩個女人同時長舒了一口氣，彼此都希望以後再也不要見到對方了……

既然心裡對亡靈公主有了懷疑，雲千千當然就開始著手調查了。如果真是如她所想，對方是個內奸什麼的，那長老的任務倒是好完成。她直接把亡靈公主的真實目的一揭穿，到時候根本不用為難解勸，凱魯爾肯定第一個跳出來，為洗恥辱的親手幹掉公主。

千萬別問什麼如果凱魯爾用情太深，臨陣倒戈了怎麼辦這一類的腦殘問題。要知道，愛情劇一般都是哄小女孩的，真正到了一定境界或地位的人，他們身上的責任就更重，每做一件事的時候考慮的也就更多。要讓這種人不拘小節，比如說綁個敵對公主回來結婚，那是很常見的事情；但要讓這種人狗血沖頭，來個為紅顏背叛一切，最後落個一世臭名、晚節不保的人，那幾乎是不可能的事情。

他們的責任，在很多時候已經成了本能，就算遇上再怎麼衝動的愛情，他們也只有在不影響身邊人的時候才會去追求……

雲千千開始在修羅族裡到處打聽亡靈公主最近有些什麼行動。不管是她去過哪裡、見過誰、吃了什麼……乃至她一天上了幾次大號，這些都是雲千千打探的範圍。

當然了，會像雲千千一樣關心亡靈公主的人還是不少，畢竟大家的生活過得也挺無聊的，平靜無波如一潭死水，好不容易來了個狗血私奔劇，大家當然要熱情關注。於是，越來越多的資料就這麼聚集到了雲千千的手中。這行動一直到凱魯爾收到風聲，趕來雲千千采風現場的時候才停止。

88．神秘男人

「妳打聽瑟琳娜的事情做什麼？」凱魯爾黑著臉，不友善的問。

「是這樣的，我在剛才得見瑟琳娜公主的迷人風采之後，就忍不住對她一見傾心了。這份思慕之情在我的胸中熊熊燃燒，讓我無法自已……因此，我才想說跟大家打聽一下瑟琳娜公主的個人資料，多了解她一下，也算慰藉自己的相思之苦……」

「呸！」凱魯爾以一個非常簡潔的憤怒擬聲詞，就完成了對雲千千一番胡扯言論的評價。「妳放屁！」

「呃……」雲千千噎了噎，抓抓頭有些為難。她想了想後，才又苦口婆心道：「其實每個人都有自己的隱私，你這樣子老是打聽我的事情是不是有點不大好？難道說其實你對我也有興趣？」

「……」凱魯爾沉默不語，一臉便秘的表情瞅著雲千千，如同觀望一個神經病患。

長老也接到消息趕來，先是暗含指責的瞥了一眼雲千千，再乾咳了聲，接著他才慢條斯理、裝模作樣的開口：「蜜桃多多，我接到族中舉報，說妳在大肆調查瑟琳娜公主的事情？」

踏馬的！這女孩不是挺壞的嗎？怎麼今天就蠢成這樣了!?做壞事得陰著來，妳到處張揚搞得人盡皆知，傻子都知道該防備一下了……看吧！凱魯爾這不就被招來了嗎？

「長老您誤會了！」雲千千連忙喊冤：「其實我只是仰慕瑟琳娜公主的絕代風華，因此才……」

「蜜桃多多！」凱魯爾生氣了。這人是不是看不起自己的智商!?這麼荒謬的話，也只有她好意思說得那麼理直氣壯的了。

「叫我做啥！」雲千千沒好氣的回頭，也不高興了……打斷人說話是最不禮貌的，這人是不是覺得自己沒脾氣!?

長老頭大，十分之頭大。看著眼前劍拔弩張如鬥牛般的二人，長老後悔得連想死的心都有了。一開始他就不該指望這爛水果能對族裡有什麼貢獻，就算真的再怎麼不舒服瑟琳娜即將嫁過來的事情，他也不該昏頭的期待這女孩能幫自己解決掉這個棘手的麻煩啊！

這下可好了，人家任務根本還沒做成，就已經先把凱魯爾徹底得罪了，什麼都還沒動手呢，便讓人提防得死死的，這還搞屁啊！

長老生氣，很生氣，「好了！你們到底還有沒有把我放在眼裡!?」

雲千千鄙視了長老一下。從古到今，這些老頭子勸架的臺詞就沒變過，誰一在他面前不好對付了，立刻吹鬍子瞪眼的來上這麼一句。從電影到電視，從小說到現實，所有作者編劇幾乎都想不出什麼新臺詞來……拜託，灌水混字數也不要這麼敷衍人的好不好!?

「好了，我就是閒得無聊了隨便八卦一下！你們要是不樂意的話，那我閃人就是了。」雲千千無奈的聳肩，終於選擇妥協……

揮手告別長老及凱魯爾，回到自己在修羅族中分到的小房子之後，雲千千開始整理自己手上已經得到的部分情報——瑟琳娜公主自從進入修羅族領地之後，一切起居活動從表面上看起來都還是挺正常的，最起碼很有良家婦女的風範。

每天都是很規律的早上七點起床，穿好衣服吃完飯後出來，站在門口呼吸一下新鮮空氣，小小的散步一圈，在部落旁邊的小樹林裡練習一下魔法並冥想。接著，她再回家吃午餐。下午是約會時間，和凱魯爾牽牽小手、逛逛小街，順便親親小嘴什麼的。晚上一起共進晚餐之後，一對狗男女才分手各回各家。

當然了，因為最近幾天凱魯爾在忙著搭建新房的關係，所以瑟琳娜下午的時段都空了出來。具體這公主去了哪裡倒是沒人知道，反正她一般都不喜歡宅在家裡來著。

難道說，這公主連偷情時段也安排的和約會時一樣規律!?

雲千千深深的感慨著，忍不住的想歪了那麼一下下。

「蜜桃多多，長老找妳！」

在雲千千整理資料的時候，外面有個族人掀簾子進來吆喝了聲。

誰!?這老頭把她當成什麼人了!?招之即來、揮之即去的……不說在修羅族裡雷心繼承者的身分，就單說她在江湖上的高手榜排名，好歹也是個第十九……呃，似乎升到了第六名?反正不管怎麼說，她好歹也是江湖上赫赫有名的高手人物啊。

「不去！」雲千千堅定拒絕並鄙視——你不說其他的，總得給她一點出場費吧?大呼小叫的隨便就想叫她過去，把她當什麼人了?

「不去!?」族人很震驚，忍不住強調了下：「那可是長老的召喚啊！」

「別說是長老的召喚，你就是長瘡的召喚我也不去！」雲千千一扭頭，拋棄族人，跑出房間，找其他線索去了。

說不如做，猜不如看。雲千千大概整理了資料之後，接下來當然就是要實地考察了。

目前為止，在修羅族裡的 NPC 們並沒有誰發現到瑟琳娜公主有什麼和外人接觸的跡象，但是雲千千相信自己在凱魯爾宿舍發現到的疑點。這要說得好聽點，她是觀察入微；說得難聽點，也可以叫疑心病重。但不管怎麼樣，那兩個杯子，還有被拉出來的板凳，無論從哪一方面看都挺可疑的，瑟琳娜私下勾搭小白臉的機率最起碼是超過了半數……

「怎麼樣，有沒有被人發現？」在修羅族外的叢林裡，一個神秘的姦夫問道。

瑟琳娜臉色古怪、滿頭黑線的鬱悶了一下，「如果你指的是一個死皮賴臉的女人的話，那麼她可能發現了一些什麼。」

「死皮賴臉的女人!?」神秘姦夫迷茫、很迷茫，「瑟琳娜，妳沒有搞錯吧？修羅一族的人可都驕傲得很，而且十分正直。在他們的眼裡，只有光明正大的戰鬥，從來不會耍什麼陰謀詭計，並沒有聽說有死皮賴臉這一種形容……」

頓了一頓之後，神秘姦夫猶如看白痴般的看瑟琳娜。他遲疑了好一會才糾結的問道：「瑟琳娜，妳是不是最近壓力太大，所以有點思緒混亂、神經失……呃，我什麼都沒說，妳不要這樣看我。」

瑟琳娜咬牙切齒，臉上忽青忽白的變換。要不是看在這個男人是亡靈一族中有名的大法師的分上，她

非得把他削成馬鈴薯絲不可。

「不管怎麼樣，你現在馬上讓族人去調查一個叫蜜桃多多的女人。按照我從別人那裡問來的資料，她似乎是剛加入修羅族不久的冒險者，甚至聽說還是雷心的繼承者，和另外一個叫九夜的男人分別修習修羅族的古籍和魔法……」

瑟琳娜的話還沒有說完，神秘姦夫已經非常欠揍的忍不住又開口打斷了她的話，強勢插入話題：「所以我就說嘛，那個女人既是修羅族人，又是雷心的繼承者，那就更不可能像妳說的那樣了。妳真的確定自己沒有什麼思維混亂之類的……我錯了，我什麼都沒說，妳能不能把妳的骷髏騎士先收起來？好說大家也是同一條船上的人，妳這樣做很傷害大家的感情……」

這一邊，瑟琳娜和神秘姦夫正勾搭得姦熱情深；另外一邊的雲千千卻蹲在一處荊棘叢裡，鬱悶的旁聽著這對狗男女的對話。

「果然還是本蜜桃料事如神，這女人真和別的男人有勾搭，凱魯爾的綠帽子算是戴定了……所以說，不聽蜜桃言，吃虧在眼前。如我這般睿智機靈、智商過人的美女免費提醒，這傻子居然還不領情。要不要再幫他一把咧？頭大啊……」雲千千摸著下巴，一臉的糾結。

而這時，還有比她更頭大的長老，正在祭司的面前一把鼻涕一把眼淚的哭訴這個黑心爛水果是多麼多麼的視修羅族規如無物、視他的尊嚴為無物……

其實更關鍵的原因是後者。他早就已經對雲千千會遵守族規的這個幻想絕望了，所以對方現在的行動也早已經在他可以預想的範圍之中。可是這女孩在接了自己的任務委託之後，還這麼肆無忌憚的行事，這

一點就讓他無法接受了。好說他也是修羅一族的長老耶，妳就算再怎麼囂張也要給點面子好不好……
祭司足足聽長老囉嗦了半個小時，其實心裡也早已經煩躁了。
你說你要是一個漂亮女孩的話，沒準我還能多點耐心，可是大家明明都是老頭子了，你要訴衷腸是不是找錯了對象!?
「好了！」祭司終於忍不住打斷了長老的話，不然再聽下去的話，他不知道對方是不是還會一直講到晚上。要知道，他晚上可是約了一個好不容易泡上的修羅族美眉吃飯來著，可不能因為這個老男人而搞砸了。
「你說的事情我知道，蜜桃多多這樣的性格又不是一天兩天的事情了，就連我們族長都拿她沒有辦法，你還想怎麼樣!?……好吧，我會派人去跟在這個女孩的身邊，如果真有什麼風吹草動的話，會第一時間通知你，這樣你總放心了吧？」祭司如同哄不懂事的未成年小孩一般的敷衍長老，擺明了根本沒有把他的痛苦放在心上。
長老想哭啊，他就知道，凡是只要和那個水果扯上關係，他就一定會一路倒楣到底。看吧，現在連祭司都懶得搭理他了。
「好吧，那就拜託你了！」長老無奈，只有點頭應了一聲，識相的轉身離開了祭壇……大家都是等級相同，他可不敢把祭司得罪了。再說了，人家已經擺明了下逐客令，自己也是要面子的人，不像那個爛水果一樣死皮賴臉……
長老對祭司能否處理雲千千的問題已經感到絕望了，從祭司家裡出來之後，他索性也懶得再去打聽雲千千現在又在做什麼。反正都已經這樣了，要亂就人家一起亂吧，憑什麼整個修羅族只有他一個人慌

慌忙忙的跑前跑後!?

你不想管，老子也沒那麼多時間陪你囉嗦，大家都自生自滅、自求多福吧。反正生死由桃、富貴在天，希望將來族長不要追究自己沒有好好看管修羅族的責任。

就這樣，長老退出了，跑回家跟老婆聯絡聯絡感情，再也懶得管這些事情。

而當祭司的人找到雲千千的時候，雲千千正忙著要去抓姦……她聽到瑟琳娜和姦夫的對話是一回事，但是大家都知道，抓姦不僅要成雙還要在床，萬一自己就這麼衝出去了，回頭人家卻一口咬死，非說自己二人就是純潔的朋友關係，那她豈不是白費功夫!?

於是，在瑟琳娜和姦夫分手之後，雲千千就悄悄的跟在姦夫的後面，玩起了跟蹤的遊戲。至於瑟琳娜那邊，倒不是她不想追蹤，主要是反正這女人住在凱魯爾的宿舍裡，跑得了和尚跑不了廟，跑得了姦夫跑不了公主，自己總能找到其中一個，就暫時放她一馬也未嘗不可，誰叫自己善良呢!

再於是，被祭司派出來的修羅族人在看到雲千千的時候，眼中見到的，就是自己族內有著雷心傳承的那個異類超然的、百年才出一個的、傳說中代表修羅族裡精神象徵的傳奇人物，正在鬼鬼祟祟、如同一個下三濫一樣，跟蹤著一個戴著斗篷、遮住臉的神秘男人。

「嘶——」這個修羅族人驚得當場倒吸一口冷氣，瞪大了雙眼，不敢相信自己所看到的這一幕。這就是自己族的未來希望和精神象徵?不會吧!如果真是這樣的話，那叫自己情何以堪!?

修羅族人當場萎靡，瞬間對自己未來的人生失去了信心。他覺得心如死灰，心裡也委屈得不行，不是這麼打擊人的吧?他們修羅族好說也是遠古就傳承下來的驍勇善戰、光明正大的一族啊!現在居然在這個

爛水果的身上晚節不保!?這也太讓人難以接受了……

難以接受的修羅族人正在自怨自艾，於是也就沒發現雲千千跟在那個神秘姦夫身後，拐進了密林中一處陌生的所在。等他回過神來的時候，眼前別說是他要跟蹤的人，就連人影都已經看不到了。

當這個修羅族人垂頭喪氣的回去，向祭司稟告並承認錯誤的時候，雲千千正跟著神秘男人，七拐八拐的拐進了一個她從來沒有見過的地方。

「修羅族還有這個地方!?」雲千千抓抓頭，很是不解。

她雖然不算是過目不忘，但還是對自己走過的路會有一些印象的。畢竟這世界上，像九夜那樣迷路都能迷到風騷絕代的厲害人物實在是不多；而在修羅族裡，她在做工作的時候，早就被那幫公報私仇的修羅族人使喚得幾乎踏遍了這裡的每一寸土地。別說是這麼一大片的陌生地域，就連族裡的來福和旺財喜歡在哪一個草叢裡大小便她都知道……

神秘姦夫顯然還沒有發現到自己已經被跟蹤的事情，依然自顧自的往前走著，來到一塊突兀的巨石面前。不知道是觸動哪裡的幾處機關，巨石旁邊的一塊空地上就憑空出現一個巨大的裂口，像是電梯門一樣的向左右兩側拉開。不一會，就露出一個邊長大約為三公尺左右的正方形地底入口……

「太過分了！」雲千千在一邊看得義憤填膺，「這是修羅族的私有地，這小子在這裡隨便動工挖地道，居然都不報備一聲，估計場地租用費、地價稅之類的錢錢肯定也是沒有交了！」

……好吧，雖然這爛水果生氣的方向似乎有些偏差，但好說人家也算是關心修羅族了。

看著神秘男人進入那個地底入口、類似電梯門的入口又關上之後，雲千千這才敢從藏身的地方鑽出來。她瞪著那塊機關巨石，百思不得其解的研究著剛才那個神秘男人到底是怎麼觸動機關。

反正她是左看右看也沒看出什麼異常，這塊破石頭簡直就比河底的鵝卵石還光滑。當然了，河底也不可能有這麼大的鵝卵石，估計這個平滑的表面是被摸出來的。

身為一個男人，你說這人不去摸摸女孩子，反而跑來摸石頭，這不是有病嗎？

找了許久都沒找到機關的雲千千越想越生氣，忍不住就在心裡把人家糟蹋了一把，以平衡自己的不爽。

難不成是用什麼暗號才能開啟的嗎!?

雖然雲千千並沒聽到剛才那個神秘男人有沒有說話，但是眼看著這塊石頭實在是光滑得連半點像機關的地方都沒有了，於是糾結了半天之後，雲千千還是決定試一下喊暗號這種電視劇裡用爛了的老套招數。

「芝麻開門！」雲千千鬼祟的看了眼周圍之後，湊近石頭，像是在講悄悄話一樣的賊眉鼠眼道。

石頭沒有反應，甩都不甩她一下……

「呃……」雲千千抓抓頭，想一想後又換了一個暗號：「蜜桃開門？」

石頭還是一如既往，堅貞堅定堅決……的無視她。

「……」雲千千默了默，感覺很沒有面子。香蕉的！自己真是越混越回去了，先是一個亡靈公主對自己不假辭色，現在連個破石頭都敢跟她槓上了!?

抹了把臉，雲千千認真的和巨石商量了起來：「大哥，給點面子好不好？反正你都已經放了一個人進去了，也不多我這一個啊！再說，你瞧我這樣貌、這身段……怎麼也比剛才那副骨頭架子強啊！畢竟大家都知道亡靈一族是出了名的長得難看，你連這種人都放進去了，憑毛要把我關在外面！」

香蕉的！老子只是塊石頭，沒有思考的好不好，妳跟老子囉嗦這些有屁用啊!?老子又不是孫悟空那猴子……巨石萬年不變的沉默著，以自己堅定不移的態度鄙視雲千千。

不管雲千千費了多大的勁，終於還是沒能感動這塊堅貞不屈的石頭。

是誰踏馬的說精誠所至、金石為開來著!?這純粹是胡扯嘛！自己已經夠誠懇的了，這石頭別說是未開，就連小裂縫都沒有一條。自己完全有理由相信，這絕對不是一塊普通的石頭。好說最起碼也是二十四斤純石……

半小時後，雲千千還是沒能琢磨出來打開地底入口的辦法。

就在這時，石頭上傳來一陣輕微的震動，隱隱一道光華在石頭表面閃過，轉瞬即逝，看起來就跟剛才那個神秘男人在石頭上觸發機關的時候一樣……

雲千千眼明手快身體棒，見到這個狀況之後，想都沒想的就「刺溜」一聲竄進旁邊的荊棘叢。她剛剛躲好的下一個瞬間，地底入口就又再次打開，不一會後，那個神秘男人就從地底慢慢走了出來。

這次雲千千離得近，在入口打開的瞬間，同時看到了一片骷髏士兵整齊的排列在入口之下，其壯觀程度比起秦始皇的兵馬俑也不遑多讓。

這是赤裸裸的剽竊來著！兵馬俑可是我們國家的特產，哪能隨便讓一個西方的骨頭架子把這個裝威風的專用排場學去呢!?

雲千千生氣、很生氣，她是多麼愛國的一個熱血少女啊，眼見有人在自己面前這麼囂張、放肆，關鍵還是連專利版權費都沒交的就盜用了本國專有的創意，頓時就義憤填膺了起來——屎可忍尿不可忍，不付錢就忍無可忍。

想到這裡，雲千千當即一個小雷電放了出去，把剛剛從地底爬上來的神秘男人電得很銷魂。

「誰!?」被劈了一下之後，神秘男人的反應也很迅速。畢竟人家也是一個和公主裡應外合的職業壞蛋來著，對外界的感應是相當的強。再說了，就算是再怎麼遲鈍的人，也沒聽說過有誰會在被雷劈了之後還若無其事，該幹嘛幹嘛，一副身體啵兒棒、胃口好的德行……

如果真是到了那樣的話，這人鐵定是缺心眼。

最討厭的就是這號沒新意的，為毛還費盡要問清楚是誰啊?直接上手開打了不就得了!

「我就偏不告訴你我是誰！」

雲千千隨便從空間袋裡拉了件白色的布衣，充當臨時頭套，跳出來扮演攔路劫匪，「大家都是幹見不得人的事，你也不用一副正義凜然、義憤填膺的樣子問我是誰……有本事你去修羅族告我呀，看到時候是誰先死!?」

神秘男人還真被震住了。

這女孩說得還真是沒錯，自己在修羅族的地方動手腳，這本來就是見不得人的事情，到時候如果真被揭穿了，別說是自己，就連公主也跑不掉。畢竟地底裡藏的那一片骷髏可都是公主的私人兵力，修羅族的人若是仔細的查下去，公主混進修羅族當內奸的事情鐵定要曝光了……

一想到這裡，神秘男人的心就涼了半截，想死的心都有了，委屈得只差沒淚流滿面——沒有這麼欺負人的吧？自己好好的做著自己的工作，也沒招誰惹誰，憑毛得被人這麼欺負啊!?而且最氣人的是，那欺負

自己的人居然還是個女人，這是多麼損害他身為大男人自尊心的行為啊！……

群毆，是我們民族幾千年來累積傳承下來的國粹運動。

俗話說得好，一個好漢三個幫，意思也就是說，要想在江湖上混的人，在闖蕩之前少說也得先攀上三個後臺，預備著給自己撐腰。這樣在未來打架的時候，才會有兄弟來幫自己忙，自己也才能爭取到一些時間來放話，多說些冠冕堂皇、感人肺腑的臺詞，好確定自己的正面角色地位。

而就是在委屈、怨忿、傷心等等各種複雜的負面情緒之下，神秘男人也突然無師自通的領悟了這個強悍的技能。只見他硬生生的接下了雲千千再次劈來的雷電之後，接著伸手一招，地底下的骷髏兵們空洞的眼眶中突然閃過了一點亮光；緊接著，這些骷髏士兵們彷彿得到了什麼指令一樣，僵硬著手腳，發出「喀吧、喀吧」的聲音，慢慢的活動了起來。

「我X！」雲千千雷一放出，還沒來得及再接再厲，冷不防的就突然看到了地底探出來一個骷髏腦袋，緊接著又是第二個、第三個……

密密麻麻的一片骷髏頭從地上探出，頭部以下的身子也還在掙扎著想爬出來……

這太過壯觀的場景理所當然的把雲千千震撼住了，同時也讓她想到了一句詩，那似乎叫什麼忽如一夜春風來的!?

一大片的骷髏士兵們都從地底爬了上來，整齊的列隊在神秘男人的身後。這無比神似黑社會老大帶小弟群毆善良百姓的一幕，看得雲千千真是淚眼汪汪，話都說不出來了。

「大哥！你不用這麼狠吧!?」雲千千飽含熱淚、凝噎一聲。

神秘男人淚泣：「越許可權調兵是要額外扣精力的，如果不到萬不得已，妳以為我喜歡用這一招!?」

公主是他老大，這些又是公主手下的骷髏兵，換句話說，在某種程度上，他和這些骷髏兵實際上也不過是平級的身分和地位罷了。只不過人家走的是武力路線，自己走的是智慧路線，大家在公主身邊分別起到的作用不一樣罷了。

如果不是雲千千在這裡鬧了這麼一下，眼見自己再不反抗，恐怕會有性命之憂的話，神秘男人是打死也不願意這麼亂調兵的。亡靈族修行的精力就等於是玩家們升級時需要的經驗值，這麼大的場面弄下來，神秘男人等於是連掉了好幾級……

這一切都是被逼的！他實際上才是最委屈的那個好不好！

系統歡快的提示雲千千，由於有「人」在範圍內強行召喚骷髏士兵，造成亡靈氣息過重的緣故，所以目前這一片範圍區域內的光明系技能威力都要降低30%；反之，亡靈系技能的威力則是增加30%，元素系和近戰等其他技能不受影響……

提示出現後，成片的骷髏兵一起抬手，對準雲千千的方向投射出一片片骨矛。武器的原材料應有盡有，有從自己手上直接掰小臂骨頭的，有從自己身下撈腿骨的。比較聰明一點的骷髏架子們，選材料的時候更謹慎些，知道要從自己肋骨上取。首先，這數量夠多；其次是有個尖端，較之其他骨頭銳利一些；最後還有一點，肋骨取下之後不影響活動，於是也就不會對後面的攻擊行動造成不便……

密密麻麻的一片骨矛砸來，雲千千本來還想著接一下試試，結果一看這場面太過浩大了，二話不說的「刺溜」一聲掉頭就跑。

魅影不是說笑的，雲千千的速度自然也不是說笑的。不一會，這女孩就跑出了骨矛的投射範圍區域，一片片骨頭刺帶著颼颼的風聲從她身後竄下，插進地裡，硬生生的造成一片骨林。

在這種時候，雲千千當然不敢去指責對方不夠環保的行為。她只回頭看了一眼身後的壯觀景象，就立即嚇得魂飛魄散，屁都不敢放一個了——好傢伙！這可不是一般的狠毒，那麼一大片範圍攻擊技能砸下來，再加上威力加成30%，要秒殺自己也就是輕而易舉的事情。

「你這樣骨多勢眾的，只為了對付我這麼一個小女子，難道就不會覺得羞愧嗎！」雲千千也挺生氣的，停在骨林外，很氣憤填膺的指責神秘男人。「而且你別忘了，凱魯爾好說也是修羅族的一分子。我是玩家，死了頂多掉一級，又不會真消失，信不信我回去把你的事情曝光出去啊！」

「……」難道說不殺妳就不會曝光了!?

神秘男人不想搭理她，冷冷的抬手又做出預備動作，卻遲遲沒有下一波的舉動。

「呀喝！居然還不知悔改!?」雲千千瞪大眼睛看著神秘男人，做好了提防，隨時準備再次跑路。

可是好一會過去了，神秘男人擺POSE依舊，卻像是被按了暫停鍵一般，始終沒有動作。雲千千抓抓頭，剛要疑惑的上前看看，突然，男人動了，一片片骷髏士兵再次動作，一排排骨矛雨再次射來。

「耍賴啊你!?」雲千千眼明手快身體棒，一邊迅速跳開，一邊生氣淚奔。這亡靈太壞了，居然跟她玩陰的。

「放大招少不得要冷卻時間啊！」神秘男人鄙視她一眼，繼續抬手，再次準備。

雲千千聽到居然是這個解釋，頓時被氣樂了：「生死交戰的時候你單指望用大招!?」

她說完，一個小雷球甩出去，當頭劈到神秘男人身上，「瞧見沒，實用的都是瞬發小技能，量變能引起質變。」

那些什麼兩大BOSS對壘，動不動就飛到半空，隔得老遠比拚真氣，蓄力個半分鐘，發動無數特效才積

聚起來一招威風技能，要嘛就是ＸＸ滅世，要嘛就是末日ＸＸ，放出後地動山搖、地裂天驚、地……

這些都是腦殘編劇才想得出來的故事，現在但凡有點頭腦的人都不會相信這樣的橋段了。尤其是所有被類似大招打到的敵人都不會死，一定是口吐鮮血、搖搖欲墜卻又死不肯倒地的再次站起，放出一個更絢爛、更耗時的大招……

而且一般在這時候，為了有別於前者，表示此時的招數更加厲害，通常都會在招式名前加個「真」、「超」、「神」、「聖」一類的字……

雲千千向來對這類橋段十分的沒好感——有發動這大招的時間，人家幾刀子往你心窩裡捅，再是血條超長也能把你解決了……

再換句話說，人家打不過難道還跑不過!?現在都是科技時代，飛車一駕，油門一催，半分鐘無視限速和路線的一陣狂奔，少說也能跑出兩個禁咒的攻擊範圍了吧……

也於是，雲千千對堅定堅持要用大招的神秘男人鄙視萬分，也是非常符合情理之中的事情。

「……」神秘男人手一抖，險些把剛凝聚到一半的精氣都散掉。

一片小雷球VS.平均半分鐘出現一次的超強範圍骨矛雨……

誰優誰劣不好說，但在戰術的應用上，顯然是雲千千更勝一籌。此水果充分發揮了敵打我退、敵駐我打的方針，抓準敵方技能的冷卻時間，積極靈活的運用自己目前僅有的三個攻擊技能，穩紮穩打，一步一個腳印的慢慢磨下了神秘男人的血條。

神秘男人此時也是有苦難言，他違規召喚了骷髏士兵，本來是為了給自己充充場面，多添幾分勝算的。可沒想到的是，這一招的損耗太過巨大，現在他除了調動士兵發動攻擊外，再沒有其他精力施放其他技能。

而調動士兵的冷卻時間又是超乎想像的長……

終於，半分鐘後，神秘男人終究還是無奈而委屈的倒下了。

系統廣播曰：由於蜜桃多多成功誅殺亡靈一族特使，現引起死亡國度的重視，亡靈一族因此決定探察大陸……從即日起，開放死亡國度地圖，請玩家們自行探索尋找……

在神秘男人，也就是亡靈特使死亡之前，雲千千絕對想不到自己的這一行為居然還能開發出新地圖來。

在前世時，遊戲發展出了什麼她大概記得，但要說起詳細發展順序的話，那就太為難這女孩那並不怎麼出類拔萃的記憶力了。

蹲在神秘男人的屍體前，瞪著眼睛茫然了好半天，雲千千抓抓頭，再抓抓頭，怎麼想怎麼覺得這有些不可思議。

她正鬱悶的時候，腰間通訊器突然開始嘩啦啦一陣狂響。她接起來一聽，都是來自眾家兄弟的問候，而關注重點想當然的就是剛才那條系統廣播。他們大致就是問一下雲千千到底又在哪裡做了些什麼，怎麼就弄了這麼大的動靜，順便再關心一下死亡國度的地圖應該在哪裡開啟……

在他們看來，要想得到關於這片地圖的第一手資料，理所當然是要去找任務完成人——雲千千諮詢才對。好說人家也是直接和相關 NPC 接觸過的人物，不至於像其他玩家一樣的完全不了解情況啊。

這些訊息裡，其他人的問話都可以忽略，而唯獨有一個人卻是雲千千沒辦法不回答的。此人想當然的正是修羅族裡的另一個玩家族人，神龍見首不見尾的九夜同學。

「我這裡新添了個任務。」九夜同學一接通通訊就開門見山，揀著重點直接丟出來了這麼一句。

雲千千語塞數秒，想想後謹慎小心問道：「你那任務該不會是和亡靈一族或死亡國度有關的吧？」

修羅族的死敵是亡靈一族，自己在這裡殺了個特使，那邊修羅族馬上給出反應也並不是什麼太稀奇的事情。關鍵是，還留在修羅族裡的亡靈公主也差不多該給出反應了。照這樣的邏輯順序來推斷的話，她和九夜接到以絞殺亡靈一族為主題的種族任務什麼的，那真是再正常不過的事情了。

九夜顯然沒想到雲千千偶爾也能有這麼睿智的時候，噎了好一會後才在另外一邊淡淡的應了一聲，不動聲色道：「嗯！差不多。」

「……」差不多!?差不多到底是差了多少啊!?

雲千千很鬱悶，揑著通訊器，抓了半天頭髮，想想再道：「九哥，別的就不囉嗦了，您直接說找我有啥事吧！」

「……死亡國度的地圖和入口……」

「掰掰了您哪！」

雲千千話都沒聽完，直接二話不說的切斷通訊器。

這地圖她不是不知道，雖然說「目前的」她確實還不知道，但是「以前的」她可是知道得清清楚楚。不過，這裡又牽涉到一個問題。「以前的」入口那位置是怎麼固定下來的？什麼時候固定下來的？這一點大家都不是很清楚，所以在「目前的」情況下，那個「以前的」入口還在不在，這個問題她不是很能

確定……

反正情況相當複雜。

所以說，有時候重生並不是一件好事，最起碼主角經常在時間軸上暈頭轉向是肯定的了。有時候一件事情的發生時間記得不是很清楚了，再碰到的時候就容易昏頭。比如說，你總不能在和自己老婆認識之前就衝去她家扛人便走吧!?那可屬於綁架!

再比如說，雲千千現在被問到的關於死亡國度的地圖和入口的事情。這在後世，入口發展成熟並且已經穩定下來之後，自己告訴別人當然不成問題，那時候的入口算是個傳送陣標記點；可是現在任務都還沒有人解過，入口也還沒發展成入口。首先它還在不在原位置先不說，單說入口附近徘徊著的近萬亡靈兵團就不是好惹的……

自己要是真把原來那個入口位置透露了出去，九夜也當真歷經艱險的找到了這個座標，回頭直殺目的地一去，別的沒見著，先被鋪天蓋地的亡靈兵團踩成灰灰……這樣淒慘的未來讓雲千千光是連想想都覺得不寒而慄。

她覺得這樣的事還是順其自然的好了。等到大家解任務解到一定階段環節，開始接觸到這片地圖任務，再清掉一部分亡靈兵團之後，自己再慢慢考慮死亡國度的傳送入口的事情好了。畢竟重生者也不是萬能的，用句電視裡經常能聽到的臺詞來說的話，就是她知道的太多了……

何況古語也有云：欲速則不達。

九夜被掛掉通訊也不生氣，不屈不撓的又傳了訊息過來，略帶不解的問：「怎麼了？」

雲千千想了想，確實也不能這麼莫名其妙的就不搭理人家了，總得把事情說清楚啊，免得人誤會自己。

於是她回傳訊息，解釋曰：「九哥，你說的那些我也不知道，我就是踩狗屎的解了個任務，也沒做什麼事情就被登上系統廣播了……我冤枉哪！」

「……」九夜那邊沉默三秒，無奈道：「我就是問問情況，妳做了什麼任務？有沒有後續？」

這是任務鏈思考方式。一般在遊戲裡的任務都是有連貫性的，就是做完A任務後觸發B任務，做完B任務後再引出C任務……如此反覆循環，一直牽扯下去，直到最後引出最大的終極目的。

在九夜的想法中，雲千千既然是做了一個任務之後引發了系統廣播，那麼先不論這最後的終極任務到底是什麼，任務鏈的中間會和死亡國度牽扯上關係這一點，最起碼已經是肯定的了。再說了，自己這邊都得到系統強行添加的種族任務了，要說雲千千的任務後面不會把亡靈一族牽扯出來也不是不可能啊！智腦總不會吃飽了撐著，沒事給自己加個做不了的任務看著玩吧!?

雲千千聽九夜這麼問，著實鬱悶了好一會：「後續不知道，反正我剛殺完那廣播上說的特使，現在還在原地守屍沒動彈呢。不知道後面一步是不是得回族裡去觸發……」

「那妳就回去啊！」九夜回答得十分理所當然。

「你說的容易！人家這特使可是瑟琳娜公主的姘頭……對了，瑟琳娜公主你知道嗎？就是我們族裡凱魯爾的未婚妻，但是同時似乎又在進行著無間道的活動……這形勢挺複雜的，到時候我回了族裡，肯定就是一團混亂。好好一對狗男女要被我拆散了不說，關鍵是回頭我怎麼跟凱魯爾解釋啊？畢竟不管事情對錯，首先我和他老婆過不去是事實，難不成說一句這是應長老的請求就能把事情推過去了!?我臉薄，可做不出這種事。」

「……」她臉薄？不可能吧！就這爛水果的臉皮，站著不動讓自己拿匕首捅一小時都不掉HP的……

九夜深深的無語。這亂七八糟的理由歸納下來是什麼意思，他也大概明白了。其他都是假的，人家胡說八道的拉了那麼一大堆出來，關鍵的主旨只有一個，那就是她不想談這任務的事，只有這一點是非常肯定確切的了。

又拉拉雜雜的說了一通之後，雲千千順利安撫下九夜；關鍵也是人家九夜識趣，沒有繼續的跟她糾纏下去。畢竟高手都會有高手的氣場和自尊，一般什麼事情提個一兩句，人家要是不答應的話，他們也就懶得接著囉嗦下去，不然那太降低身分了……

難道還真以為所有人都跟雲千千一樣，為達目的可以不擇手段，撒潑耍賴玩無恥，什麼順手使什麼，完全就是不要臉的無賴架式……這樣的人品和行為，別說是高手不屑，就算是一般的男人，但凡有點心氣的也不可能跟她一樣的德性。

丟下沉默不再說話的九夜，雲千千切斷通訊，站起來伸了個懶腰，再支腳尖踹了踹地上一直沒刷新的男人屍體。她摸摸下巴，總算琢磨出點味道來了。屍體沒消失，也就代表有特殊用途呢，看來這百八十斤的屍體自己還得扛回去。

雲千千扶著屍體一撈，試探性的往空間袋裡一塞，果然如她所料，系統沒出來攪和，說什麼空間袋不能參與搬屍工作云云的廢話，一聲不吭的，算是默許了雲千千的行為。

丟下一地因為沒有操縱者而重新靜止下來的骷髏士兵們，雲千千就這麼把屍體塞進了空間袋，然後施施然的在一具具骨架之間穿梭而過，翩然遠去，朝著修羅族的方向信步走去。

剛一回到族裡，還沒來得及去找長老，雲千千就發現了族裡似乎有些不大對勁。一個個 NPC 們似乎

都顯得十分的繁忙，行色匆匆的在族中四下行走。以前偶爾還停下來和雲千千打個招呼的人現在也懶得理她了，直接把她當空氣來著，一臉的無視。

「怎麼了？族裡出了什麼事？」雖然知道這情景大概和被觸發的亡靈一族任務有關，但雲千千還是忍不住拉了個修羅族人下來詢問道。

那修羅族人看了雲千千一眼，接著果然如她所料的凝重開口了，內容卻有些出人意料。

「大事不好了！瑟琳娜公主被長老傷了！」

91・行蹤

猛一聽到這個消息，雲千千是震撼的。

瑟琳娜公主的姘頭的屍體還在自己空間袋裡收著呢，一轉眼的工夫，這女人居然就被長老傷了!?不是吧!?照理來說，長老顧慮著凱魯爾的感受，應該不會這麼肆無忌憚的出手才對啊！

本來雲千千預計著，就算自己把這神秘男人的事情報告了上去，長老也肯定還會再繼續收集些證據什麼的，直到能百分百確定瑟琳娜心懷不軌之後，才有可能出手對付她……這主要也是為了修羅族的和諧穩定著想，好說人家現在也是凱魯爾的媳婦，雖然還沒正式過門，但面子總還是要給的。

所以，綜合以上考慮，雲千千認為這事絕對有蹊蹺……

「喲！小凱子，我回來了！」

揪著空間袋的袋口，雲千千探頭探腦的出現在凱魯爾的新房。這個時間點去見長老太敏感了，她思

來想去之後，還是從凱魯爾這裡著手打聽情報，要顯得稍微婉轉那麼一點兒。

凱魯爾的這座新房現在已經被收拾得有模有樣，只等正式投入使用了。但大概是因為長老做的那件事情，此時整個房間裡一點喜慶的氣氛都不見，只有凱魯爾一個人呆愣愣的傻坐在裡面。那份失落、那份頹然，看上去顯得他就像是一個在結婚前夕卻發現新娘跟其他姦夫私奔了的倒楣男人一樣。

聽到雲千千的聲音，凱魯爾愣愣的抬頭，眼神僵滯如痴呆患者似的傻盯著她看了足有三分鐘。直到把雲千千看了個毛骨悚然之後，他才猶如恍然大悟般的輕輕的發出了一個氣音：「啊……」

「……」啊？啥米意思？

又等了半分鐘卻始終沒等到接下來的話，於是雲千千終於傻眼。她頭一次發現，這世界上居然還會有連自己也無法與之溝通的人物。

還好凱魯爾不是真傻，人家估計只是因為刺激太大，所以一時間有點反應不能罷了。

過了好一會後，這個俊美壯男終於恢復了正常，最起碼能認出雲千千來了：「蜜桃多多!?」

「誒！是我是我！我在這裡呢！」雲千千非常激動啊。真是不容易，這位大哥總算知道她是誰了……這戲碼怎麼感覺跟狗血劇裡男主角失憶的橋段差不多呢!?那麼說，自己就是痴心不改、一直守候在男豬身邊等他康復的那個美貌純潔、天真善良……最重要是還得夠單「蠢」的女豬!?

被自己的想像惡寒了一下，雲千千尷尬的乾咳兩聲，甩掉亂七八糟的情緒，鎮定了一下之後，她才重新看向凱魯爾，開始套問情報：「小凱子啊，你這到底是怎麼回事？能跟我說說嗎？」

凱魯爾眼神一黯，傷心的如同一個被負心男子所拋棄的黃臉婆，凝噎許久後才悲痛道：「長老他辜負了我。」

「……不懂，求分享。」

「……」凱魯爾沉默三秒，又道：「長老傷害了瑟琳娜。」

「……到底是傷害了你還是傷害了瑟琳娜？」能有個答案嗎!?起碼受害人是誰先確定一下也是應該的吧！比如說，法官開庭審理一個案件，被告和原告都被帶上來了，結果法官開庭一問，連要告人家什麼都不知道，這不是浪費時間嗎？

悲痛的凱魯爾不滿的抬眼，瞥了雲千千一眼，似乎對後者這麼沒有同情心的問句很是不滿，於是他剛才努力壓抑下去的怒氣也終於忍不住爆發，對著雲千千吼道：「長老傷害了瑟琳娜！這是對我的侮辱！明白了!?」

「嗯，明白了！」

簡單來說，這就是類似青春期的叛逆小孩，總覺得家長讓自己做的和為自己做的都是錯的，而自己堅持的才是正確的。

他就是那堅持真理的少部分人，如長老一流的人物則是那庸俗而愚昧的大部分人。於是，愚昧的人無視他的心情，打破了他的堅持，讓他覺得自己受到了侮辱……

雲千千想嘆息，叛逆期這種東西果然跟年齡是沒有多大關係的。哪怕是如凱魯爾這般已經年逾數千的老男人，在面對比自己還高的長輩時，也依然頑強的保留著逆反之心，隨時準備著要違抗一兩個命令，好為世間再添狗血的一筆……

「妳認為我在說謊!?」凱魯爾斜睨雲千千一眼，很看不慣對方這麼漫不經心的態度。

「這話怎麼說的，大家都知道NPC在一般情況下是不會說謊。」

「……那妳這態度是什麼意思？」

「主要是這樣的，瑟琳娜是個女孩，還是個長得挺不錯的女孩。而我剛好也是個女孩……所謂同性相斥，對於瑟琳娜的被打擊事件，我不歡欣鼓舞已經算是不錯了，你硬要讓我為她的遭遇而感到悲痛，這嚴格說起來也不太實際是吧!?」雲千千耐心的跟人講道理。

凱魯爾聽得滿頭黑線更兼無語，在這個瞬間，他突然覺得這水果比長老還過分。

「其實你想開點，不就是個老婆嗎？」

雲千千眼看凱魯爾的臉色似乎不大好看了，也怕人家真的著急上火和她拚命，於是想了想，還是主動安慰了兩句聊表關切：「事情得換個角度去想，要知道，舊的不去，新的不來嘛！……當然了，長老出手得不夠乾淨俐落這點是他不對！你說你做壞事也得有點專業素質啊！他要是把瑟琳娜直接掛掉了，那你這會哀痛個幾天後就可以名正言順、理直氣壯的去尋找真愛了。」

「到時候你能以受過情傷的憂鬱熟男形象迷倒萬千少女不說，只要想不負責任的時候，玩完了再故作痛苦的說句你其實還是忘不掉瑟琳娜就行。這樣不僅保證沒人怪你，同時還會有不少狗血小說看多了的腦殘女性大受感動而倒貼上來……你的表情似乎有點不是很愉快的樣子，是不是我說的哪裡不對？」

「……」豈止是不對啊，那是相當的不對！……凱魯爾一時間突然連悲痛的心情都被氣得沒剩多少了。聽聽這水果說的是人話嗎？

雲千千抓抓頭，想了想，又小心道：「反正意思大概就是這樣，你節哀順變就成。我現在去看看瑟琳娜沒問題吧？」她倒是想看看，如果自己把空間袋裡那屍體倒給公主看了之後，對方會有什麼樣的反應？估計應該是挺好玩的……最近樂子太少了，為了找點娛樂，她容易嗎她！

凱魯爾心中頓時警鈴大作，「妳想去找瑟琳娜做什麼!?」他百分之一百的肯定這女孩絕對是沒安什麼好心，不管從對方的人品上來說還是從性別上來說……

「也沒什麼，就是想找她聊聊天、吹吹牛，說說人生，談談理想啥的……如果你覺得這些話題還不夠深刻的話，其實我個人也不排斥大家一起來討論一下國際金融或者說宇宙宏觀發展。比如說……」

「滾！」果然是不安好心，一聽這荒謬的回答就知道！凱魯爾堅定的怒瞪雲千千，已經把對方劃成了第一號危險人物體。

「……大哥，我應該沒惹到你吧!?揍你老婆的是長老又不是我！」雲千千噎了噎，非常委屈。

「不准妳靠近瑟琳娜半步！」凱魯爾已經在空氣中嗅到了危險的味道，他的直覺一向很靈。尤其是關係到這水果，這明顯已經連直覺都不用了，根本是一個理所當然的因果判斷——

想生活刺激嗎？找蜜桃多多吧！想麻煩纏身嗎？找蜜桃多多吧！想要從此過上暗無天日的日子，擁有一個不見未來的人生嗎？請馬上提起您的通訊器，撥打我們的水果專線吧！蜜桃多多，您墮落和絕望的選擇……

直到被趕出了凱魯爾的新房，蹲在屋子外面反省了許久之後，雲千千才終於醒悟到自己到底是錯在了哪裡。她踏馬的從一開始就不該人性化的去詢問凱魯爾的意見。

自己想去哪裡，直接抬腿走路就是了，還問個毛線啊!?瞧瞧，太尊重別人的結果就是自己被人輕視了，自己給人面子也就等於自己的面子沒了……

雲千千深刻的反省著自己的錯誤，得出的結論是她終究還是太過純潔善良，所以才會被人這麼欺負……

嗯！這是個壞毛病，得改！

反省完畢，雲千千起身，左右張望了下，隨手抓了個剛剛路過的修羅族人，一點兒不見外的和人打聽消息：「大哥，瑟琳娜公主現在在哪啊？就是凱魯爾他老婆，被長老剛打傷的那妞，你應該知道吼!?」

被抓住的修羅族人鬱悶的看了雲千千一眼，「知道，怎麼不知道……現在全族的人還會有不知道瑟琳娜行蹤的人嗎！」

「是嗎？那她在哪？」雲千千高興。

「喏！」修羅族人一指族落最中心的祭壇建築，「為了保證瑟琳娜公主的安全，祭司大人已經應凱魯爾的請求，將她接進祭壇去了……」

瑟琳娜公主是內奸，而她現在又在修羅族最重要的祭壇之中……

雲千千將兩者這麼一聯繫，突然就感覺眼前一片發黑。這下可好了，事情的起因緣由什麼的不用再介意了，關鍵是她已經猜到了對方的目的。

這女人不愧是亡靈族的，果然夠狠。她這是想釜底抽薪，直接從內部瓦解修羅族啊！

其實認真說起來的話，雲千千對亡靈族並沒有什麼特別的厭惡感，基本上除了嫌棄他們的長相比較見不得人以外，她也沒什麼其他意見了。

「靠！這回玩大了！」雲千千傻眼的喃喃自語。

被拉住的修羅族人也是個愛湊熱鬧的，忍不住探頭過來，好奇了一下：「玩什麼？怎麼玩？族裡最近有活動嗎？」

「有個毛線！」雲千千不耐煩的把人一丟，在這心急火燎的緊張時候，她也沒空去管人家到底什麼

感受了。她直接朝著祭壇的方向撒腿就跑，小心肝已經在聽到消息後涼了半截——

族長，您在界之靈可千萬要保佑修羅族，怎麼也不能被瑟琳娜那女人得手了啊……要知道，一個部族被拆了不算啥，反正您大本營不在這裡，再反正系統也會給您恢復；可問題最關鍵的是，種族一被突破了的話，該族所屬的玩家可是有懲罰的啊大哥……

大部分人可能會有這麼一個經驗：一件事情，當你試圖往好的發展方向去設想它的時候，這個設想通常是不會實現的。但如果反過來，你越是害怕它變成什麼樣的時候，這件事情反而就越會變成那個樣子……

某國曾經有個名字大概是叫做愛德華．莫非的傢伙就吃飽了沒事做，總結出了一個叫做莫非定律的東西，其闡述的大概意思也就和這現象差不多。

總之，雲千千才朝著祭壇方向跑了一半路程的時候，耳邊就響起了讓她忍不住要傷心到潸然淚下的系統聲。這個幸災樂禍的電子合成音很不厚道的通報全體修羅族人，說不好意思，您本族的祭壇已經被人破壞了，現在馬上趕去的話，沒準還能挽回少許損失；但是想要恢復從前的話，難度實在是太大了。為表懲罰，諸位的種族貢獻度啥的會適當下降一些。請節哀順變，並請以此為鑒，珍惜屬性，遠離間諜……

雲千千淚流滿面。踏馬的，都已經馬不停蹄的趕路了，結果居然硬是沒能趕上。

「什麼情況!?」

九夜的訊息又飛來了。身為修羅族的另外一個玩家，九夜自然也是接到了系統通告。剛剛才開通了種族任務沒多久，這下冷不防的又被通知說自己的老巢被算計了，任憑誰都想不通的。

「這事情說起來就複雜了。首先，我們得從男人和女人之間那微妙朦朧而又曖昧的關係開始講起……」

抓著通訊器的雲千千含淚傷心道。

「說重點！」

「……重點就是我們被陰了。」

「……」很好！果然夠重點！

九夜沉默半分鐘後切斷通訊，打算還是直接拿出小蜜蜂引路，回族裡看一眼好了，他實在是不想再和這爛水果說話了。

可是他不想理人家，有的是想理人家的人。九夜這邊通訊剛一掛掉，還沒等雲千千抓頭憂鬱糾結個一會的，很快，請求通話的消息就又刷了一條出來。她晃眼一掃，居然是不知道在哪裡閉關的燃燒尾狐發來的……

燃燒尾狐早在幾天前就被族裡抓進隱藏地圖閉關去了。這男人說起來也算是有志氣的，雖然說身為一個江湖算命人士，他的技能殺傷力實在是不用太高，根本沒人會和他去計較在這方面的成就。但人家要做就要做到最好，預測占卜方面的能力他要，技能殺傷威力他也要。

他好說也是個男人，大男人……任何理由都不能成為讓他可以心安理得躲在女人、特別是女水果身後蹭經驗偷懶的藉口！

就這樣，燃燒尾狐就抽空找了個自己族的NPC，詳細詢問關於如何更快提高自己技能威力的詳細細節；而他運氣不知道是好還是不好，居然剛好碰上了族內隨機出現的隱藏高人。

於是，這隻狐狸很順理成章的就被抓去閉關修煉技能境界去了。一連好幾天，不能使用通訊器也不能走出限定地圖，憋得燃燒尾狐都快長草了。要不是雲千千碰上的這個修羅族之變，屬於隱藏種族都可以領

取的種族劇情任務，估計再過個十天半月的，他也別想出來。

雲千千只看了眼燃燒尾狐的名字，緊接著立刻變得無語：「你之前去哪了？」要是這傢伙早些時候在的話，說不定她的任務可以做得更順利些。

從燃燒尾狐的身上，雲千千終於充分體會到了情報工作在任務事件中是多麼的重要。而這麼重要的情報人員在她最需要的時候沒有出現，等事態變得糟糕之後才終於冒泡探頭，這一點著實讓雲千千感覺很委屈……

「沒什麼，前幾天去幫朋友做了個任務。」燃燒尾狐支吾了下，倒是沒跟雲千千說自己是在閉關修技能。也許是因為自己辛苦修煉出來的也比不過人家，讓他覺得不好意思了。

「什麼朋友?男的女的?……狐狸啊，你可千萬別在外面和些不三不四的人交往啊！要知道，你現在的任務就是算命，其他的一切都不用你操心，交給本蜜桃就好了……」一聽自己的專用情報探子是幫其他人做任務去了，雲千千立刻緊張了起來，生動的詮釋了一個謹慎、害怕孩子走錯路的家長形象。

其實要真說白了的話，她只是害怕自己以後沒那麼好用的免費白工了而已。

「……先不說這個。蜜桃，我們族剛發了個任務，說是友族群落現在危在旦夕，讓我們去支援幫忙……這是怎麼回事!?」燃燒尾狐擦了把冷汗，換個話題問道。

「嗯……關於這個問題，你要聽複雜的版本還是簡單的版本？」

「我要聽……」深刻了解水果人品的燃燒尾狐糾結了半天，終於還是無奈：「算了，還是等我到地方了，自己再了解情況吧！開個組，加我！」

先不說這會和燃燒尾狐交談著的雲千千為了屬性懲罰的事情正在如何的傷心，更傷心的人其實還另有人在。委屈的凱魯爾同學是真冤枉來著，打死他也想不到瑟琳娜會跟自己玩這麼一手啊。

開組加了燃燒尾狐，雲千千剛準備原地站著等人來會合，結果一抬頭，冷不防的就看到了失魂落魄的凱魯爾同學。

凱魯爾十分缺德的站在大路正中間，一點也不顧慮其他行人方便與否的大馬金刀把道路一占，站在那裡傷感的喃喃自語著：「為什麼!?為什麼呢!?為什麼要騙我!?為什麼、為……」

這麼純情的老男人是最好用的了，不騙你騙誰啊！

雲千千「切」了一聲，鄙視一眼過去，像沒看到那麼大一個人似的，根本沒打算過去安慰人家一下，眼睛瞥一眼就走，冷血得別提有多畜生了。

而她這麼一不答話，凱魯爾可就更痛苦了。這時的場景嚴格來說也屬於小劇情，他必須等到有玩家來跟自己說話，然後自己再委託對方去調查瑟琳娜背叛事件的真相，接著後面的情節才能繼續發展進行下去。可是人家現在就是不過來問話，自己該怎麼辦？難道一直堵著大馬路不讓？這也太沒有公德心了吧！……凱魯爾異常痛苦。

「為什麼、為什麼、為……蜜桃多多，妳見過瑟琳娜對吧？」好吧，山不來就我，我去就山！……妳這個爛水果為毛就不能配合點!?

「哈!?」看著主動走過來和自己說話的凱魯爾，雲千千愣了愣，思考一會後慎重聲明：「先說好，我可沒空去幫你調查什麼真相內幕一類的事情……一個女人罷了，沒有了就再找個唄！囉囉嗦嗦、糾結來糾結去的你費不費勁!?」

「……我和瑟琳娜是在神魔大戰的時候就認識的，我們……」沒聽到、沒聽到、我啥米都沒有聽到……凱魯爾無語了十秒鐘，接著非常自然的就講起了自己的故事，像是根本沒聽到雲千千前面才說過的那段話一樣，搞得後者非常抓狂。

「喂！我都說了沒興趣聽你們的事，更不想接什麼任務……你是不是真的沒聽到啊!?這樣強迫中獎的是不是有些不大好!?……再說我就翻臉了哦！真的翻臉了哦！真的真的……靠！算你狠！」

翻臉!?管妳正翻反翻，老子都得講完啊，不然我還要不要去做其他事情了!?

凱魯爾淚流滿面，頭一次發現隱藏種族其實也沒啥值得驕傲的；但凡有一點其他選擇的可能性，他怎麼也不想找上這個人。

「……所以，我們在大戰之後就開始私底下接觸……」

「……」

93·援軍

修羅族現在是千頃良田，兩根獨苗。雖然論起部族技能和戰鬥力的話，整個修羅族在創世紀中都是數一數二的；但除了雲千千和九夜以外，他們卻再也沒有什麼在大陸上行走的力量了……別提NPC的事，這怎麼說也是個遊戲，能計入勢力運算的只能是玩家，NPC再厲害也不夠資格。

但是還好，系統也沒有不人道到單想指望著雲千千二人就能化解掉這一次的亡靈一族入侵危機。這是修羅族的種族任務，更可以說是所有隱藏種族的種族任務。其存在意義就跟隱藏種族福利差不多，說白了也就是給大家一個殺活動賺經驗積分的機會而已。

雲千千從凱魯爾那裡接下任務之後，隱藏活動就算正式開啟了，調查瑟琳娜的陰謀並擊退亡靈族的來襲……伴隨著接下任務的系統提示聲在雲千千耳邊響起，修羅族部族之外也同一時間掀起了震天的喧囂。

只見修羅族外環繞著的密林之中，不知道什麼時候已經聚集起了鋪天蓋地的亡靈小怪軍團，從骷髏兵到殭屍再到骨龍騎，等級從低到高，錯落有致，將整個修羅族包圍了個密密實實。方圓不說百里之內，最

起碼十幾里內一片森森白骨是跑不了的了。

部族裡的NPC們也很給面子，這是玩家任務，沒他們摻和的餘地，於是大家說是要去阻攔亡靈族繼續向這裡發兵什麼的，只給剛接下任務的雲千千丟下一句「修羅族的安危就靠你們了」云云，接著就全部撤離，第一時間從修羅族落裡消失了個乾乾淨淨。

只有和劇情相關並負責發布種族任務的長老、祭司以及凱魯爾三人沒走；不過他們也將接發任務的辦公地點改到了已經成為戰場的密林之外，分守密林三個方向，說是方便迎接四面八方其他前來幫忙的友軍……

從失落一族趕來的燃燒尾狐在路上就碰到了長老，順手接了個任務，再歷盡艱辛，終於摸到雲千千所在的位置。聽對方把前因後果那麼一說之後，他頓時看掃把星般看雲千千，「妳瞧瞧，妳不接任務的話大家還過得好好的。妳一回來，人家就族散人亡了……」

「關我屁事！」雲千千黑線，順手遞了個卷軸出去給燃燒尾狐，「要嗎？」

「什麼破玩意？」燃燒尾狐嗤之以鼻的看了眼手上那卷連說明都沒有、明顯屬於三無產品的空白卷軸，從心底就不相信那吝嗇的水果手裡能漏出什麼好東西給他。順手把卷軸又丟回去，燃燒尾狐很威風的一揮手，「我現在的技能殺傷用來自保是沒問題了，用不著這種初級瞬發卷軸。」

「不要就算了！」雲千千抓起卷軸往懷裡塞，一邊塞一邊唸唸有詞：「正好省點資源。這召喚卷軸召喚出來的修羅戰士雖說只有三次助陣幫忙的機會，每次還只有半小時，但萬一哪天出來個逆天BOSS，這也是多了個生存機率……」

她本來是想著燃燒尾狐技能不高，萬一有個照顧不上的時候，搞不好要出事。沒想到人家還挺有自

信的，而且聽這意思，似乎他還長進了不少!?那倒正好，把自己接任務時附送拿到的卷軸省下來，這真是難得的好東西來著……雲千千小氣，但她只是在爭利的時候小氣，真到了該花用的地方，這女孩還是挺捨得的，一點兒也不會心疼。

燃燒尾狐那純潔的小心靈現在已經悔得發綠了，他怎麼知道這玩意居然是召喚修羅戰士的卷軸!?

「蜜桃～嘿嘿，剛才我說錯了，我們打個商量唄……」

「啥商量!?」

「關於那個卷軸……嘿嘿，嘿嘿！」燃燒尾狐笑得一臉嬌羞諂媚。

「想要!?」雲千千恍然大悟，把已經收起半截的卷軸又抽出來，在燃燒尾狐面前示意的晃了晃。

燃燒尾狐眼睛頓時就是一亮，可還沒等他興奮的點頭，雲千千已經一盆冷水潑了過來：「想要的話好辦啊！你出多少錢!?」香蕉的！既然都有那實力自保了，到這分上還想從她手裡占便宜!?

「……」燃燒尾狐無語淚流。這爛水果，果然從頭到尾就踏馬的沒一個地方不冒壞水……

因為知道九夜也正在驅蜂趕回修羅族的路上，所以兩人暫時不急著動手，而是找了個挺高的樹爬上去，騎在枝椏上面，再搬了塊木板往樹枝間一搭，弄了個臨時檯子出來擺零食酒菜；然後他們就開始聊天打屁吃東西，等待最強戰力也就是目前官方評定的第一高手趕到……

有便宜不占是王八蛋！既然有九夜這麼善戰勇武的高手要加入，他們何必現在就在這裡拚死拚活!?趁著這個空檔，雲千千順便把任務跟燃燒尾狐再仔細的補充講解了一番。基本上這個任務就是殺怪，殺多少怪就有多少積分，和以前每月一次的族內狩獵活動差不多，只是可以用積分換取的獎勵高級了不

少，且殺怪後得到的高經驗值更是不用說了。

而這些入侵的亡靈軍團中還有幾個大BOSS，以及一個作為終級BOSS存在的瑟琳娜。殺死大BOSS可以掉出高級裝備武器之類的好東西，殺死瑟琳娜則亡靈入侵也隨之結束……

當然了，實在殺不過這女人也行，等到三天之後，瑟琳娜準備萬全，破壞掉了修羅族的動力水晶，則活動也隨之結束。要是那時候雲千千等玩家還不能幹掉瑟琳娜的話，則被派遣外出的那些修羅族人們也會抓著時間趕回來幹掉她……

總之，修羅族不會真就這麼輕易的被亡靈族弄死的，這是系統鐵則。

燃燒尾狐撕了個雞腿開啃，同時口齒不清道：「那妳剛說的懲罰是啥？」

「因為修羅族的動力水晶被瑟琳娜得手的關係，所以修羅族現在已經岌岌可危。如果我們能守住部族中心祭壇的動力水晶不被破壞，則修羅族就不算是被攻破，這樣的話就沒有懲罰了；但如果守不住的話，所有修羅族玩家等級減三……」雲千千一臉凝重：「這是關係到一整個隱藏種族的所有玩家福利的大事，我們千萬不能等閒視之。」

「一整族!?」燃燒尾狐噎了下。說那麼好聽做啥？一整族不就只有這女孩和九夜兩個人而已嗎！

不管從公從私上來說，雲千千都絕對不可能坐視瑟琳娜逍遙自在不管，但是她也知道自己的本事，雖說在玩家中自己是個高手，但那只能是在拿玩家做對比參考的情況下才能成立。

要換作NPC和BOSS的話，自己這點實力還是不夠看的。別說是她，就連九夜那麼技能風騷又屬性強悍耐抗的人，最多也只能說是頂得住BOSS，卻不敢說自己一個人，不需要任何人幫忙就能跑去調戲人家NPC了……所以，即便雲千千再是如何的心急如焚，也依舊只能把期望放在玩家外援的身上。

「妳說隱藏種族的玩家能來多少？這活動可是只對隱藏種族開放，來的外援估計不可能太多。」又枯坐了一會後，燃燒尾狐問道。

「不知道。」雲千千搖頭：「不過我知道這任務能分享。隱藏種族的玩家未必都是成群結隊的，如果某個隱藏種族裡面玩家稀少，只要那人不是太笨的話，應該能想到組些朋友進隊伍一起刷怪……再退一步說，就算每支隊伍能組到的人有限，分享到任務的人還是不會太多；但這裡好說也有幾隻稀有BOSS在，掉出的東西肯定是目前階段的超極品。隱藏種族的玩家把這消息一透露出去，到時候來刷寶的人還會少嗎！」

「……那，萬一那些隱藏種族的玩家們都想的是自己獨吞這些戰利品，沒一個人肯把消息透露出去的話呢？」燃燒尾狐想想又問道。

他這假設也不是沒有道理的。雲千千是緊張能不能打退瑟琳娜和亡靈軍沒錯，但那只是因為這個事件的結局牽涉到她是不是需要懲罰掉三級的緣故；而對於其他玩家來說，這就是個刷經驗和積分的任務。修羅族滅不滅的和他們沒太大關係，BOSS殺得了就殺，殺不了就刷小怪，反正就是不便宜外人……有這樣想法的玩家雖說未必是全部，但絕對是占了絕大多數的。到時候這裡有活動可以殺到BOSS的消息能不能流傳出去，那還真是挺難說的了。

雲千千鄙夷的看了一眼燃燒尾狐，「他們不說，難道老娘自己不會說!?」

「……」燃燒尾狐恍然大悟，腦子裡靈光一閃，已經第一時間想起了某個風騷的胖子……果然是天生我才必有用，這世界上哪怕是一張衛生紙也有它的用處。這個狗仔出現在這個地方，還真是再應時不過的了……

在活動中，只要玩家不主動出現在小怪的眼中，勾搭它們的仇恨，基本上兩方和平共處也不是不可

能的事情。

雲千千和燃燒尾狐所爬的樹離地足有七、八公尺高，差不多相當於一個三層樓的高度了。他們從樹上往下看，一片片的亡靈大軍們就在地面上徘徊著，基本上與他們保持的距離很是安全。就連骨龍騎等本來在玄幻小說中應該屬於空軍的小怪們也很安分，似乎它們騎著的骨架屬於地行龍品種，暫時還沒有離地的本事……

燃燒尾狐只朝下看了一眼，頓時被黑壓壓的一片大軍打消了往好聽了說叫保衛修羅領土，往難聽了說叫下去刷分送死的心思，若無其事的端起手中充當飲料的瓶裝液體，安心等待援兵。「不說了，來，喝酒喝酒！」

「喝屁！那是紅瓶！」

「……」

兩人聊了半小時，第一批援兵終於到達。雲千千站得高、看得遠，居高臨下這麼一眺望，第一時間發現密林前方衝來一隊人馬，剛好是滿組編制的五人。在前面打頭陣的是一個魁梧的戰士，正在一邊為隊伍頂怪，一邊左右張望著，似乎在尋找友軍。

「大哥，這呢！這呢！」

雲千千挺高興的連忙招呼人家，手圍喇叭狀放在嘴邊朝那裡喊……至於小怪!?這類被刷的小怪一般都沒智慧，只要不出現在範圍內勾引到它們的仇恨，你就是拿個擴音器去怪群中間搞露天演唱會，人家都懶得搭理你。

第一批到達的戰士一行人很快注意到雲千千的方向發出的聲音，他們精神一振，邊打邊接近，仔細尋找了好一番之後，才終於崩潰的在樹上找到正歡快的朝他們揮手的雲千千和燃燒尾狐二人。

「你們怎麼在樹上!?」戰士等人尖叫，很是不能接受自己尋找的友軍居然是這兩個正在偷懶的人。

「沒辦法，不是我軍太弱，而是敵軍太強……」雲千千傷心哀嘆，一副空有壯志卻難酬的氣憤不甘模樣：「你看看那些怪群，再看看我和我身邊的兄弟……我們就兩個人，實力不強不說，還沒辦法像眾位那樣有默契的專業配合，實在是應付不來啊。」

戰士想了想，倒也很是受用的接受了這個解釋。人家才兩個人，還真是不能要求太多。人家既不如自己隊伍專業，又不是高手榜上的那些變態高手……自己是高手，是專業的高手，專業人士就得有氣度、有胸襟，提攜這些後進，好讓她們不繞遠路的成長起來。

在這一個剎那，戰士等人突然有了種身為前輩的責任感。豪爽的戰士當即拍起了胸脯，「沒事的，小姐。我拉怪，妳看著我們隊伍的人群殺了一兩撥怪之後，就跟著放群招撿漏，這樣妳拉不到仇恨，還能搶點經驗和積分……刷分的空檔就順便好好看看我們是怎麼配合的。」

無私的戰士想教會這個無恥的水果，什麼才叫專業的配合。

水果很配合的做出菜鳥狀，一臉崇拜景仰，星星眼閃得戰士一行人都臉紅了起來。

「真的!?哥哥姐姐們真是好人啊！」好容易被騙的人啊……

燃燒尾狐無語低頭，在一旁默默的鄙視雲千千。實力不強!?草泥馬！這人一片天雷地網再補個雷霆地獄刷下去，直接就能清掉一片怪物。別的不說，起碼比起眼前的隊伍是強了幾倍都不止了。其實不就是想省那點MP嗎?瞧她那虛偽的模樣……

第一批人到了，基本上後面幾批的人也就晚不到哪裡去，畢竟這遊戲中有個東西叫傳送陣。大家都從各自所在的種族地圖出發，走到城市之後再用傳送陣到修羅族附近，接著按照族內提示，往修羅密林的方向趕路……

這中間的路程差距，最遠也不過是一座城鎮而已；再算上各個職業在速度上的差別，趕來刷任務的玩家們只要不像九夜那麼風騷的一路迷走，基本上前後腳頂多也就是差個十多分鐘。

不一會後，又有幾隊人馬趕到了密林內，也是每支隊伍前面一個高防高血的肉盾頂著，隊伍其他人員互相配合清理附近的小怪。他們一路從密林外殺到了密林裡，進了修羅族內的臨時安全點一會合，大家互相招呼認識了起來。

「諸位好啊！我和我兄弟是XXX族的，另外這幾個是我們朋友……幾位是哪個族來的？」

「久仰久仰，我們是水族裡的YYY族，這族在最大HP值上有加成，擅長水系改良技能。我們族裡玩家多，整支隊伍都是自己人……」

「你們真好，老子這種族就會個狂暴技能，狂暴後各項屬性值翻三番，其他屁用處沒有……」一位大漢滿臉憂鬱，恨恨道。

「什麼!?」在場除雲千千以外的所有玩家集體倒吸一口冷氣，眼睛瞪得老大，不敢相信還有這麼勇猛的種族：「大哥，你這狂暴一下就直接全屬性乘三這麼好了，還想怎麼樣!?我們的這些優勢和你這一比根本就不夠看啊！」

大家都很是不能理解，此人已經如此風騷了，還在這裡傷什麼心!?故意炫耀的嗎!?

只有明白內情的雲千千深切同情了這位大哥，為此人默哀了三秒鐘——香蕉的！前世最廢職業是自

己的龍騎士，而最廢隱藏種族就是這位大哥的狂戰士了。都是名頭風騷卻毫無實用的東西……這輩子能遇見這麼熟悉的杯具，還真是讓人懷念啊。

「好個屁！」大漢傷心抹淚，哽咽委屈道：「翻番之後所有技能都是禁用的，只能用拳頭或兵器一下下的砸……你們羨慕!?那我們換換好了！」

屬性都是為技能服務的，只有在使用技能時，玩家們的個人屬性才能發揮和體現出來。

比如雲千千用雷霆地獄能秒殺一片地圖，但要是換作其他雷屬性不強的玩家來用這招，那就等於滿地圖拉怪……招惹了大片的怪卻又清不了，敢使這樣的技能除了找死還是找死。

於是，聽完大漢的話後，眾人這才終於理解了對方為何這樣的委屈。

這還真是的，把人屬性翻了三番，結果卻禁用所有技能，那這翻了還有什麼用!?拿來好看，還是準備讓人往力拔山兮這樣的蠻力路線發展!?

眾人皆汗，卻又不好發表什麼意見，更想不出什麼虛偽的安慰詞，只好勸說一下，讓那大漢節哀順變，接著就把這杯具有意識的略過去了。

「東道是誰呢？修羅族的是哪位兄弟？」幾支隊伍來的隱藏種族玩家們並沒有直接衝出去開刷，更沒有忽視了自己是來做什麼的，於是直接開口找人，想問問目前是個什麼情況。

雲千千舉手往人群中一站，笑嘻嘻應聲：「我我！我是修羅族的，我們族就兩個玩家。另外那個在外面正在趕回來，估計還有個五、六小時就該到了。」

喊話的玩家噎了噎，一臉的不能理解，「那人是從哪裡往這邊趕的啊？怎麼可能要五、六個小時!?」就算是短腿的牧師職業，從最近的傳送城鎮慢慢散步過來，頂多一小時也該到了啊，那位英雄到底是何

方神聖!?

「呃，他情況比較特殊。」雲千千也為九夜感到臉紅。

「算了，反正也不過是一個人而已，不來也沒啥。」另外一玩家滿眼鄙視的站出，顯然把那個沒到的九夜同學當成是因為膽怯而不敢出現的人種了。

他說了這麼一句之後，直接轉頭來到了雲千千面前，非常傲慢的用一副天上地下唯我獨尊的口氣，像是對手下說話一樣的發號施令道：「介紹一下現在的情況！」

雲千千笑呵呵的，仍是一副若無其事狀，老老實實的接過話頭回答：「這片地圖裡有十個隨機 BOSS，不知道是刷在哪一片，不過看外形應該都看得出來的……我想著重介紹的，是這批怪潮中的最終 BOSS——瑟琳娜！」

雲千千把瑟琳娜的情況詳細介紹了一遍，最後一臉畏懼的神色，慎重叮囑大家並做出結論：「……情況就是以上我所說的那樣。這個公主十分棘手，能做最終 BOSS 的 NPC，實力是肯定不用說的了。最可怕的是她還有不低的智慧，一般人送到她面前根本就不是個菜，除非是高手……」

話音剛落，後面站出的傲慢玩家已經不屑哼聲，非常自覺的接話了：「不過是個 NPC 而已。我從進遊戲以來，碰到比這厲害的 BOSS 都不知道有多少……好了！這個瑟琳娜我去幫妳解決！」

這話說得有些自大，現在在場的玩家們都是隱藏種族，優越感比起其他人確實有點高，但還不至於自大到這地步。聽到傲慢玩家說的這句話，有些厚道的人就忍不住想上前給人提個醒了。

可是大家還沒開口，雲千千已搶先一步，閃星星眼的激動和人握手，一記馬屁把人直接拍上梁山：「英雄啊！全靠你了！」

94・勢力暗潮

傲慢玩家很快帶著他的隊伍重新投進了怪潮，被淹沒在森森白骨群中撲騰掙扎了兩下之後，一個泡都沒能冒上來就沉沒了下去，再不見蹤跡。

雲千千手搭涼棚作遠眺樣，把這位悲劇英雄最後一刻的壯烈情景看進眼中。確定對方已經全軍覆沒之後，她只唏噓感慨了一下，接著就把此人徹底拋到了腦後，若無其事的轉回身來，和其他人接著討論商議活動任務：「各位，我們接著來說說大家的刷怪區域分配和 BOSS 分派吧！剛才說到哪了？」

「……」

活動剛開始就讓人家去刷 BOSS 是很不人道的行為，畢竟這些隱藏種族的玩家並不真只是為了幫修羅族解除危機來的，人家說白了就是為了混個經驗積分罷了。如果最後大家幫了修羅族一把，那是人家仗義，夠意思。但如果人家刷完分就閃，直接把 BOSS 留下，給修羅族來個死道友不死貧道，那其實也真沒什麼

說不過去的。

玩家嘛！思考一件事情的時候就得從更實惠的角度出發。

比如說雲千千，如果不是因為修羅族的興亡和她的三個等級直接掛上了鉤，搞不好刷完小怪之後第一個腳底抹油的就是這人，而且機率還挺大，用十之八九來形容都已經過於保守了，直接就是板上釘釘、百分之百的事情。

所以綜合以上考慮，雲千千也根本沒指望過這些援軍一到場就能自覺的先去把瑟琳娜解決了。怎麼也得讓他們先刷過癮，撈夠了經驗和好處再讓人家開工幹活啊！瑟琳娜要真是這麼早就被掛掉的話，到時候亡靈大軍一撤退，大家刷誰去!?

千里迢迢一場奔波，你還真當人家是純來做好事，幫你保家衛族來的了!?

「我們不能隔太近，這樣會互相搶怪。但也不要離太遠，不然容易有危險……每支隊伍之間間隔五個座標點的距離，大家一起刷怪，這樣守望互助又保證刷怪效率，你們看怎麼樣？」

隱藏種族的各個玩家們商量的同時，也沒有忽略掉修羅族真正的東道主雲千千。

眾人看看對方那勢單力薄的德性，想必讓人家一個人守一片地圖是不大可能了，於是退而求其次，直接將其定義為游擊隊員：「至於這位修羅族的小姐和這個算命……呃，失落一族的兄弟，你們倆隨便在我們哪支隊伍混都行，反正大家拉來的怪你們隨便打。這樣即使不在我們隊伍裡，你們多少也能分到些經驗和積分的。而且有大家在，也不用怕會拉到小怪仇恨而掛掉什麼的……」

雲千千欣然點頭，十分高興的接受了這一建議，並對此人表示了由衷的感謝和欣賞。好小子，很懂事！果然有前途！

刷怪區域劃分完畢，雲千千拉著燃燒尾狐隨便選了支看起來裝備比較鮮亮的隊伍就混了進去，跟在人家後面，全當自己是跟團旅遊去的。

一干隱藏種族的玩家倒也真沒丟了隱藏種族的臉，不管是雞肋如狂戰士還是風騷如修羅……對不起！修羅唯二的兩人，一個沒到場，另一個在偷懶，還真是挺丟臉的……總之，除了修羅族外的其他隱藏種族的玩家們各顯其能，紛紛刷開了小怪，這麼出手一對比，大家和普通玩家之間的差異立刻體現出來了。

不管是從屬性體現還是從技能的傷害力來說，隱藏種族的玩家都要比普通人強上一些。就算實力差得不是很明顯，如燃燒尾狐一類的隱藏種族，也一定有自己的獨到之處。

各個小隊分別突入進怪群之後，齊齊發動技能，物攻與法技同出，一片片五彩絢爛的技能特效就在如潮水般的白骨小怪中炸開，增強疊加之後，不一會就清掃出了一片片空白區域。雖然這片空白很快又被亡靈大軍中的其他小怪填上，但總算還是有了些效果，稍稍牽制住了一下小怪們攻擊的頻率。

雲千千跟著的這支隊伍裡還有個更猛的大哥，拿出一個長得跟大骨頭棒子沒啥兩樣的法器類器具，雙手握緊，一聲大喝後往地上一插，全身上下頓時一片白氣暴漲，隱約有金光在周身上下遊走閃爍不停，如高手打通任督二脈。

不一會後，這位大哥手裡的大骨頭棒子就開始散發出奪目光輝，光華流轉間，頓時從一個本來只能算作路邊狗糧的等級，搖身一變成為了上品的法寶。

「流放之地……開！」大哥醞釀許久後一聲斷喝，骨頭棒上頓時暴起一片白光，如漣漪般以它為中心向四面八方擴散開去。光芒所過之處，接觸到的小怪們頭上頓時升起一片損血，雖然每隻怪掉的血都不超過三位數，但這技能真正的風騷之處則在於，這些小怪群們損血的同時，所有速度同時還降低了80%。

頓時，一片慢動作如電影特效的場景就出現了。

這片地圖之內，除玩家以外的所有小怪們集體萎靡，用慢得不能再慢的速度緩緩向玩家們爬來。別的不說，光是抬隻腳起碼得用去半分鐘，大大的減慢了它們填補空白區域的速度，也讓玩家們輕鬆了不少。

「太棒了，加油！再來一個！」

各小隊眾玩家興奮的口哨、掌聲一起送上，大力表揚該位大哥的這項技能。在感到節奏變得更容易控制，場面也更加輕鬆的同時，他們對此技能帶來的效果也期待了起來。

玩大骨頭棒的大哥擦把汗，四面環顧拱手一圈以答謝大家的捧場，接著他不好意思的抓抓頭回答道：「對不起諸位，這技能得要個冷卻時間。」

「沒事、沒事！」大家對這一點均表示可以理解。一般越有用的招式，冷卻時間也就越長，大家也沒那麼不講理的讓人家無間斷瞬發。於是所有人都體貼的安慰了那大哥一下之後才接著問：「冷卻時間多長？」

「釋放一次技能可持續效果三分鐘，冷卻時間一個小時……」

大哥的話還沒說完，本來還在和他說話的人頓時紛紛轉頭，咬牙切齒、爭分奪秒的拚命刷起怪來，再也沒空理他——香蕉的！一小時才能用一次的技能虧這小子也好意思用出來!?更可氣的是，有效時間只有三分鐘他居然也不早講，囉囉嗦嗦的，這會只剩下二十秒了……

雲千千瞅準了正混亂的當下，隨手左邊一片雷霆地獄放出去，右邊一片天雷地網罩下來，接著再很淡定的看了眼自己個人面板上的大片經驗和積分迅速往上升，就收工了。

她沒事一樣的一邊等著那些呆若木雞、沒能回神的隊伍再去拉怪，一邊和那拿骨頭棒的大哥閒聊打發時間：「大哥，哪個族的啊？除了這技能還會點別的嗎？你們那族是控制系的吧？詛咒系的有學一些嗎？哪天我打BOSS需要控制系的時候找你吧！……」

看著其他玩家們一個個都是一副茫然的表情，彷彿根本沒能明白自己正在打的怪到底為什麼會突然消失，再看看雲千千一臉泰然自若、無辜純潔如路人甲的樣子，燃燒尾狐實在是忍不住羞愧的低下頭去擦了把冷汗。他小心的把身子縮了縮，生怕被別人看到……

他真是覺得自己沒臉見人了，整個創世紀裡還能找出第二個像這水果一樣不要臉的人嗎!?人家好心帶她，允許她打自己隊伍拉來的怪，她倒是真就沒打算和人客氣了，直接刷刷兩下把所有經驗積分攔截走……蒼天啊！大地啊！哪位好心的天使大哥幫忙收了這水果吧！他實在是受不了了！

就這樣，在雲千千的踴躍參與之下，刷怪秩序終於漸漸混亂。

本來大家各自劃下一塊地盤，就守著自己那一畝三分地刷怪，既安全又保證刷新量，這是多麼好的一件事啊！可惜有雲千千這個破壞規矩的人在。

一片怪潮怪海中，大家的視線多少都受點阻礙，再加上這又是範圍技能，於是根本就沒辦法判斷是哪個混蛋不守江湖道義的搶了大家的怪；再再加上雲千千本身又是個演技派，每每搶了自己所在隊伍的經驗之後，喊的也總是比別人更加大聲、更加氣憤填膺……

於是場面終於混亂，所有人乾脆也不遵守什麼地盤界限了，頂怪的人繼續頂怪，拉怪的人繼續拉怪，打手群體們則是看著哪邊怪多就一起對其方位群起而轟之，再沒什麼限制……反正經驗值都是按各隊伍打掉的小怪HP值比例來計算，打的多就賺的多，還跟人客氣個毛線啊！

隱藏種族玩家們手中各種獨門技能法寶上場，頓時間整個修羅族戰場上風雷聲大作，一片片絢爛的技能特效出場，將整個作戰區域弄得驚天動地。

雲千千擦了一把冷汗，突然第一次真正意識到了隱藏種族的玩家是多麼風騷的存在。

不單是她、九夜和燃燒尾狐，其他冠上了「隱藏」頭銜的種族中也沒有一個玩家是好惹的。這麼看起來的話，自己原本以為上了修羅族的賊船之後就能在創世紀裡橫著走的想法，似乎有些不可行啊……橫行尚未成功，同志仍需努力。

燃燒尾狐也同樣極為震撼，本來他以為全創世紀裡的風流人物也就自己和修羅族的那兩人了，結果今天來個大聚會，頓時讓他眼界又開闊了不少。

創世紀裡的團體不少，以傭兵團或公會為單位的大型團劃活動也不少，但是那也只是人多有場面罷了。像此時這樣完全由隱藏職業組合成的團體，那可真是聞所未聞、見所未見的，所以也不能怪燃燒尾狐會驚嘆。

如果這些各負奇能的玩家們也能集合成一個勢力團體的話，那力量得多可怕啊……

幾個小時的狂轟亂炸之後，雖然經驗上竄了不少，但是同樣的，精力的損耗也是巨大的。疲憊的燃燒尾狐左右看看，似乎大家刷怪的熱情還很高漲，一時半會還沒有停止的意思，於是他只好悄悄湊到雲千千身邊去申請早退：「蜜桃，我回安全區休息下，你們繼續啊！」

「等等，我也回去。」

雲千千一秒一大片雷電，憑藉著技能的廣範圍及高傷害優勢，硬是捲走了從開打到現在的大部分經驗值。這會她收穫頗豐，正好也想回族裡整理下空間袋，順便再補充點小藍瓶了。

兩人也沒敢跟人打招呼，直接偷偷摸摸的鬼祟回族。

他們這一走不要緊，雲千千的雷霆地獄和天雷地網一撤，也就等於是戰場上最大的群體範圍打擊力量消失，已經習慣了頻率密集的拉來小怪的玩家們冷不防的一恍神，突然就發現到自己拉怪的數量和戰場火力之間的關係似乎供大於求；再一恍神，在弱勢火力下沒有被清乾淨的小怪們瞬間暴走，把拉怪的那幾個人杯具的撓成了馬鈴薯絲……

一時間，戰場上諸玩家們頓時手忙腳亂，一邊呼喝著一邊狂吞藥，努力維持自己那單薄的小生命不要見底……

「咦？怎麼我們這麼一走，似乎那幫人頓時就變得興奮了!?」安全區中的雲千千手搭涼棚朝外觀望，突然驚「咦」了一聲，看著不遠處戰場中那些興奮激動如跳蚤般的玩家們，非常不能理解這些人到底是怎麼回事。

「不知道，剛才好像看著還挺萎靡的……難道他們知道了我們脫離戰場的事情!?」就算是這樣也不應該啊！這些人又不知道一直在搶他們怪的那個人是這水果，沒理由會因為她的離開而興奮成這樣啊！燃燒尾狐踮腳眺望了一下，同樣表示茫然。

研究一會後，百思不得其解的兩人終於放棄，決定還是去把自己手頭上的事情做完再說吧……

隱藏種族的心思真是太難猜了，也許這是他們之間流行的一種什麼活動!?

「蜜桃，照這樣子看下來，他們對付瑟琳娜應該是沒有任何問題了吧？」燃燒尾狐對雲千千的任務還是比較上心的，收回看向戰場的目光之後，頭一句話就是關心修羅族這位 NPC 大敵的生死。

「大概是沒問題吧……其實我本來想著會來一兩個公會的，那樣的話，成功的機率又能多上不少。畢竟隱藏職業再強悍也會有局限性。職業配合的問題先不說，關鍵是某些廢……某些人的專長還根本就不是戰鬥類……」雲千千嘆息了一聲。

燃燒尾狐一聽，瞬間黑線——「某些人」是指誰啊？某些人!?

「公會要來的話估計比較困難，隱藏種族的地圖對其他玩家是有排斥性的。到時候別沒找到修羅族，先遇到近百個 BOSS 組隊出來刷玩家……」燃燒尾狐慎重思考一會後，猜測道。

雲千千鄙視的看他一眼，「有大活動的時候，這些地圖就都會臨時性的無限制開放，不然你以為外面那些玩家是怎麼進來的!?」

「咦？難道不是隱藏種族特有的福利嗎!?」

「……特有個毛線！」

兩人正邊說邊走著，突然街面上一道白光閃過，形似玩家登入時的情景。雲千千和燃燒尾狐一起停下，定睛一看，果然還真的是有玩家登入，而且那還是雲千千認識的。

「小草兄！好久不見，真是稀客稀客啊……你怎麼會在這裡下線的？」認出上線的人是誰之後，雲千千很快回神，一邊感慨一邊迎上前去，滿臉熱情好客的模樣。

彼岸毒草剛一上線便第一時間低頭摸出了通訊器，還沒來得及打開就聽到了這熟悉的聲音。他抬頭一見來人，頓時嘴角抽搐，好半天之後才僵硬的扯出一抹難看的笑，「原來是蜜桃啊，真巧。」買樂透也沒那麼準的，這算不算是一上線就踩狗屎!?

「關於巧不巧的問題可以之後再討論。」雲千千笑得和藹可親，看著彼岸毒草道：「如果我沒猜錯

的話，現在本來應該不是草兄的線上時間，是你們公會的人臨時下去打電話叫你上來的吧？」

「……是又怎樣!?」

「了解！」雲千千點頭，笑得益發燦爛，「如果我沒猜錯，想必是草兄的公會對修羅族的活動裡的BOSS感興趣了？」

「……」

看見彼岸毒草不吭聲了，雲千千連忙安撫對方：「哎呀，別介意！我並沒有別的意思，遊戲裡的BOSS都是無主之物，雖然我是修羅族的，雖然我是東道主，雖然我……」她列舉數條後再話鋒一轉：「但我是不會霸道到不許你們打BOSS的！」

「……」彼岸毒草腮幫子肉一抽一抽的，明眼人一看就知道是在狠狠的咬牙忍耐。

燃燒尾狐一見這形勢，連忙出來緩和氣氛打圓場：「既然大家都認識，那先不說這些了，還是談談任務吧……蜜桃，妳不給這個……草兄講解下？」關於稱呼的問題讓他好糾結！難道眼前上線這人就不會做個自我介紹先!?

深呼吸，再深呼吸，彼岸毒草重新睜眼，鎮定的笑笑道：「蜜桃，我就說實話吧！我們團團長看報紙知道這裡有活動，一眼就看中活動裡的BOSS了。團裡有心要組織人去把她打下來……如果說妳現在有空的話，不如幫我們一個忙？戰利品和報酬什麼的好商量，50金買妳進來湊個人頭怎麼樣!?如果有額外要求的話，我們會另外加錢，掉的東西也有妳一份。」

「50金!?」燃燒尾狐倒吸一口涼氣，眼睛瞪得老大。這傢伙的眼神太踏馬的毒辣了，居然一眼看穿那顆水果的弱點，這麼優渥的條件和價碼一開，直接把人拉進夥，到時候還怕人搗什麼亂啊，自己這邊直接

就多一強力打手賣命……

雲千千捂著胸口大口喘氣，也覺得呼吸困難。好心動，50金的起跳價還是其次，關鍵是戰利品有自己一份……這，要不要放棄原則呢!?可是不行耶，自己一直是賣身不賣藝的，要她出手殺BOSS，那不就等於偏幫皇朝的人了!?萬一一葉知秋或龍騰那裡知道了，回頭把自己列為敵對，斷了自己這邊的生意管道怎麼辦？

糾結的雲千千當然是不願意放棄這明擺著是白送給自己的好處，可問題的關鍵在於，她從一開始就沒想過要幫哪一家的人殺瑟琳娜。

殺BOSS這種事情是各憑本事的，自己如果站進某支隊伍那邊去了的話，又算個什麼說法？包場壟斷BOSS？她可不覺得單憑自己修羅族的身分能有這麼大的臉面。可是怕的就是彼岸毒草這一類人會拿她的種族做文章，到時候等搶BOSS的幾撥人一亂起來，自己不就成了現成的靶子!?

那可就是被人利用了。這買賣很虧本來著，自己這種境界的超然高手還是比較適合背後放冷箭的事情，回頭偷偷躲起來搶BOSS好了……

左思右想了好一會，雲千千終於含淚痛下決心，傷心的拒絕了彼岸毒草的僱傭邀請：「不用了草兄，我最近幾天來大姨媽，這段時間要好好調養，不適合劇烈運動。」

「……」你馬的！彼岸毒草再磨牙，又一次領略到了無恥無極限的境界。

補充完藥藥，雲千千和燃燒尾狐二人揮手告別彼岸毒草，重新加入了部族外戰場中那如火如荼的刷怪事業中去了。

彼岸毒草本來還有些忿忿然，結果等定睛一看戰場之後，頓時臉色蒼白駭然。

天天天哪！這麼多隱藏種族的玩家齊聚一處的場面還真是難得一見，瞧那些技能、那些武器、那些……這就好比你在街上突然看見一個能跳上三層樓的傢伙，也許會驚嘆，也許會佩服，但怎麼說都還在可以接受的心理承受範圍之內——沒啥的，奇人異士嘛！

可是如果你哪天走在街上，突然發現周圍來去匆匆的上班族們都集體使用凌波微步狂飆了，攀牆越樹如履平地，就連街邊賣羊肉麵的大叔都是動不動就來個火焰掌替鍋子加熱燒水……

震撼啊！

啥叫震撼!?這就是！

彼岸毒草捧著胸口，努力安撫自己太過激動的心情，臉色也漸漸由蒼白變為興奮的紅光滿面——這麼多隱藏種族的玩家啊！如果都能拉進自己團裡了的話，到時候落盡繁華算個屁啊！龍騰算個屁啊！高階神兵算個屁啊！

……三十一世紀的擬真遊戲中什麼最貴!?

馬的，人材最貴！

彼岸毒草一邊痴痴呆呆、頰生紅霞、欲語還羞的看著修羅族外的戰場，一邊聽著耳邊突然不斷響起的系統提示。

「對不起！遊戲用戶端檢測表明用戶腎上腺素分泌過高，懷疑有使用違禁興奮劑或正進行某夜間雙人娛樂活動的行為。該激素分泌水準已經超過正常標準，很有可能造成心臟負荷過重或腦充血，請用戶立刻調節自己的情緒並平復激素分泌，否則系統將強行斷開您的連接。重複一遍，遊戲用戶端檢測表明……」

「……草泥馬！」

等聽到倒數警報的時候，春心蕩漾、神遊天外的彼岸毒草才終於後知後覺的反應過來系統到底說了些什麼，他連忙兵荒馬亂的轉頭，深呼吸、狠狠深呼吸……有沒有搞錯！要真是被踢下去的話，回頭團長唯我獨尊肯定會以為他出什麼事了，要不要這麼欺負人的啊大哥！

好一會後，等到彼岸毒草終於把情緒調節穩定，重新轉回頭來，看看戰場中的各路玩家。他沉吟半晌，終於還是下定決心，給唯我獨尊傳了條訊息出去：「老大，搶BOSS的計畫還是停一下吧，我在修羅族裡發現了更有價值的東西……」

雲千千早料到來修羅族的這麼大批玩家肯定會被人看上。那些勢力團體的老大們本來平常就一個個都是愛拉人的人了，要是碰上個看上眼的高手，人家直接纏你個十天半月也不是不可能的事情。比如說以前的九夜，不就被龍騰看上過，連美人計都使出來了，就為了幫自己公會多增添一張王牌嗎！

連一個人都尚且如此，更別說現在在修羅族裡有這麼多的人了。

雲千千完全有理由相信，等到那些公會或傭兵團的老大們真的按照報紙上的訊息找到了這裡之後，見到這批隱藏種族的玩家，肯定就跟蜜蜂聞到花香，蒼蠅聞到……什麼一樣，死纏爛打的就賴上來了。

可是雲千千猜是猜對了，卻只中一半。她本以為第一個來到這裡的勢力老大應該會是彼岸毒草家的唯我獨尊，不然就是一葉知秋……前者有彼岸毒草做內應，後者則是手頭擁有七曜、無常等近水樓臺。

可是沒想到的是，人算不如天算，不一會後，第一批到達的勢力卻讓雲千千狠狠的跌破了眼鏡。對方既不是唯我獨尊，也不是一葉知秋，反而是雲千千怎麼也想不到的海哥……

「大嫂！」

「蜜桃姐！」

海哥帶來的人非常興奮，像是參加什麼重大活動似的，臉上那叫一精神煥發。尤其是見到雲千千之後，這幫人更是激動，非常熱情的就主動自覺的打起了招呼。

燃燒尾狐及附近離得不遠的幾個玩家不約而同一起停手，瞪大眼睛，驚訝的回頭。燃燒尾狐的驚訝是因為這些人對雲千千的稱呼；而其他幾個玩家的驚訝，則是因為這些人口中的「蜜桃姐」三字……

雲千千滿頭黑線，想了想，苦口婆心的跟人講道理：「你們不能這麼亂叫，我和你們海哥之間是很清白的……要知道人言可畏，緋聞這種東西是很容易替人的正常生活帶來困擾的，尤其是像我這麼才貌雙全的女人，更是容易被人放在輿論的旋渦中心。你們能體會我這種因太過出色而無奈的心情嗎？……」

「……」

海哥擦把汗，「蜜桃，妳別介意啊，他們亂叫的。」

娘的！他可是不敢再讓這幫孫子亂喊了。這水果的臉皮又有再增厚的趨勢，要多來幾次的話，自己可真不知道還能不能接受得了。

幾個隱藏種族的玩家回神，震驚的捅捅旁邊的燃燒尾狐，壓低聲音打探情報：「大哥！這修羅族的女孩該不會就是創世時報排的高手榜裡那蜜桃多多吧!?」據說那女人人品不大好？再據說那女人的拿手技能是雷系法術？

幾個玩家心裡突然隱隱有了一絲不怎麼愉快的了悟，怪不得剛才他們拉的怪都莫名其妙被一片片雷電秒走。本來大家還在想是哪個高人這麼威風呢，原來人家在高手榜裡也是有名次的……

燃燒尾狐滿頭大汗，心虛的眼神亂瞟，「什麼？你們說什麼？什麼創世時報啊？俺們鄉下來的人從來

不看報……而且 ID 只是一個代號而已，就像現實裡取名一樣，叫什麼不重要，重要的是人，是人心，是更高層次的一種精神境界……」

「……行了，大哥，我們明白了！」幾玩家默然無語的盯著燃燒尾狐看了好一會，突然深沉的長嘆一聲，重重的拍了下對方的肩點頭……一看這人的反應，再有什麼疑惑都明白了。就是那爛水果沒錯！絕對是！

雲千千瞥了一眼海哥及其身後的大批人群，想了半天也還是不能理解這些人怎麼能那麼快就獲得情報找來這裡。要知道，到達一個隱藏地圖的先後速度也在一定程度上表現了人的實力。比如說你情報能力夠不夠強啊，判斷夠不夠準確啊，還有進地圖肯定得做好面對未知危險的準備，能不能第一時間找齊需要的高手也是非常重要的……

當然了，也許人家對高手的理解不一樣，比如說大公會裡排名吊車尾的，沒準到了其他小地方就能一下成為高層主力。

「海哥，如果不介意的話，我可不可以問下你帶來的人有多少級？」雲千千終於還是沒忍住的打聽了下海天一色的戰力情報。如果等級實力不夠的話，她決定還是早點把這幫小朋友打發回去洗洗睡了算了。地球太危險，不是每個火星人都能適應良好的。

海哥也和雲千千挺熟，聽人這麼直白的打探倒也不介意，他抓抓頭乾笑兩聲，不大好意思的紅了臉答道：「和大公會比不了，不過都有 35 級左右了。」

「……嗯，確實比不了。」

一句話把海哥打擊鬱悶之後，雲千千開始逕自痛苦糾結起來——35 級啊……好曖昧的等級。說高吧，

實在不高；說低吧，其實也不算很低。感覺就像一個大學期末考試的時候，剛好被人貼著及格線一樣。給人家過吧，自己不甘心；不讓人家過吧，又實在是不合規矩……

「裝備呢？裝備怎麼樣？」想了想後，雲千千又補充了一個問題。

海哥這回可不敢亂謙虛了，斟酌良久後才小心翼翼的回答：「平均每人有三件以上藍裝，其餘基本都是綠階，全部是35等級段的裝備，沒有汰換品……」

「藍裝啊……」雲千千繼續抓頭。

香蕉的！要是這些人都有一件件的黃金裝或紫裝該多好啊！藍裝!?又是一個很曖昧、介於強與不強之間的屬性加成……

長久以來習慣了風騷走一回的雲千千，已經很久沒有接觸過這麼大眾化的玩家了。她和她身邊的朋友們都算得上出名人物，一般身上的東西都不會太差勁，技能及屬性也都屬於高層次的，現在冷不防的來了這麼一群普通人，頓時讓雲千千很糾結。讓人家走吧，人家其實還是有一拚之力的；不讓走吧，她又覺得這形勢不是那麼很樂觀、很保險……

雲千千覺得這些人其實不是來刷BOSS的，人家搞不好就是組團調戲自己來了。

海哥小心翼翼又小心翼翼，看著雲千千一副痛苦的表情，雖然不明白對方到底在鬱悶些什麼，他還是覺得大概是自己做錯了什麼吧：「蜜桃，有什麼不對嗎？」

雲千千抬頭看海哥一眼，對著那純潔無辜的目光，實在不忍心說出自己其實是瞧不起對方這點戰鬥力的話來。

「……沒！很好……非常好！」雲千千淚流滿面——罷了罷了！反正這裡好說也是自己的一畝三分地，

保這群人平安應該是沒問題……吧!?

正想到這裡，外圍的亡靈大軍中突然又是一陣騷動。雲千千抬頭一看，正好見到一大批裝備精良的高手玩家們正在怪潮外圍突殺。這些人明顯比海哥帶來的人厲害了不少，一片技能下去，瞬間清出一片空地來。

而這些玩家中，一個笑容滿面、穿了白衣還搖著扇子的騷人正越眾而出，瀟灑的衝雲千千打招呼：「蜜桃，好久不見啊。」

「……我覺得還不夠久。」馬的！這傢伙到的真快！雲千千咬牙切齒。

95・行蹤調查

一葉知秋這會看著雲千千也是百感交集，只是臉上還得保持一會之長的氣派。

香蕉的！這爛水果偷偷摸摸的攬和大任務出來了，每次都不知道提前給自己這邊打個招呼，放點風聲什麼的。她眼裡到底有沒有自己會裡的七曜、無常等人!?這幫人不是朋友來著嗎!?

「呵呵，這麼說的話可就見外了。」一葉知秋裝作沒聽到雲千千那不怎麼客氣的回話，笑呵呵的一副熟悉自然的口氣道：「江湖上誰不知道蜜桃妳耳目靈通，有什麼新任務、新事件的，絕對都跟妳有點關係……不知道這回的活動是怎麼一回事?怎麼事前一點風聲都沒聽到?」

「沒什麼。根據系統的說法就是兩族之戰，這屬於歷史遺留問題。」

風聲是那麼好傳的嗎!?其他的先不說，首先是無常越來越壞了，自己真要是前腳透露點什麼出去，沒準人家後腳整個公會就能一起開拔過來，包場子、劃地盤了……那小子可黑心呢！

她要開多少價碼兜售自己掌握的那些情報呢?

還得防著一葉知秋這小子，不能讓他獨占BOSS，不然的話，自己要想偷襲可是麻煩上不少。偷襲完如何隱蔽也是個大問題……雲千千越想越覺得有些頭大，身為一個生意太過興隆的敲詐犯，她身上的壓力其實也是挺大的。

「蜜桃，又見面了嘿！」

七曜幾個現在混得不錯，居然也跟在一葉知秋帶來的高手任務突擊隊裡一起到了修羅族戰場。和其他人一起清掉附近一片地區的小怪後，落盡繁華的人趁機把守控制住了這片區域。而這幾個人一見局勢穩定，則是抽身也跟著竄了出來，歡快的跟雲千千打了個招呼。

雲千千見到朋友倒也挺高興，眼睛一亮，同樣興奮的揚手，「七哥，無常兄，還有那誰……」

「……」那誰是什麼意思啊那誰!?不滅鬱悶的翻了個白眼，不想搭理她了。

無常淡淡的一點頭就算作招呼，只有七曜熱情不減：「蜜桃啊，最近忙啥去了?這鞋子不錯嘿，哪弄的？」

「到處瞎忙。鞋子!?東街交易三區進門左拐左拐左拐……見到一個老矮人後替他買兩桶麥酒就能換雙好鞋。」雲千千毫不藏私，非常熱情的介紹著自己身上的裝備採購自哪裡。

「喲！真不錯，那這帽子？」七曜一副興味盎然的樣子，嘖嘖有聲的稱讚一番後又問。

「真沒文化，這叫帽子!?這明明叫頭盔……西門XXX成衣鋪……」

「哦！原來如此……還有這護手也不錯……」

「我也覺得不錯。這是南區第X號作坊……」

嘰嘰喳喳、嘰嘰喳喳，一男一女臨時冒充起街邊的三姑六婆，聊得越漸火熱，非常之投入。

「嗯嗯！果然好手……那麼關於瑟琳娜!?……」彷彿是不經意的一樣，七曜非常自然的丟出真正的關鍵問題。

「好說好說，100金幣一個問題！」

「……」

七曜滿臉笑容僵住，和一葉知秋一起石化在了原地。

雲千千笑意不減，靦腆的呵呵一笑：「沒錢!?沒錢好說啊，大家都那麼熟了，難道我還會不准你們寫借據不成？」香蕉的！跟老娘玩套話誘供!?這都是老娘當年玩剩下的。

一葉知秋尷尬的乾笑兩聲，上前一步頂替滿臉通紅、手足無措的七曜，「蜜桃，這話說得多見外啊，我們又不是外人……」

「別！我們還是外著吧，最近我內人一下多出來不少，感覺帳有些亂了。」雲千千打斷一葉知秋的話，瞅瞅海哥再回頭瞅瞅這位大會長，頭一次意識到自己的緋聞原來還真不少。

這世道亂的，她明明是多麼清純、純潔、潔白的一個女孩啊，那麼好的名聲就是活活被這些人糟蹋壞了。更何況親兄弟還得明算帳，人家這一句「不是外人」說得倒是輕巧，到時候說不定要從自己這裡圈走多少好處出去。

轉頭再把視線投到眼神飄忽的七曜身上，雲千千痛心疾首：「七哥，你學壞了……」

「咳！咳咳！」七曜一陣猛咳，滿臉鬱悶。這話怎麼讓人聽著那麼不對勁啊，她是他家長!?

「我們出人，妳出情報。幹就幹，不幹一拍兩散，大家各玩各！反正我們也不是非打BOSS不可，在這裡隨便刷刷怪、招攬招攬人才也算收穫。」無常突然出面，力挽狂瀾的直接頂下了談判角色。

「呃……無常哥哥表醬紫說嘛！其實大家都那麼熟了，我哪可能真賺你們錢呢，你們說是吧！？」雲千千見風使舵，一轉眼就轉換了立場，角色態度切換之快，讓一葉知秋直接看傻眼。

「哼！」

「……呵呵，這樣吧，兄弟們在這裡刷會小怪先，雖然沒任務積分，但是經驗獎勵也很可觀的。等休息時間的時候，我再給你們解釋是怎麼回事。無常哥哥覺得這樣如何？」死男人！斷人財路會被馬踢死的……雲千千淚流滿面，強顏歡笑道。其眼神中的悲痛傷感之色，足以讓見到的人都忍不住為其同情默哀一把。

等到目送雲千千離開，一葉知秋這才驚異的看無常，「剛才你為什麼讓我不要說話？而且她怎麼什麼條件都不開就答應把情報說出來了！？」這不對啊！他認識的水果不該是這麼純潔善良又好糊弄的小蘿莉吧！難道是孿生子！？

無常淡淡的瞥了一葉知秋一眼，波瀾不驚的開口道：「這裡的消息本來就是她放出來的，說明她現在需要人手幫她刷BOSS……本來應該是她求我們，你非要把事情弄得像是我們求她，當然會被敲！」

一葉知秋尷尬，想想還是不對勁：「那我們來幫她……難不成我們都做白工來了！？」

這可不行，雖說大家勉強算得上朋友，但關係還沒好到能讓他舉全公會之力來幫她一個女孩子做任務的分兒上去。這可不叫仗義，叫傻子，有些事情得事先說清楚了，他可是不會做冤大頭。

無常冷笑，「她倒是這麼想，可是難道你就會乖乖照辦？」

對於無常的話，一葉知秋稍微一想就很明白了。眼下的局勢是那水果需要他的人手，所以才會給他行這些方便。換句話說，人家已經打定算盤想算計他和其他後來的人了。可是真要說起BOSS最後能花落誰

家，這就是一個關係到技術和操作的問題了。大家都是心懷不軌的，誰也別說誰卑鄙，反正各憑本事就是……

明白了局勢，一葉知秋也就能確定行動方針了，終於定下心來，放下了胸中一塊大石。

雲千千沒能敲詐成功，心情不是很美麗的回歸隱藏種族的玩家小隊。她和燃燒尾狐隨便招呼了一下，接著就在小隊玩家們驚疑謹慎的目光中無精打采的發起呆來。

燃燒尾狐看看身邊的隊伍，再看看根本沒發現異狀的雲千千，無言苦笑——大姐，妳倒是注意一下其他人的反應啊！沒發現大家看妳的眼神都變了嗎？妳的身分曝光了嘿！

「兄弟，這是蜜桃多多!?」小隊玩家忍不住又捅起燃燒尾狐來，他們覺得這兄弟比較好說話。至於那個女凶神，還是有多遠躲多遠的好，聽說人家吃人不吐骨頭來著，可是卑鄙得很。

「呃……這個……」燃燒尾狐很為難，他頭一次發現到謹慎交友是多麼重要的一件事。

「狐狸！」

燃燒尾狐正抓著頭，那邊雲千千突然開口喊人。他鬆一口氣，連忙趁機閃人，興奮的跑過去。「來了！來了來了……」

雲千千莫名其妙的看了眼燃燒尾狐，不知道這傢伙興奮個什麼勁。「你算算九哥去哪了。剛我發通訊過去，系統說他在未知地圖……香蕉的！現在九哥迷路迷得越來越有境界了。」

「妳找九夜做什麼？」燃燒尾狐一邊聽話的拿出銅板占卜，一邊順口問了一句。

雲千千左右看看，其他人連忙把視線別開，免得被看個正著。只有一葉知秋不明所以，還以為這女孩

在和他眉目傳情，連忙禮貌而矜持的微微頷首。在被雲千千毫不留情怒瞪的之後，他才莫名其妙的轉過頭去，抓了人，非常茫然的問人家自己剛才是不是哪裡做得不對了。

等確定所有人的視線都轉開之後，雲千千這才放心，湊近燃燒尾狐，壓低聲音，作賊般悄聲道：「我想要九哥去幫個忙。等人再來多一點之後，我和他就一起去把瑟琳娜引過來這邊，先害死一批，再弄殘一批，最後等剩下的倖存者和那女人打架，到兩邊都打得半死不活了我們再去撿便宜……」

燃燒尾狐打了個冷顫，手一抖，兩枚古幣一個不小心就都掉到了地上。

「怎麼了？」雲千千莫名其妙的瞪著燃燒尾狐的手看了三秒鐘，很擔心的關切問：「是不是中風麻痺了？怎麼連兩枚銅板都拿不穩呢？」

「……沒啥！」燃燒尾狐鎮定一下情緒，努力做若無其事狀的蹲下身去，把古幣撿回來放手心裡吹乾淨，然後再收回空間袋。他想了想，真誠的看雲千千道：「蜜桃，我剛剛才發現，這世界上就是有了妳這樣子的人才有了進步的。」

「啥意思？」雲千千抓頭，很不能理解燃燒尾狐這天外飛來一筆的評論是怎麼得出來的。

「人類的文明和進步就來自於不停的爭鬥和戰爭……只要地球上有一個妳，就足以挑動一次世界大戰了。要再多幾個和妳一樣的人，科技文明得有多大的進步啊……」

當然，再再多的話就不行了，搞不好物極必反，人類直接滅亡也說不一定……好傢伙！這女孩的威力比生化武器可厲害多了，後者頂多禍害一片區域，這水果可是直接禍害全人類啊。

「喂！怎麼說話呢！」雲千千黑線，不高興的看燃燒尾狐。

燃燒尾狐也就動動嘴過癮，倒不敢真怎麼樣。他一看人生氣了，立刻摸摸鼻子不吭聲了，乖乖拿出古

幣開始卜算。

沒一會，系統就給出占卜答案，人家九哥現在所在的位置已經在修羅族境內了，但是不能通訊，也不能和外部連接，相當於一個小副本……再多的線索就已經是保密範圍之內，沒辦法提供。當然了，這也可以理解成為是燃燒尾狐的功夫不到家，所以才只能算到這種程度。

修羅族境內？

雲千千拿到卜算結果開始為難，這個答案可是大大出乎她的預料。本來她以為人家是迷路在外面，可是沒想到人家現在已經在家裡，只是自己看不到……這意思是不是也就等於說，其實九夜現在的失蹤也是和修羅族的任務有點關係？畢竟現在整個修羅族都在亡靈族入侵活動任務的開放狀態中，要說突然出來個與活動不相干的場景或支線任務，這怎麼想都不大可能啊。

「蜜桃，要不要去調查下？」燃燒尾狐收起古幣，皺眉想了半天後提出建議。現在沒辦法用通訊器聯繫到九夜，也沒辦法占卜出對方的詳細位置，那麼唯一可行的，也就是在修羅族境內尋找線索，看看有哪些不同尋常的地方比較惹人懷疑了。

雲千千看白痴般的看燃燒尾狐：「調查什麼？」

「……九夜的行蹤啊！妳不是要找他？」

這回是看重度白痴的目光，雲千千毫不留情的鄙視燃燒尾狐，「你傻啊！有方便的辦法不用，非把自己累得跟死狗一樣!?」

「方便的辦法？」燃燒尾狐深深的不解。

雲千千嘆息，都說長江後浪推前浪，一浪更比一浪騷，可是為毛她就是遇不上一個智慧能跟自己比肩

的人呢!?

轉個頭，雲千千衝七曜的方向喊：「七哥，麻煩下線給九哥打個電話，問問他在哪！」

「……」原來這就是方便的辦法……

在現代化的社會就得做點現代化的事情，比如說找人，那基本上就是一通電話的事。現在連幼稚園的小朋友都有配備手機的了，再加上基地台和信號衛星灑得到處都是，就算是一個人跑到了北極圈去，都絕對能夠保證信號滿格、聯繫暢通。再退一萬步說，實在是手機沒招了，那不是還有網路通訊軟體嗎!?

七曜很快下線去打電話給九夜，雲千千趁這空檔接著琢磨關於任務的事情。

無常和身邊人打了個招呼，慢慢向著雲千千踱過去，不緊不慢的小四方步邁著，悠然的裝著瀟灑，就跟郊外踏青的騷人一樣。可這明明是屍橫遍野的戰場，到處是殺聲震天、技能亂甩，遠遠近近的那裡那裡是一片片骨頭架子……

「妳找九夜做什麼?」無常走過來後也不廢話，一屁股坐在雲千千旁邊，一邊心安理得的蹭著他隊友的刷怪經驗，一邊一副審訊犯人的欠打德性冷聲問道。

雲千千面對無常的問題比較為難，她當然不可能老實說自己是想拉九夜一起出來做壞事，把在場的人都調戲一遍。畢竟這無常現在已經算是一葉知秋的人了，雖然說不明白一個網警系統的人為毛會和普通玩家混得這麼和諧，還直接跑到人家手下打工，看起來似乎還挺忠心?

但是不管怎麼說，雲千千至少可以肯定一件事，如果要在自己和一葉知秋中間做出選擇的話，無常這臭小子十有八九會選擇一葉知秋……

「我找九哥……是有點私事，不方便說的。」想了半天，雲千千終於只能扭扭捏捏、吞吞吐吐、欲語還騷的含糊著回答了這麼一句。

無常愣了三秒，繼而一副恍然大悟狀，長長的「哦」了一聲之後，皺眉半晌，語重心長道：「蜜桃，其實我個人覺得妳和小夜不合適……要知道，你們之間的差距……」

後面的人家沒好意思說，不過雲千千只聽了這麼個開頭就能猜到結尾了。

明白過來無常是什麼意思之後，雲千千頓時黑線。她是那麼花痴的人嗎!?憑自己這傾國傾城的美貌、溫柔體貼而又含蓄傳統的性格，再加上躋身高手榜排名的超絕實力，她要真想找男人，隨便放個風聲出去，隊伍絕對能從南明城一直排到西華城去……

當然了，這只是一個比方，說明她是多麼的炙手可熱、萬眾追捧。實際上她是個低調而謙虛的人，不會真跑大街上去嚷嚷說自己想男人了。

這丟臉先不說，主要是她怕一嚷嚷之後沒人敢靠近自己三尺……咳!

「無常哥哥，你這麼說可就不對了!」雲千千很不滿，其實她對自己還是挺有信心。「你說我和九哥能有多少差距啊?他是帥哥我是美女，他是修羅我也修羅，他身材啵兒棒我曲線玲瓏，他實力風騷我

萬眾景仰……」

後面的雲千千沒敢繼續往下排比，主要是無常的臉色已經古怪得快扭曲了，她怕這人受刺激太深，被自己弄出個什麼好歹來。

「呃……反正就是那麼回事。再說了，我也沒打算吃九哥這根窩邊草！」雲千千噎了噎，最後終於梗著脖子總結發言，臉上是一副飽受人格侮辱的冤枉表情。

無常默然三秒鐘，覺得還是無法和這人溝通。兩人基本上就不是同一個思考迴路，如果說這點還是可以克服的，那麼對於雲千千那堪比長城拐角的臉皮厚度，無常就是無論如何也望塵莫及的了。

在了解了敵我雙方之間的差距之後，沉吟半晌，無常乾脆沉默著邁著方步又回去了。他走回落盡繁華公會的方陣後，神情淡定的把一葉知秋招來，兩人嘀咕了一陣，不知道在說些什麼，接著再不約而同一起抬頭看了雲千千一眼，相視一眼，點頭，又一起別過臉去，再沒有接下來的動作。

雲千千被無常和一葉知秋這麼看了一下，頓時覺得莫名其妙中又帶點毛骨悚然。這兩人到底打什麼見不得人的主意呢!?自己好說也是創世紀裡數一數二的名人，就算單論外型也是萬裡挑一的，今天該不會是終於被人看上眼，要下手了吧……

雲千千正在胡思亂想間，下線去聯繫九夜的七曜終於回來了。他左右張望了下，找準雲千千的位置才走過來，一站定就開口報告：「九夜在副本。」

「……」廢話，這個老娘一早就知道。雲千千默了默，抹把臉，盡量扯出還算和藹的笑容問道：「除了這個以外，他還告訴你其他的什麼嗎？」

七曜仔細想想，「他說那副本的任務是和種族任務以及亡靈大軍有關的。」

「……還有呢？」

「還有他現在其實就在修羅族境內，不過是副本隔開的獨立地圖而已……他也說不上來那是個怎麼樣的地方，反正妳在密林裡找找看吧，應該能找出些入口線索的。」七曜艱難的從腦子裡搜索出有用的資訊，回答得異常痛苦。

「……」

雲千千默然，她算聽明白了，七曜下去折騰了半天，根本沒問出半點有用的東西來。他打聽上來的這些情報都是燃燒尾狐本來就算出來了的，要嘛就是她已經推算出來了的……

七曜和九夜線上線下交流這麼一通的唯一作用，就像是考試的時候做個檢查、驗算，只用來證明她和燃燒尾狐掌握的情報並沒有錯誤而已……

撐頭痛苦了一把之後，雲千千把七曜這沒出息的男人轟回了落盡繁華的方陣，重新把燃燒尾狐抓過來，傷心的通知他，她和他終究還是不得不親自走這一趟了。

「想好去哪裡了？」燃燒尾狐瞅瞅廣闊的大森林，感覺一陣頭昏眼花，趕緊把視線別開，擦擦頭上冷汗問——這搜索範圍可不是說笑的，再加上自己這邊的搜索隊員只有兩人……這得查到哪輩子才能找出九夜!?

還好，雲千千的經驗在這時候總算是起到了一點作用，第一時間給出了有效的指導方針：「有BOSS的地方肯定就有古怪……我們也不用幹別的了，去一個個調戲亡靈軍官吧！」

這會，戰場上的玩家們已經打出了默契、打出了氣勢。

本來這類活動就是為了玩家才存在的，別管你什麼兩族恩怨、血海深仇、千年糾葛、萬年痴纏……總而言之，你把背景故事編得再怎麼壯烈淒涼，在玩家眼裡也就是個背景故事罷了，主要作用就是解釋一下這兩夥NPC到底是為毛才會打起來的，別讓玩家們以為創世紀裡的NPC都是羊癲瘋或狂犬病患者……要再想找點實際意義，頂多也就是讓大家在做種族任務的時候，可以從中搜尋點線索和人物關係什麼的。

所以說，再大的活動、再大的噱頭，其實都是裝飾用的，真正實在的就是玩家們到底殺怪能獲得多少經驗，還有從小怪身上掉出的戰利品到底是綠階還是藍階……這就是種族大戰與他們之間唯一而又現實的關係。

看到隱藏種族的玩家們和一葉知秋帶來的人在修羅族戰場上大發神威，拚命的收割著經驗，雲千千一陣恍惚間，彷彿看到了前前前前……世紀中，農村人民在秋天時大豐收大收割的熱鬧場景——這是多麼欣欣向榮、生機勃勃而又積極向上的一派景象啊！真是讓她太感動了。

「你說，我們要是把BOSS引到這裡來，這一揮手得死多少人啊？」雲千千感慨的看著戰場上的一片人頭，激動的情緒仍舊在胸中發著酵，她忍不住就把燃燒尾狐揪了過來，與其共同分享自己蕩漾的春……呃，心情！

燃燒尾狐冷汗直流。

「蜜桃，妳能不能別老想引BOSS屠城的事……難道是妳以前受過刺激!?」看這女孩內心變態的，怕是以前被人拉著BOSS掄過個百八十次吧!?本來她那貪財好利的性格就不是很好了，現在要是再往嗜殺暴虐的方向發展一下的話，那得多麼的畸形啊……

雲千千白了燃燒尾狐一眼，接著有些扭捏道：「我只是在想啊，小怪死了都掉那麼多東西呢，現在這

麼多隱藏種族和高手都在這，要是他們也被誰刷了的話，那該掉出多少寶貝出來啊。」

於是燃燒尾狐終於明白了，這位水果其實並不是真喜歡殺人，人家腦子裡想著的，歸根究柢還是怎麼變著法子往自己的空間袋裡裝錢……

一對狗男女做好了準備，和身邊的隱藏種族隊伍打了聲招呼，接著剛想出發尋人，零零妖突然就從落盡繁華的隊伍中走了出來，笑呵呵的朝雲千千打了聲招呼。

「蜜桃啊，妳想去哪啊？我現在正好沒事做，能不能跟著你們一起晃晃，就當是參觀下修羅族的地形了？」

「……小子，誰叫你來的!?」雲千千是知道零零妖性格的，對方根本就不是那麼無聊的人，更做不來這種搭訕的事，這人背後絕對有人指使呢。

零零妖笑容一僵，作賊似的悄悄往後方看了一眼，乾咳一聲後才湊近了雲千千一些，壓低聲音偷偷道：「一葉大會長派我出來跟著你們的。無常說妳找九夜肯定是想要做什麼偷雞摸狗的壞事，兩人商量了一下，這不就把我踢出來當間諜了嗎？」

雲千千學他那樣作賊般湊近他，「那雙重間諜做嗎!?一葉知秋最近和無常有什麼勾搭啊？我怎麼覺得這兩個大男人之間透著那麼點不對勁的味道!?」

「還好，無常大概是許久沒事情做了，想找點挑戰，所以才會願意當一葉知秋的智囊來著……」零零妖呵呵一笑，隨手遞了個入隊申請過來，邊做出發準備邊說道：「可是如果他玩膩了，覺得幫人家管理公會沒什麼意思的時候，無常拋棄一葉知秋也就是輕而易舉的事情，絕對沒有什麼留戀的。在他和一葉知秋散夥之前，如果一葉知秋同時對妳又有什麼企圖的話，那妳小心這兩人一些準沒錯。」

「好傢伙！原來還是個變態腹黑系……」雲千千倒吸一口冷氣，突然覺得身周一陣陣小風颼颼的，讓她不寒而慄。

得罪人不怕，但是如果得罪的那人不能以常理來判斷的話，那就挺可怕的了。無常就是典型的情緒派人士，用句文藝的話來說，他的世界中滿滿的充斥著「無緣無故的愛」和「無緣無故的恨」。說不定哪天你和這種人前腳還喝著啤酒、聊著美女，黑皮得正不知東西南北，後腳你一轉身買單，他冷不防往你後心就捅你一刀，而且理由搞不好只是因為他看著你背後衣服的圖案很欠捅，或者是人家突然起了捅人的雅興這一類讓人能委屈到死的小事……

往落盡繁華的大隊伍中看了一眼，雲千千毛骨悚然的發現，無常居然還淡然而有禮的衝自己微微頷首輕笑了一下，那唇角噙著的微笑本來是挺帥的，但這會怎麼看怎麼讓她覺得有種意味深長的味道——這變態死小子該不會正琢磨著該怎麼玩自己吧!?

打了個冷顫，雲千千連忙收回視線的同時，一把抓住燃燒尾狐和零零妖，也不敢再囉嗦了，直接開了魅影一路狂奔，像後面有瘋狗追她似的。

本來知道這水果要走的隱藏種族小隊隊長正要禮貌性的過來打個招呼，結果剛一走到雲千千背後，手還沒搭到人家肩上，眼前的三人「刺溜」一聲就沒影了，除了帶起一陣小風外，連毛都沒留下半根。

隊長愣愣的站在原地呆了半晌，再狠狠的揉了揉眼睛，懷疑自己剛才是不是眼花了——娘的！這遊戲裡應該沒什麼靈異事件吧!?

97・報紙外遞

雲千千帶著零零妖和燃燒尾狐離開了刷怪密集的戰場，本來以為在外圍行走應該挺艱難的，畢竟沒有玩家再幫著刷怪了嘛，只怕等自己速度一慢下來之後，再想移動就得靠技能刷出一條血路來！

可誰知道離修羅族越遠的地方，玩家反而越多了起來，這裡那裡都是一片人山人海夾雜在怪群中，熱鬧程度看起來並不比修羅族外面那個戰場差上多少。

「這是怎麼搞的，修羅族的地界怎麼來了這麼多人？」

別說是零妖妖和燃燒尾狐，這場面就連雲千千看得都有些傻眼。就算是活動期間，隱藏種族的地圖臨時對外開放，可也不至於大家都一窩蜂的衝過來湊熱鬧啊！

現在全世界都知道要保證每人平均的國土面積，不能看哪裡有前途了就跟發神經似的一古腦往那裡衝……到了遊戲裡，大家的覺悟怎麼就變這麼低了!?

雲千千很氣憤，停下來隨便從身邊揪了一個滿面紅光的跑過、看樣子是正要去拉怪的玩家，義正詞

嚴的大聲喝問：「來這裡拜過山頭了嗎!?保護費交了沒！」

「……」

零零妖和燃燒尾狐面紅耳赤、低眉臊眼的趕緊把雲千千架到一邊，拋下那個被倒楣被揪住又被丟下、這會正一臉莫名其妙的玩家，背對著人家跟雲千千連聲告饒：「姐姐，妳冷靜一點行嗎!?這又不是妳的地盤……」兩人說到這裡，想想不對，人家是修羅族唯二的成員，這裡還真是人家地盤，於是連忙改正補充：「人家可都是歸到系統名下的，妳敢跟智腦搶飯碗!?」

「我就隨便說著玩的，你們緊張什麼!?」雲千千鄙視一眼過去，兩個大男人頓時都被噎得齊翻白眼。

雲千千嘿嘿一笑，左右看了下，突然神秘兮兮湊近又道：「不過說真的，你們發現了沒，這些人都是各個勢力集團裡出來的。」

「什麼集團？」燃燒尾狐一聽就皺眉了，想了想後也凝重起來。

「不知道，不過最起碼龍騰的公會徽章是跑不掉了。其他還有幾家不知道是什麼傭兵團的，胸口也別了他們各自的徽章，只是我不認識……」

說也奇怪，雖然有系統公告和創世時報的造勢，但這場面無論如何也不該這麼大啊！畢竟修羅族的戰場活動是有特定性的，只有隱藏玩家做了才有積分獎勵，其他人來了頂多也就是刷怪混個經驗。現在玩家這麼多，僧多粥少的，傻子也知道在這裡練級沒什麼效率了。那麼為毛還有這麼多人滯留在這裡!?

「會不會都是刷 BOSS 的？」零零妖提出一個假設。

「嗯，刷 BOSS 的！」雲千千先是嚴肅點頭，接著臉色凝重正經的提出問題：「假設你帶了一百個小弟出門去刷 BOSS，掉出黃金階武器一把和其他戰利品若干……請問，你要怎麼分贓才能保證把戰利品分配平

均?」

「咦!?」

「咦毛啊!傻眼了吧!」雲千千劈頭蓋臉的就鄙視了過去……千萬別相信腦殘網遊小說裡那些作者編出來的橋段，什麼動不動來個大公會或大幫派首腦，一聲令下，立刻就能調動千百個高手精兵，上山下鄉、蹚溝過河、殺人越貨、擄掠姦……

咳!總之，這是遊戲，大家都是玩家，你再是高手，我們頂多是怕你，平常走路的時候沒事躲著點；但你要想跑遊戲裡來裝大爺，有事沒事的帶一幫狗腿子欺男霸女，那基本上是不可能的事情，除非你有錢……

社會都這麼現實了，遊戲裡也夢幻不到哪裡去。大家來玩就是圖個樂趣的，沒啥興趣爭霸天下，更別說您給人分配那角色還是連名字都露不出來的跑腿甲、龍套乙、打手丙一類。要實在是您想爭霸，想要找幫小弟配合，那也行啊，有啥好處先擺出來給大家看看先!?

比如說龍騰，人家就是個有錢人，直接大把大把的鈔票灑下來，他手下的那幫小弟的吃穿用度都是龍騰拿錢砸出來的，大家靠他吃飯，當然就聽他的了。

再比如說一葉知秋，這是個沒錢的，但人家有名氣，大家都想靠著他的公會賺個後臺背景好橫行霸道，所以在一定程度上也願意配合。可要說到令行禁止啥的，一葉知秋說話就明顯沒有龍騰那麼有分量了……

由此可見，遊戲其實也是一個很現實的世界。

把近百人拉出來刷 BOSS!?行啊!但是大夥刷了之後有啥好處嗎!?

你要是敢說刷 BOSS 只是為了替自己弄來裝備這種自私自利的話，小心人家直接掉頭群毆你，保證連屍

體都撕得碎碎的，拼都拼不起來。

零零妖被雲千千被打擊到了，思量許久後憔悴的看她一眼，「那妳說，不是刷怪，也不是刷 BOSS，這些人幹嘛來了？吃飽了撐著，散步消化？」

「……其實我個人並不排除他們是在郊遊野炊的可能性。」雲千千板著臉，正經嚴肅道。

零零妖和燃燒尾狐一聽，頓時都不說話了，兩人一起低頭在各自的空間袋裡掏摸，想找個趁手的傢伙錘她——香蕉的！玩我們呢！

……當然了，以上回答純屬玩笑。

雲千千即使再怎麼不可靠，也知道眼前出現這麼多人不可能真是來純遊玩的。要刷小怪，明顯這裡的人口已經飽和，甚至出現過多現象了，所以這不可能。除非他們能跟隱藏種族那幫風騷人士一樣，在開始就占據一片江山，並以火力壓制得其他人不敢覬覦。不然的話，光靠目前的亡靈大軍刷新量，他們在這裡刷一小時還不如去外面隨便找個地圖。

要刷 BOSS，在場的除了龍騰以外，其他勢力的首領估計沒一個人敢說調那麼多人來幫自己打裝備……剛才見著一葉知秋的時候，光顧著注意七曜幾人去了，倒是沒反應過來這件事，現在回過味來琢磨一下，怎麼感覺大家來修羅族的目的都不那麼純潔啊……

雲千千遠目密林之外，眼神深遠，一副世外高人超然脫俗的裝神秘模樣。

「蜜桃，妳去哪了？」

正在雲千千的思想即將黑化，向著陰謀論之類的方向一路奔去的時候，海哥突然傳了一個訊息過來。

「怎麼？你還想我了？」雲千千莫名其妙的秒回訊息。

海哥那邊沉默三秒後，鬱悶的聲音才再次傳出，還有些不好意思的支吾：「其實剛才一直不好開口……我就想問問妳，亡靈號角到底是在哪個 BOSS 身上？」

「亡靈號角!?」雲千千狠狠的迷茫，這又是扯到哪裡去了!?那不是遊戲中期，大家去亡靈領地打領主的時候才會掉出來的雞肋道具嗎!?冷卻時間兩小時，每吹一次可以比照自己等級，召出兩個比自己低五級的骨頭架子。骨頭架子可以參與普通打怪，就是血防低了點，基本上被怪撓個幾下就散得跟挖墓現場似的了……

雲千千扶著腦袋，昏昏脹脹了一會，遲疑問道：「你怎麼知道亡靈號角的？而且你要那個玩意做什麼？還挺占空間格子的……」

「妳不知道!?」海哥驚訝道：「難道說妳沒看創世時報嗎!?」

「……」好嘛！這下又和報紙扯上關係了。雲千千心裡慢慢有了一絲清明，知道這情形估計是和什麼虛假新聞脫不開關係了。

托詞說自己並不知道亡靈號角的事，再三言兩語把海哥打發走之後，雲千千直接寫了條消息殺去混沌胖子的通訊器，也沒什麼客氣鋪墊，直接奔入主題中心：「亡靈號角是怎麼回事？」

混沌粉絲湯呵呵回信曰：「妳想知道!?」

「廢話！」

「一個問題1金！」混沌粉絲湯獅子大開口。

「……」雲千千默了，磨牙數分鐘後終於氣憤的憋出一句話來：「胖子，你一份報紙才賣 30 銅，現在一個問題就要收我1金!?」

「是啊，一份報紙30銅，上面記載的也詳細，可問題妳現在不是買不到報紙嗎?」混沌粉絲湯依舊笑得開懷道：「比如說妳平常在大街上買瓶礦泉水也就二十元，但妳要到撒哈拉大沙漠中心賣人一瓶，那二百五都不止……」

「……臥糟!」這死胖子，他罵誰二百五呢!雲千千咬牙切齒。「那我給你30銅，你賣我份報紙!外遞費是10銅對吧!?我要外遞的!」

「也行啊!妳在哪?」混沌粉絲湯秉承著顧客就是上帝的理念，對雲千千的要求非常配合的一口就答應了下來。

這回高興的人可就換成雲千千了，她又腰桀桀怪笑：「老娘現在在修羅族戰場，座標XXX，XXX……你們的外遞理念是訂閱後超過半小時未送到就不用付錢是吧?本蜜桃就在這裡等你半小時，夠本事就來吧!」

「……」這個禽獸!混沌粉絲湯傷心了。

事情很快明朗化，說到底，不過是錯誤的資訊傳播給人造成的誤會而已。

雲千千知道的亡靈號角，說白了也就是一個實用性不強，頂多拿來當成娛樂道具調劑一下的功能物品。可是，在混沌胖子的報紙上，某「不肯透露姓名的知情人士」卻宣稱這玩意是個很威風的公會道具，使用後可召喚亡靈士兵參與作戰……

這是多麼典型的虛假消息啊！

畢竟不是每個人都像雲千千一樣是重生回來的，所以，大家對遊戲裡的事物也就都處於一個摸索的階段。某個技能能有多大的實用價值，一個道具功能到底是雞肋還是潛力股，這些都是玩家們需要在不斷的試探驗證中才能得到的答案。

相信很多人都有這個經驗，比如說，一個新遊戲剛剛上市的時候，在官方論壇公布遊戲種族及職業資料，每個職業的介紹看起來都是如此的風騷。可是當大家躊躇滿志、信心滿滿的加入遊戲之後，創建人

物完畢，該做的任務都做了，該拜的師父都拜了，該學的技能都學了，接著在新人村小試牛刀，一揮手，談笑間雞兔灰飛煙滅……

於是乎，很多人就自以為自己真的成了如論壇介紹中、職業描述中那般拉風的風騷人物了。直以為天上地下有我無敵，再於是信心滿滿的出山，想要仗劍闖江湖、來個令牌在握、美人在懷，登高渺看天下，一呼群雄百應……

這樣純潔且容易輕信官方資料的初生小菜鳥們，一直要到他們遇上其他職業的玩家，狹路相逢，正面一交鋒，被打得屁滾尿流、毫無還手之力之後，才會失落的蹲在復活點中驀然醒悟，自己那點本事原來就只能殺雞……

也正因為準確情報是如此的重要，所以，葉知秋和龍騰才會看重雲千千的本事。

要知道，高手並不稀奇，如果他們真的想的話，只要願意傾全公會財力去重點培養一兩個操作和職業潛力良好的玩家，那再多的高手也能培養得出來。

可是消息耳目靈通的人，那可就不是拿錢能砸得出來的了。畢竟這只是網遊小說，走的還是輕鬆詼諧路線，不會動不動就出來一兩個權傾天下的少爺、少主什麼的，在遊戲裡發展勢力並妄圖控制現實經濟什麼的……那種主線太玄幻也太不實際了，不是我們這種市井小民摻和得起的；再者說了，這麼寫也得有人相信才行啊！

要真有這麼拉風到能影響全球的遊戲，那遊戲公司董事會又得是什麼身分地位？聯合國常任主席!?世界霸主!?鹹蛋超人!?

總而言之，雲千千覺得吧，在摸索的過程中，出現錯誤是難免的。比如說如自己這般睿智的水果，前

世不也曾經被錯誤的資訊誤導過，以致選擇到了龍騎士這麼往事不堪回首的職業……

「……所以說，現在大家都堅信修羅族境內遊蕩的 BOSS 中，有人身上能掉出傳說中可以召來千骸萬骨的亡靈號角，所以這些人才會跟嗑了春藥似的一擁而上都跑來了!?」雲千千非常鄙視的做出最後總結。

「恭喜妳答對了！」

混沌胖子以非常激動的聲音模仿腦殘綜藝主持人，換得雲千千乾脆的切斷了通訊——所以說她不愛和智商有問題的人玩，這胖子太讓人無語了。

把情況向另外兩人說明之後，燃燒尾狐的第一反應就是可以利用這個局面，糊弄大家幫自己三人掛掉 BOSS，戰利品什麼的無所謂，最主要是把修羅族的任務完成就好。

零零妖是以間諜身分跟過來的，但他也沒真想過要在雲千千的眼皮子底下當內鬼，於是心態調整得也十分良好，就當是跟團湊熱鬧來了；而作為一個湊分子的成員，零零妖對於組織上的任何決定當然都是不會有意見的。

於是在一票建議，一票棄權的情況下，雲千千理所當然的就採納了前者的建議；但是在帶著兩個唯恐天下不亂的興奮狗腿子出去攪和之前，她內心中還是有一個疑惑無法得到解釋：「既然是為了刷亡靈號角而來的，這些人為什麼都聚在這一片區域就停下來了？」

「難道是因為這一片區域裡有什麼任務線索之類的？」零零妖感興趣的提出揣測。

雲千千仔細思量一陣，慎重點頭。「嗯！以本蜜桃睿智的眼光來看，確實很有這個可能性……」

修羅族外圍靠近內圈的交界線範圍中，幾組胸口別著同樣徽章的小隊正在奮力廝殺。

清掉又一撥亡靈士兵之後，隊伍中心岩石上一個一直負責守望的弓箭手突然驚呼開口：「修羅族附近的火力好像減弱了，最開始一直不間斷釋放的雷系技能已經好幾分鐘都沒出現了，現在剩下的技能只有普通水準的傷害……」

「那個變態雷法師不在了!?」

一個看似頭領的玩家眼睛一亮，在向弓箭手又確認了一次這個喜訊之後，當即興奮得大掌一揮，轉頭就給其他人做起了總動員。

「兄弟們，火力封鎖線撤了，我們等了半天才等到這麼難得的機會，一定要趁現在搶在其他人前面衝進修羅族去。不然萬一被別人發現到什麼線索的話，亡靈號角可就沒我們的分了……現在我命令，火力集中，全體含上血藥，一起向十點鐘方向以牧師速度為參考勻速移動！」

要不是剛才那大片大片的雷電太凶猛，外面這些人早就想衝進去了。只是在幾個先驅者悲壯的犧牲在不知道哪個變態放出來的超強雷電之中後，大家才打消了這個念頭，只能虎視眈眈的集中停留在外圈，等待看看有沒有什麼機會可以讓他們突破這層技能封鎖。那殷切的樣子，就彷彿是年假時在火車站大廳裡擁擠等待火車的遊客一樣。

帶著美好的祝願和期盼，發現到雷網消失的玩家還不止是這一路人馬。就在雲千千等人還沒琢磨過來的時候，又有不少小勢力集團的偵察手們注意到了這一情況。

於是，類似前面那幾支隊伍的情況不斷發生。整個修羅族戰區中，這裡那裡都是一片片動員講話聲，大家無一不準備著突破原本那太過拉風駭人、現在卻似乎顯得有機可趁的封鎖線。

「快看嘿！那邊的人似乎有動靜，是不是發現到什麼線索了嘿!?」在這片動作熱潮中，只有不明真相

的圍觀群眾雲千千興奮一指離自己不遠處的某隊人馬，發出了根本不可靠招呼聲。

她身邊兩個男人還虛張聲勢的連連附和點頭，「還真是的！肯定是有啥線索了！……」

不到一分鐘，第一批人馬衝進修羅族內圈的技能帶，還沒來得及一鼓作氣突破那些不間斷的範圍技封鎖，一片五彩絢爛的技能特效中，片片白光就已經騰起。該先鋒小隊人馬只徒勞的掙扎了幾下，接著就義無反顧的回歸復活點。

「不明真相的圍觀群眾」根本不知道發生什麼事，捅捅身邊兩個男人，興奮的指了下犧牲的小隊方向，還在興致盎然的繼續驚呼：「瞧那群傻子嘿！裡面一群隱藏種族的玩家，他們還真敢就這麼往人家火力圈衝……」

就算沒了雲千千這強力火箭炮，人家隱藏種族那群戰士們好說也能混上幾把機關槍的水準……以為沒了雷網封鎖，其他技能也就沒什麼好怕的了!?這真是笑話！犧牲的玩家群眾們再次以血的事實告訴了我們，每一個隱藏種族的玩家都不是好惹的，尤其是在人家組隊抱團的聚在一起齊發範圍技的時候，再多麼厲害的人對上了這種火力也是白費……

周圍其他還沒來得及行動的小勢力團隊們很麻木的看了下幸災樂禍的雲千千三人組，連生氣都感覺沒什麼力氣了——瞧這三個畜生嘿！既然知道裡面那火力圈是由一堆隱藏種族的厲害人士們合夥放的，您怎麼不早說!?

「我們這樣是不是有點不大好？」燃燒尾狐終究比較善良，想想有些不忍心問：「雖然不知道這些人到底是發現了什麼線索才會突然往那方向衝，但我覺得我們應該提醒他們一下那片地頭是修羅族方向，而且現在還有隱藏種族大軍和一葉知秋手下的人聯手刷怪，火力可不是開玩笑的……」

「何必捏！」雲千千拍了拍燃燒尾狐肩膀道：「每個人都有各自的追求，也許他們情願轟轟烈烈的死去!?」

「……那萬一他們想苟延殘喘的活著呢？我還是覺得我們應該先把情況說明一下，最起碼把選擇權交給人家也是應該的吧……」燃燒尾狐無奈的看雲千千，努力試圖和這人講講道理。

零零妖旁觀一會，發現到其他人在聽完這邊的對話後都撤退了，同時還對自己這邊三人抱以鄙視仇視等目光，於是很委屈的拉了下身邊兩人，「不用討論了，人家都撤了。」

雲千千順著零零妖手指的方向一看，果然剛才聚集起來的那些隊伍現在都已經散開，像是從來沒有聚在一起過的樣子，又回到了最初她在外面看到的四散刷怪的情景。

「沒出息！」雲千千鄙視的啐了一口。

「……其實我個人覺得，這應該叫識時務者為俊傑……」燃燒尾狐沉默數秒，終於忍不住又一次仗義執言……

他本來是一直覺得自己良心處於罷工狀態的，但是在雲千千身邊的時候，燃燒尾狐突然覺得自己其實還真是一個品格挺高尚的人，對方的所作所為也一再挑戰自己的道德底限——這個水果心裡到底有沒有最基本的禮義廉恥!?

當又是兩個小時過去之後，夜幕終於慢慢降臨。遊戲中不是沒有黑夜的，只是晚上的時間相對要短一些，也就意思意思一下以表真實就可以了。

搜遍了修羅族外的整片密林之後，雲千千大表失望。本來以為要找到 BOSS 也就是輕而易舉的事情，畢

竟這種活動的怪物大軍分布的規律都差不多，一個BOSS鎮守一片區域，就和現實中行軍打仗一樣，一群小兵中間總得有個將領。

可是雲千千帶著兩個大男人把密林從裡到外搜索了一遍，雖然不敢說是地毯式的毫無遺漏，但好說也是篩子型的濾過了一圈，要說找點小東西有點困難，但找個目標還算明顯的BOSS應該不成問題的……結果折騰一番，最後結果竟然是毫無所獲！

十隻BOSS們不知道躲在哪個角落開會，根本沒有出現在修羅戰場的亡靈大軍之中。反倒是玩家們越到越多，有為刷怪來的，有為亡靈號角來的，不管高手、低手，頓時將修羅族外填了個滿滿當當，幾乎快把亡靈大軍都擠沒了。

為了便於區分，一面面旗幟標杆之類的東西被豎了起來。各個來打寶的傭兵團們以旗幟為中心聚合行動，旗在人在，旗走人走，比旅遊團那些經常愛脫隊的遊客們可聽話多了。

沒有組織的玩家們倒是少得多，一般就是來湊個熱鬧的，反正是玩嘛！少打一天兩天的經驗沒什麼，主要是進隱藏種族地圖的機會少，遇上這麼拉風的亡靈大軍攻城的機會也……呃，亡靈大軍捏!?怎麼到處都只看到玩家!?

於是，等到雲千千將整個密林搜尋完畢，掉頭重新返回林中深處修羅族所在的位置附近時，眼前出現的就是一片喧囂熱鬧如集體大聚會現場的人潮人海。為了便於晚上視物，很多人甚至舉起了火把，有比較懶的則是乾脆燃起了篝火。也許是出於不浪費資源的考慮，也或許乾脆就是順手，篝火旁邊還有不少的肉串插著，正在接受燻烤。

「……」雲千千默默回頭，狠狠揉了一把眼睛，再不敢置信的看回去，果然還是一副超大篝火晚會的

場景沒錯。於是這女孩終於忍不住尖叫：「他們這是在做什麼!?」

燃燒尾狐和零零妖不想回答，主要是他們也在迷茫中。

三人還正震撼著的時候，旁邊有一個小隊伍裡走出一個跟自由女神似的舉了根火把的大哥，有禮的跟雲千千幾人點頭，「幾位大哥，這片地滿了，你們去別處刷去？」

「……啥!?」雲千千愣了半天，更加迷茫。「你們啥時候還劃區域了!?這麼多人，分得過來!?」剛剛她離開那會似乎還沒這支隊伍吧？當然了，也有可能是人太多了她沒注意到。

「我們怎麼分就是我們的事了，反正你們現在站著的是我們打怪的範圍區域。我們兄弟多，本來這裡的經驗就只是勉強夠分，幾位這麼一來，我們兄弟的經驗就不夠了……」那舉火把的自由男神皮笑肉不笑的客氣了句，半威脅的委婉表達了一下自己這邊可是人多勢眾，讓雲千千幾個好自為之。

雲千千瞅了眼不遠處，隨手二個雷咒甩下來，劈死三人，接著她再對自己對面那目瞪口呆的傻子甜蜜一笑，「幫你減員三人，剛好頂了我們的名額，這下應該沒問題了吼!?」

「……」

沒問題!?問題大了!

零零妖和燃燒尾狐趁人沒回神，連忙拉著雲千千一路狂奔，在滿林子人海中一陣亂竄，不一會就消失在對方的視野範圍之外——多一事不如少一事，自己可是折騰不起的。主要是自己兩個好說還要張臉，不比那水果沒臉沒皮的……

整片林子現在都和隱藏種族玩家包場的那片區域差不多了，這裡那裡都是劃分好勢力地盤的。雲千千三人換了半天地方，硬是連個落腳的地方都找不到，光站著不打怪也招人驅趕。先不說雲千千那喜歡趁

人拉怪時候占便宜的個性，就算她真的一次手都不出也是不行的，光是往人家刷怪區一站都夠有嫌疑的了，誰知道妳是真來歇腳還是伺機而動!?

「本蜜桃忍無可忍了！」被驅逐數次後，雲千千終於黑著臉爆發。

這回連拉她的人都沒有了，旁邊兩個男人自己也都心力交瘁著，根本沒空管其他人的死活了。

燃燒尾狐只是沒什麼誠意的象徵性勸了勸，聲音十分無精打采：「別衝動啊……」

「這叫衝動嗎!?我頭一次知道那些狗血連續劇裡面的主角為毛老愛感慨說天下之大卻無老娘立錐之地啥啥的，果然是人善被人欺吼！」雲千千捏拳，牙關咬得死緊。

「別衝動哈……」換了個語氣詞，燃燒尾狐嘆了一聲，繼續連眼皮都不抬的懶懶喊了一聲。

「屎可忍尿不可忍！我已經到極限了吼吼！」

「別衝動……」

零零妖聽不下去了，要死不活的抬頭插了句嘴：「能安靜會嗎!?」

於是燃燒尾狐和雲千千一起閉嘴。

兩人對視半分鐘後，雲千千首先鬱悶的開口：「你為毛不拉住我？」

「我還奇怪來著，妳為毛喊了半天還是不動手？」燃燒尾狐也鬱悶。

「殺人要背罪惡值的，大哥！一個兩個還好，問題是這裡可是成千上萬……」即使是禽獸，偶爾也會在某些特定場合感覺到壓力。

「……其實我就是意思意思的喊下，這樣等妳真殺了人以後，我良心上也好過點。」燃燒尾狐默了默，接著不好意思的羞澀低下頭去。

「兩個傻子！」零零妖如是評價二人，無人反駁。

正在這時，突然一陣喧譁聲從遠處某方向傳來，一片片技能密集的在喧譁傳出的位置升起，掀起五彩繽紛的絢爛特效以及轟鳴的爆炸音效。

雲千千以及周圍的玩家根本不知道發生了什麼事，愣了愣之後才想起來趕緊往那邊跑，想看個現場熱鬧。萬一要是碰上BOSS什麼的，大家也好第一時間搶到最佳刷怪位置啊。

而這些人的猜測果然沒錯，包括雲千千在內的眾人才剛跑到一半，喧鬧方向的一片火把就跌跌撞撞的跑了過來……再準確點說的話，那是一群舉了火把的玩家跌跌撞撞的跑了過來。他們一邊跑還一邊嘰啦亂叫的，不知道是興奮還是害怕的。

雲千千隨手揪了一個衝得最快，剛剛從自己身邊跑過去的盜賊，任憑人怎麼掙扎她也不放手。

「前面怎麼回事!?不說清楚不放你走。有那時間掙扎的話，你最好想下怎麼才能更快速準確的說明……你慢慢想，不著急啊！答題的時候最忌緊張，沒事的。距離那邊的騷動源移動到這邊，大概中間還有個一兩分鐘的路程……」

被揪住的那盜賊已經快哭了：「姐姐！後面有怪吃人的，要降等級的，還有東西亂掉……總而言之妳放了我吧！我們遠日無冤近日無仇，妳再抓我我偷妳了啊！」

「……」雲千千根本沒從這語無倫次、亂七八糟的說詞裡聽出到底是個什麼狀況，倒是最後一句被威脅了她倒是挺明白的。看人家也挺不容易的，雲千千憐憫一瞥，終於放下手中的盜賊。「真可憐，我幫你跑快點吧？」

她說完，還不等那盜賊明白是怎麼回事，一個響指打出，劈下一片小雷，瞬間把人刷成灰灰——香蕉

的！她最恨誰拿錢錢來威脅她了，所謂鳥為食亡，人為財死……誰敢動她的錢，她就動誰的命！

這時，零零妖已經從另外幾個玩家口中分別探聽到了有用的情報，整合串聯起來之後，很快得出了大概的事情概況。於是他連忙拉過還想繼續行凶的雲千千，主動替她解釋了起來：「前面亡靈大軍的首領，十BOSS之一，它的技能是吞噬，可以吃人。玩家被吞噬後直接掉五級，而且身上裝備著的裝備武器也全部脫落……」

99・團毆

零零妖正說著，天空中一道熟悉的雷雲以肉眼可見的速度迅速凝聚了起來。

雲千千抬頭，怎麼看這場景怎麼覺得有些眼熟，這彷彿依稀大概似乎和她放天雷地網前的場景差不多……等等，天雷地網!?

「臥倒！」

雲千千猛然回神，第一時間使出了江湖上失傳已久的懶驢打滾，猛的撲到地上一陣翻滾亂蹭，跟潑婦罵街的時候經常喜歡賴到地上打滾的動作一模一樣。

其他人根本沒能回神，還正在不明白雲千千這番舉動到底是因何而來的時候，天空中的雷雲已經凝結成形，突然一個霹靂甩下，正好劈在雲千千打滾前站著的位置上。

和雲千千一起的兩個男人一起傻眼，附近的人更是驚駭怔愣；而緊接著，在這段時間裡，天空中接二連三的又劈下了更多的雷電。有些運氣好的玩家們倒是躲過了，但是比較背的那些杯具們則是在接觸到

雷電的一瞬間就被刷成了灰灰……

轟隆隆的一串炸響聲中，不一會後終於有人回神，因被掛復活而掀起的片片白光更是閃得讓所有人都覺得很有壓力。

「臥倒是啥意思不明白!?想當避雷針啊!?」

雲千千滾到不知道她怎麼發現的一條地溝裡，跟蚯蚓似的蠕動著拱出個頭來，不僅毫不以自己現在的姿態為恥，反而還非常有底氣的鄙視著地面上那幫還不知道閃避的傻子們：「是不是非要老娘說臥槽才聽得懂!?你們都練賤的!?」

還站著的人群們個個淚流滿面，想死的心都有了——他們對放雷的業務沒那麼熟練，反應遲鈍一點也應該是可以理解的吧大姐!?

伴隨著雷電，騷動方向的BOSS也拉風的出現了。那是由一堆骨頭架子拼組而成的巨型骸骨，大致上是人的體形，但是卻同時有著長長的獠牙和尖銳的指爪，上半身還附著有金屬色澤的骨片，看起來如同盔甲一般，讓人看上一眼就心生寒意。

骷髏BOSS出現之後一甩手，又是一片天雷甩下，頓時大家都不用躲了。除了早就已經趴下的雲千千和接著立即反應過來的零零妖以外，其他在場的群眾們全部被電了個正著，激動的抽搐顫抖著，順帶還口吐白沫……

「嘖嘖嘖!真殘忍……」雲千千趴在地上，悲天憫人的深深嘆息著，對地面群眾們的遭遇表示由衷的同情。

她身邊一個不知道什麼時候同樣趴在地溝裡的女孩子，也一臉心有戚戚焉的附和感慨：「是啊是啊，

真殘忍！」

「幸會幸會，我是蜜桃多多。沒想到還有跟我一樣找到了這個安全避難帶的人，真是英雄所見略同。」

「妳好妳好，我是凌舞水袖。說來慚愧，其實我剛才只是碰巧在這裡過夜睡覺，沒想到幸運躲過一劫……」

「……在這種地方睡覺!?」雲千千倒吸一口冷氣，眼睛瞪得溜圓，一臉的難以置信。

「是啊。」

「……」

亡靈大軍的BOSS並不是好惹的。其實嚴格說起來，這些BOSS在最初的時候都不難對付，他們的初始能力值並不高，所會的技能也有限，只要隊伍配合得好，一般拿下一隻BOSS雖說不會太簡單，但也絕對困難不到哪裡去。

但是有一點，亡靈BOSS都是有吞噬能力的。

就像玩家可以透過練級和學習技能來成長變強一樣，一旦去討伐亡靈BOSS的隊伍或玩家失敗被殺之後，則BOSS也會吞噬這些人的能力變強。

除了能力值的增長以外，它還有一定機率可以學會被吞噬玩家所掌握的技能；而玩家被吞噬後，則直接掉五級以作懲罰。不僅如此，玩家被吞噬時所穿著的裝備也會跟著消失，不會像普通死亡時那樣隨著玩家轉生復活，而是留在亡靈BOSS的身體裡，成為它強化骨骼的材料。

遊戲裡沒誰會怕死的，畢竟大家都有無數次生命。腦袋掉了碗……呃，總之，只要是從復活點裡一

出來，隨時就又是一條好漢。可是，如果說死亡之後，自己一下就要掉個五級，而且全身穿著的裝備武器還會隨之消失的話，那所有人就都要慎重考慮一下這個冒險的代價是不是有點太大了。

只要玩過遊戲的人都知道，在遊戲的世界中，一件好裝備在玩家心裡的地位，絕對比等級什麼的要重得多。甚至很多時候，許多人願意為了刷到一件好裝備而掉個幾級……

穿著地攤貨去刷BOSS是絕對不可能的，這純粹是找死的行為。可是如果穿著好裝備去刷這BOSS，回頭萬一死了的話，損失也是絕對慘重的。

到底該如何選擇？

這個問題沉甸甸的壓在每一個人的心上，最後終於讓所有人都忍不住退縮了。

「狐狸沒事吧？」雲千千捅了捅身邊趴下的零零妖，擔心的看了眼地上反應不夠及時的燃燒尾狐。後者現在正在雷電中狀若瘋癲的顫抖抽搐，如同一個注射興奮劑過度的小混混。

「應該沒什麼大事吧，我個人認為他暫時還死不了來著。」零零妖比較理智，只看了一眼隊伍裡顯示的隊友血條，隨即立刻就判斷出了燃燒尾狐性命無憂的事實。再於是，他就放心了，很淡定的安慰雲千千道：「沒事的沒事的，妳可以把那看成是電療，或者馬殺雞？」

「……你不覺得這個治療的強度有點……靠！不對啊，關鍵問題是他現在似乎動不了了耶！萬一BOSS接下來還有什麼動作呢!?」雲千千突然發現不對，她剛才擔心的方向有些不對。關鍵問題不是燃燒尾狐抗不抗得住雷，而是他抗不抗得住BOSS。

不知道大家還記不記得莫非定律？

總之，雲千千正這麼想著的時候，事情果然就向著壞的預想方向一路狂奔而去。

燃燒尾狐和其他人都被電流附帶的麻痺效果定在了地面上，一時半會的根本無法動彈。而這個工夫裡，BOSS 還在慢慢的向前走著，順便時不時從路過的路線上隨手抓起幾個被電得哆嗦的杯具，塞進嘴裡嚼兩口……

看那副樣子，就像是一個道德敗壞的人在穿過田地的時候，隨手揪了根人家種的玉米啃……

「嘔……」雲千千臉色難看的看著 BOSS 啃人。雖然她知道玩家被啃第一下就會死亡，不會真有什麼心理陰影；再雖然，系統還體貼的把很多不和諧畫面給遮罩加馬賽克了，但是單是這給人無限想像的畫面，就讓雲千千很難接受。

「真踏馬的噁心。」零零妖也發自內心的感慨評價了這麼一句，他說話時的臉色同樣鐵青著，一看就是情緒不怎麼舒暢。

「呀！快看，輪到狐狸了耶！」雲千千突然又激動的驚呼一聲，抓住零零妖，伸手指示了一個方向讓他看。那興奮的樣子，彷彿是看到自己親朋好友上電視了一樣。

「哇！真的耶，妳看妳看，狐狸還激動得哭了，真是上不了檯……面……呸！我X！我們倆還在這興奮個屁啊!?趕緊救人啊！」

回過神來的兩人突然意識到現在不是自己高興的時候，於是連忙一起手忙腳亂的從地溝裡爬出來。

雲千千抬起法杖高喝：「雷咒！」

修羅族暗法者的一道霹靂甩下，那傷害力絕對不是說笑的。只不過一個照面的瞬間，雲千千就順利拉到了 BOSS 的仇恨。

BOSS 本來已經伸出手去，都快要抓到已經絕望閉目等死的燃燒尾狐了，可是冷不防的一道雷電正劈

到它身上，頓時間帶走了這BOSS四位數的血值。

巨大的骨頭架子被劈得滯了滯，接著再順著雲千千的方向一扭頭，空洞的眼眶中兩點幽深的火光閃爍了一下，跟人類在激動時的眼神差不多。緊接著，那個BOSS終於慢慢的從燃燒尾狐身上收回了自己白森森的指爪，僵硬的轉身，一步一步向雲千千的方向挪了過去。

雲千千傲然挺立，臉色深沉，一副有我無敵的寂寞高手狀，靜靜的睥睨著正向自己走來的巨型BOSS，不慌不亂間，盡顯高人本色。

在這一瞬間，在場所有人望著雲千千的眼神如同望一個偶像。

敢於為人之所不敢為，隻身以一人之力單挑如此駭人的BOSS，這是多麼需要勇氣的一件事啊！最關鍵的是，那個英雄還是一個女孩，如此明顯的反差，更讓人感覺到興奮和激動。

在眾人佩服欽慕的目光中，放完雷後就一直站在原地挑釁看BOSS的雲千千突然動了。只見她以一個非常沉穩的動作轉身，接著在大家還在揣測她又會使出什麼樣的技能時，這個女英雄周身突然紫光一閃，繼而身形忽而變得如同鬼魅般虛幻……

再接著，在所有人飽含期望的注視中，雲千千抬起一隻腳來，猛的一點地，身形就如同魅影般，幾乎是連塵土都不沾的竄了出去，迅速在所有人的視野中遠去，成為一個小小的黑點……

剛剛跑到燃燒尾狐身邊，並順利將其營救出來的零零妖無語的抬頭眺望了下已經連人影都不見的方向，終於忍無可忍的刷出通訊器，滿頭黑線的怒吼出聲：「妳踏馬的擺著POSE醞釀了半天，原來就是為了跑路嗎!?」

「廢話！用大招得要有冷卻時間啊！」雲千千理直氣壯的吼回來，一點都不為自己的行為感到慚愧。

「……」零零妖這會真是欲哭無淚了，他覺得自己交友不慎，如果一切可以重來的話，他可不可以選擇不要認識這個女孩啊!?

雲千千跑了，BOSS只小追了幾步就失去了仇恨目標，於是愣愣的停了下來，非常茫然無助的四下看了看，一副無所適從的模樣，像是被大人拋下的遺棄兒童。

等到不一會後，仇恨清零刷新，BOSS的腦袋轉了一圈，這才重新定下了新的追逐對象，於是向著就近和自己距離最短的一個玩家跑了過去。

「啊——」該玩家顯然沒想到自己這麼招人喜愛，一見BOSS居然衝著自己過來了，當場被嚇得飆出一聲悠長的尖叫，緊接著滿臉慌亂的飛快撒丫子就跑，那樣子像是恨不得爹娘幫自己多生了兩條腿。

於是，新的一輪追逐逃跑又開始了。

有了剛才的經驗，現在玩家們在逃跑的過程中顯然更加的小心了一些。畢竟如果這回再被範圍雷網麻痺住的話，就不一定還會有人再來救他們了。

大家算是看出來了，剛才救人那女孩根本就不可靠，人家是看在她夥伴被定住的分上，才冒險放個技能拉BOSS的，要不人家根本就不搭理他們……沒看那女孩後來跑得有多麼乾脆嗎?那技能，簡直就是天生為逃跑而生的……

「大家別亂，別亂!近戰的頂住BOSS，打斷技能別讓它放群招。法師先後退，牧師給近戰職業加持狀態，注意戰士的HP……」一片兵荒馬亂中，終於，不知道是誰第一個恢復了理智思考，迅速的布置了一連串命令下來。

雖然一開始並沒有幾個人聽他的，亂中出錯的還是犧牲了不少玩家。但是好在這也算是一個不錯的開頭，很快的，更多的人也意識到了光是逃跑是解決不了任何問題的。除非他們是不打算在這片地圖繼續尋寶了，不然跑到哪裡都是逃不開 BOSS 的威脅……

於是當明白到這一點之後，大家終於痛下決心，索性破釜沉舟一把了。

「近戰的兄弟吼起來，一起在前面結防線！」一個手拿巨錘，明顯是獸人族的虎耳少年齜著小虎牙吼吼，一副熱血澎湃的樣子激情招呼。

「老娘怎麼辦!?老娘也是近戰啊！」有個人族的使雙斧的女人明顯對「兄弟」這詞感到不滿意了，不高興的喊了一聲。

「X姐不用叫了，我們兄弟從來都是把妳當男人看……吼！那斧子很重的，就算同隊伍攻擊不掉血也不要拿重型武器砍人好不好！」

笑鬧喧囂中，一批批近戰職業很快以傭兵團為單位，自發自覺的集合到了 BOSS 的奔跑路線正前方，結成了一片人牆，擋住了那個巨型骨頭架子前面的道路。

牧師也第一時間到位，站在近戰職業集結起來的人牆後，保持著一個安全距離，不要錢似的一片片往外撒回復術，冷不防時不時還丟兩個加持狀態出來隨便幫人甩上，也不管人到底需不需要。因為無法精細照顧的關係，經常是很多人身上一連疊了好幾次狀態，而另外一部分人身上卻一個都沒有。好在這時候也沒人計較這些細枝末節的問題，大家都同心協力的正忙碌著呢。

唯一比較無助的要屬那些遠端職業，比如弓箭手、再比如法師……

「我們怎麼辦啊!?兄弟們，你們拉的仇恨穩不穩啊？我們能跟著攻擊嗎？」有法師忍了又忍，終於

忍不住興致勃勃的也想摻上一腳。

「遠程的少來！剛才就是有個遠端的兄弟攻擊太強，把 BOSS 的仇恨拉走了，所以這才滅團的。」近戰圈裡不知道是誰吼了一聲，連忙制止法師群的暴動。

「那也不能讓我們光看著嘿！」法師們不樂意了。

其中一女孩明顯也屬於主戰派，在法師堆裡不僅跳得最高，嚷嚷得也是最大聲：「就是就是！你們這是職業歧視來著，憑毛不讓我們玩啊!?」

零零妖身為一個暗器高手，同樣屬於遠端職業的範疇，而燃燒尾狐則是輔助技能見長，於是在這種時候，這兩人同樣理所當然的也被排除了在外。一聽那吼的女孩聲音有點熟，兩人頓時一起望了過去，緊接著再一起汗如雨下。

零零妖臉色不好看的匆匆走過去，一把將那跳得正歡的女孩拉了出來，板著臉不高興教訓道：「妳跟著鬧毛鬧啊!?剛才當著大家的面跑那麼乾脆，現在還鬧騰得這麼歡，妳就不怕被人認出來，拉出去碎屍!?」

燃燒尾狐一邊擦汗一邊連連點頭，表示自己同意零零妖的說法。

女孩正是剛才當著萬千群眾面前逃跑，卻又不知道在什麼時候偷偷返回了的雲千千。

這人明顯沒有自己剛做過錯事的自覺性，聽到有人不僅不贊成自己出戰，更甚至還批評自己，於是頓時也不高興了：「我怎麼了我!?君子當相時而動，這可是孔……孟……反正是個什麼子說的！我見勢不好就趕緊撤退，這有什麼不對了!?」

「呸！」零零妖忍無可忍的對地上啐了口：「別糟蹋聖人了妳！」

雲千千一張嘴，還想反駁些什麼，可就在這個時候，不遠處的 BOSS 突然一聲長嘯，頓時吸引了所有

人的注意力。

「糟糕！」

零零妖等有遊戲經驗的人都知道，一般BOSS們有什麼異動的時候，比如說身上突然放光啦，或者突然暴吼，突然長嘯啦，這就代表這個BOSS肯定是要變異暴走了。

遇到這樣的情況，屬性翻個倍、HP瞬間恢復全滿什麼的還算是好了，怕就怕BOSS多了什麼新能力，給人來個防不勝防，又平白的多添了許多麻煩……

「小妖，狐狸！」雲千千的臉色終於也凝重了起來，皺緊眉頭，憂心忡忡的轉過臉來說道：「我們趕緊逃吧！」

「……」

零零妖和燃燒尾狐的眼淚和冷汗一起嘩啦啦的流下——大姐，現在不應該是說這種話的時候吧!?就算您非說不可，那音量能不能小一點兒!?沒看周圍的人都一起轉過頭來了!?只要我們前腳敢做出逃兵的事，後腳就能被憤怒的群眾聯手炸成灰灰，這些法師和遠端職業們現在可都空著手沒事幹……

「快看！BOSS召小怪了！」

正當所有遠端職業正在一起以目光譴責雲千千二人的時候，突然有人驚慌的尖叫了一聲，頓時大家一起轉頭，果然看到剛才長嘯完的BOSS身上，正在一圈圈的往外釋放出灰黑色的光暈。光圈如水面的波紋般在空氣中擴散出來，每掠過一片土地，泥土中就會探出一根根白骨的手臂，向外掙扎著像是要從地底爬上來。

而地面上那些還沒來得及刷新的玩家或小怪的屍體，在接觸到那光暈之後也會迅速的青黑僵化，最

後成為喪屍一樣的怪物。

「噁……」有個剛被吃了一半的玩家剛好用導航石飛回現場，第一眼就是看到自己的屍體變成的怪物刷新在自己面前，頓時忍不住吐了一地，悲憤了：「草泥馬！系統是不是跟老子有什麼深仇大恨啊!?至於這麼噁心人嗎！」

「節哀順變！」雲千千挺同情這杯具的。你說你怎麼個死法不好啊，非得是被吃掉，看看其他人都沒屍體，就您有屍體。而且你死就死了吧，復活了重新跑回來，隨便找個地方刷怪不好嗎?非得用導航石飛回自己的遇害現場……這不是自己找刺激嗎！

「法師們注意！」

終於輪到法師職業的出場時間了。

雲千千一聽有人招呼，頓時顧不上再去安慰別人，興奮的連忙舉手：「注意了注意了，有事您說話！」

喊話那人根本懶得看雲千千，扯著嗓子繼續招呼其他人：「大家準備好範圍技能了，以目前站的位置劃分區域，縱坐標不論，橫坐標XXX到YYY以內的法師技能預備，三、二、一，放……」

一片雷霆地獄已經黏在雲千千手上，很興奮的等待號令中。她感覺這就像是煙火大會一起集體放煙火來著，好玩著呢！

100·長老

團毆BOSS的現場一片混亂。

雖然在最開始的時候，玩家們短暫的占據了一段時間的上風，但是當BOSS暴走變異之後，這點小優勢頓時頃刻間蕩然無存。

好說創世紀的各個BOSS們也都是在系統那裡註冊備案過的，專職負責面向玩家的獎品發放，準確來說可以屬於社會司的公務員。所以，它們有點特權也是屬於情理正常之中的事情。不管人家怎麼耍賴都不算是BUG，別說是變異暴走了，它就算變身賽亞人都不敢有人提意見。

賽亞骨頭面對玩家群體們不友好的態度，表現得十分淡定，頭骨上一片超然安穩的神色，如成竹在胸的世外高人一般，看起來非常威風。

而它也確實有騷包的本錢。

隨著一聲「放！」的命令，區域內所有法師的範圍技能一片片紛撒下來，以亡靈BOSS為中心，連帶其

周邊小怪一起列入打擊範圍。可是十數秒後，在一片絢爛的特效火光中，小怪義無反顧的被燒成灰灰，在密林中清出了一片圓形空白區域；而身為圓心的亡靈BOSS卻依舊堅挺，說不倒就不倒的傲然屹立，頭骨上的齒關上下張合，露出一個像是在嘲笑一樣的詭異表情。

如果它要是對玩家文化了解得再深一點兒的話，沒準還會對人群比出個中指以表達自己的鄙視。

「靠！真是太不爭氣了！」雲千千痛心的鄙視前一批放技能的那幫前輩們，一副「老娘不出馬，你們果然就沒尿水」的遺憾表情，非常欠揍的斜睨那些正在鬱悶中的人們，絲毫不怕自己會不會引起眾怒。

「低調！低調！」燃燒尾狐一邊拿著兩片銅板搓得滿頭大汗，一邊拉了拉雲千千，深怕一會這水果被踩的時候自己會遭池魚之殃。

「你看她像是低調的人嗎!?」零零妖欲哭無淚，心如死灰，已經到達了一個債多了不愁、蝨子多了不癢……或者說乾脆就已經是死豬不怕開水燙的地步。反正這水果已經惹了不少麻煩了，不差這一樣兩樣的。他已經十分確定自己是不會有什麼善終的，既然如此，還不如在掛點之前痛快一把算了。

他已經想開了，反正人生自古誰無死……嗚嗚！其實他真的好無辜啊，竇娥要是不來的話，這世界上就沒比他更委屈的人了。

「世界如此低調，我卻如此風騷……」雲千千嘆氣搖頭。

旁邊有群眾旁聽半天，至此終於忍無可忍的開腔：「妳不吹牛會死嗎!?」要是真有本領拿得出手的話，那妳倒是來一個給我們看看啊！」

「知道什麼是高手嗎!?高手就是自重身分的孤傲強者，是風騷的、是冷酷的、是寂寞而蒼冷的……要是按電視裡的正式出場橋段的話，我必須得等你們這些廢柴死完以後才能出手，不然怎麼顯示得出自己的

重要性!?」雲千千不怕死的挑撥眾怒。

群眾轟然大怒，紛紛覺得這個女孩的言論實在是無恥至極也大膽至極……妳倒是真敢說！信不信我們這幫廢柴群毆死妳啊姐姐!?

就在大家正想著要不要給雲千千一點顏色看看的時候，不遠處突然又傳來了一片驚呼聲。

按照正常順序的話，現在本來應該是雲千千這一片區域的法師和遠端職業們集中火力撲殺 BOSS 的時候了，可是由於某些大家都知道的原因，這片區域的法師們居然很可恥的集體被轉移了注意力，任憑發令的人吼了個好幾聲都沒有人能注意到……

大家的情緒太激動了，在現場的人都是來自四面八方的各個傭兵團，於是這裡也就真正到達了通訊只能靠吼的傳說境界。

指揮的人孤木難支，雖然已經拚盡了吃奶的力氣，但他發出的聲音終究還是無法和群體大眾們一致討伐雲千千的氣憤填膺聲相媲美，於是杯具就此降臨……

「救命啊！BOSS 吃人了啊嗷嗷！」

哭爹喊娘的悲悽慘號響徹密林，令每一個聽到的人都不禁感到一陣毛骨悚然。當一個人這麼哭喊的時候，也許沒有太多人能聽到，但是當一群人都開始如被爆菊花似的發出這樣悲涼的慘叫聲後，這麼大的動靜再想忽視過去就太難了。

眾人回頭看去的時候，被雲千千搶去鏡頭的 BOSS 已經不甘冷落的暴走了，趁著沒人注意並攔截自己的時候，再次召喚出了更多的小怪。剎那間，整個修羅族密林如同變成了煉獄一般，到處是一片森森的白骨，不斷的有骸骨斷肢從泥土下升出，接著就是掙扎著想爬出大地束縛的亡骨們。

別說是玩家看得傻眼了，這回就連 NPC 都遭了池魚之殃。

所有人都還在愣神的工夫裡，駐守這一方向的修羅族長老已經灰頭土臉的被一群亡骨小怪們追趕著，狼狽逃竄過來。

「天雷地網！」雲千千眼明手快身體棒，第一時間發現到這倒楣的長老，連忙一片雷網灑下去，順利把人援救出來。

長老趁著追擊自己的小怪們掛掉一片，還沒來得及再次補充成形之前，迅速的根據雷網判斷出雲千千所在的方向，接著一個風騷的大轉彎，方向盤一陣猛打……對不起，是腳下一陣急拐，就向著雲千千的位置直奔而去。

「呼哧呼哧……」

「長老您辛苦了。」雲千千看著跑到自己面前後就是一陣急喘的長老，心裡其實還是很同情這老頭子的……

長老好說也是年紀一大把的，打扮得也是那麼的仙風道骨，本來人家應該好好的在家裡小茶捧著，小酒溫著，動不動下兩手臭棋，跩得跟二五八萬似的等些腦子不夠用的——往好聽了說叫憨厚，往難聽了說叫傻子的白痴小子們來纏著自己，然後再根據心情傳授人家個一招半式，享受一代宗師的待遇……

結果沒想到臨了晚節不保，修羅族這麼銅牆鐵壁的，最後居然被人家用美人計這麼爛俗的招式攻打到老窩了，搞得現在一個個跟喪家之犬似的，還仙風道骨個屁啊！

這下可好了，待遇優渥的宗師是做不成了。如果修羅族真的玩完，如長老這類 NPC 只能沒事去找個懸崖跳跳，最好再弄斷自己兩條腿什麼的，然後等著人跳崖下來，傳授完一身功夫之後再掛點去找創世紀智

腦投胎報到，燃燒自己、照亮他人……

「呼哧呼哧……妳在這裡做、呼哧呼哧……做什麼!?呼哧呼哧……」長老終於喘足了氣，翻個白眼，不僅沒有感謝雲千千對自己的救命之恩，反而還不客氣的冒出了這麼一句類似指責的問話出來。

根據雲千千的初步估計，這老頭子恐怕是剛才被折騰狠了，難得被追得這麼狼狽，所以現在這會心理正不平衡著，專等著找人開罵呢！

「長老，做NPC得講良心，我現在要是不在這裡的話，你就兩個下場，要嘛就是被那群小怪抓到K掉，要嘛就是被玩家當成是又一個 BOSS 什麼的 PK 掉……你覺得哪個結局比較悲壯!?」

「呼哧呼哧……難道我就不能被其他人救嗎!?呼哧呼哧……」長老再翻一個白眼，恨恨的斜睨雲千千一下，非常不爽對方對自己未來命運的悲慘預測。

「現在玩家都被那吃人的傢伙弄怕了，寧可錯殺一萬也不放過一個的。你看著吧，哪怕是我現在把你救下來，旁邊還是有不少人準備著技能蓄勢待發。要不是我們正在對話的話，他們早就把你判斷成是敵對BOSS或 NPC 直接劈了！」雲千千挖挖耳朵，冷笑道。

被雲千千這麼一說，長老忍不住往周圍一看。果然，一片片人群都正對自己虎視眈眈的，一副隨時會衝上來合圍自己的饑渴表情，頓時讓長老覺得很沒有安全感。

不自覺的縮了縮脖子，長老總算是相信了雲千千的話，氣焰也收斂了不少。

俗話說得好，雙拳難敵四手；再俗話說得好，群毆是王道；再再俗話……總之，不管一個人有多麼的強大，在面對群眾力量的時候，他依舊是顯得如此的渺小。

什麼單人屠城之類的神話是不可能存在的，力量總是守恆，一個人在某方面強大，就肯定會有著另一

方面的致命缺陷。比如說雲千千，她的法系尤其是雷系技能風騷無比，但是相對應的，物理防禦就脆弱得不堪一擊，而且力量值一類的近戰資料也是非常的讓人不忍觀之。如果不是靠裝備來勉強硬頂上這部分空缺的話，這水果被人一巴掌搧死也不是不可能的事情。

所以，長老這樣的修羅強者在面對玩家群眾的時候，同樣也退縮了。

他收起了滿身的囂張，瑟縮如小媳婦般挪到雲千千面前，壓低聲音，小心翼翼的問道：「他們……到底想做什麼？」

現在的冒險者真是太不含蓄了，不要這麼看人的好不好。難怪族長不喜歡出世，非要讓整個部族隱居起來，這還真是情有可原。

「我告訴你，你可千萬別露出什麼情緒啊！」雲千千同樣壓低聲音，作賊般偷偷摸摸道：「剛才在你往這邊跑的時候，我就聽那些人討論了。他們說你一定是BOSS，就算不是BOSS也肯定是什麼危險的NPC。反正他們也不是隱藏種族，不可能接到任務，不管怎麼樣，如果沒人帶著你的話，乾脆就把你殺了吧，一了百了，又安全又省事……」

「蜜桃多多，妳可是我們族最勇敢的孩子了！」話還沒聽完，長老已經一臉嚴肅的猛的一把抓住了雲千千，慎重其事如交託修羅族未來的希望一樣，「其實我有很重要的任務要交給妳，從現在開始，妳就一直跟著我吧……」

香蕉的！管什麼毛規定不規定的，自己都快被人分屍了，要是再不趕緊發個任務出去穩住人家的話，估計明年的今天就是自己的祭日。雖然這水果是法系職業，實際上並不符合接任務條件，但此時也顧不上這麼多了……

「長老，我一定不負所託！」雲千千感動的反手握住長老的老手手，同樣滿臉的激動。

與此同時，旁邊那群表情激動興奮、像是隨時會衝上來的群眾們也正一邊不錯眼的緊盯著長老，一邊緊張的交頭接耳著：「嘿！這NPC我知道，是剛才在林子外面發任務的。他這麼逃過來，身上一定有大任務發！」

「別激動、別激動！小聲點，別給其他不知道的人聽到了……剛才是那女孩救了NPC，我們得等她對話完才行，不然人家不高興不說，這對話不先結束了，誰也別想領到任務。」

「怎麼辦，那女孩手真快，任務不會被她搶了吧!?」

「這個……很難說。一般情況下，她這算是開啟了劇情，有優先接任務的特權，但是如果她條件沒達到的話，其他人還是可以頂上去的……啊！那NPC跟那女孩一起走了！」

「靠啊！——」

一片人群集體發出欲求不滿的惋惜聲，而這毫無顧忌的大聲洩憤聲聽在長老的耳中，卻更是成為了雲千千剛才那番糊弄威脅的佐證——娘的！還好是老子發任務發得及時啊，要真是剛才被這些人抓住了，那還不被轟得連骨灰都剩不下!?

長老擦把冷汗，一陣陣的害怕和慶幸……

就這麼一會的工夫裡，BOSS已經帶領著自己召喚出來的亡靈小怪們突破了近戰職業的防守區域。由於沒有法系玩家的火力支援，光靠近戰職業的那點殺傷力，明顯就搆不上截殺BOSS的標準。尤其是火力最強大的雲千千也老出狀況，除了救援長老的時候出手了一把，其他時間基本都處於看戲狀態，也是讓人無奈又無力的。

整個修羅戰場上，因為有了BOSS的加入之後，頓時處處都是哀鴻遍野、屍骨遍地。不少本來想來打亡靈號角的勢力團體都心寒了，這死亡的損失代價太大，連掉五級不說，當前身上披戴著的裝備武器還要全掉，就算打得出道具，這消耗都有些太過巨大了。

萬一這要是沒打出來，那更是偷雞不著蝕把米……

最噁心的是，到最後連自己的屍體都會被利用。充當人家的隨身軍糧不說，要是兵源不夠的話，直接一個技能放出來，搞不好自己再回來還能碰上和自己的屍骸對打……

這利用得可真夠徹底的，從頭到腳，從裝備到身體，那真是乾淨徹底無浪費無汙染……一想到自己死後這麼不得安寧的，頓時大部分人都憂鬱得沒脾氣了。

此時除了少部分比較頑強的玩家勢力以外，其他的多數人已經在權衡過自己的戰力之後，明智的選擇了撤退。

雖然說寶貝大家都想要，但這也得看能力問題，還有收穫和損耗能不能成正比也是很重要的考慮之一。除了一葉知秋的落盡繁華那個層級的公會以外，其他小打小鬧的勢力們都不覺得這次的活動任務是好完成的。

能不摻和還是不摻和了吧，我們保存實力，在外圍打點小怪撿撿便宜就行了，管人家頭破血流的幹啥啊!?關我們屁事啊!?

「跟我走！」眼看著BOSS已經快要衝破又一道防鎖線了，周圍的玩家也銳減了大半，長老當機立斷一招手，連忙招呼雲千千閃人。

「去哪裡？」雲千千興奮的連忙跟上。

「去找九夜！沒有他那樣強悍的身體的話，根本就不可能是亡靈的對手……」長老憂心忡忡。

雖然說剛才發任務給雲千千是權宜之舉，但是事後想想，他還是覺得很傷心——只有法力的修羅族人能算是修羅族人嗎!?自己族的希望和未來，怎麼就讓自己寄託在這個廢柴的身上!?他真是愧對族長和全體修羅族人啊！

雲千千絲毫沒感覺自己是被嫌棄了，她甚至自動把這句話過濾成了誇獎，嬌羞甜蜜的一低頭，「長老，您是在誇獎我是嬌花嗎!?」

「……」長老淚流滿面，傷心的理由又多了一個——天哪！修羅族的希望怎麼被自己寄託到了這麼無恥的人身上……

唯我獨尊手下的彼岸毒草早就和自己團裡的人會合上了，但是他們畢竟還是比一葉知秋晚了那麼一點兒，沒能搶到最靠近修羅族的那片好位置，於是這會只能帶著人圈了外圍的另外一片區域在刷怪。

唯我獨尊正在帶領手下人刷怪，而彼岸毒草則是翻閱著手上剛送來的創世時報。由於地勢不利的關係，他也和雲千千一樣，是後來才拿到了報紙。看了一會後，彼岸毒草看著某頁突然皺眉輕「咦」了聲，接著就把手中報紙遞給剛剛刷完一輪小怪回來休息的唯我獨尊：「獨尊，你看看這個，上面說有個亡靈號角的道具。」

「哦!?」唯我獨尊接了報紙只粗略的掃了幾眼，接著大概了解情況之後就毫不在乎一揮手，半點猶豫都沒有的給出了一個十分簡明扼要的命令：「搶！」

「……」彼岸毒草吐血。他認真想了想後，盡量委婉著耐心和人說明情況：「獨尊，主要是現在情況

並不明朗。要知道，消息都分真假兩種，這個消息沒有得到驗證過，你怎麼能確定那亡靈號角真是如它介紹的那樣？再者說了，就算真是那種難得的好道具，我們也要顧慮一下刷道具時的損耗問題。如果會大傷元氣的話，我建議我們還是不要摻和進去的好，免得錯過了傭兵團壯大最好的發展期……」

「哦！……咦!?那你叫我看這新聞做啥？我們直接去搶了再考慮不好嗎？要是發現打不過的時候再閃唄！」唯我獨尊先是應了一聲，接著才回過神來發現不對，於是頓時迷茫。

他抓抓頭，十分不理解彼岸毒草把報紙拿給自己的用意到底是什麼。腦子好用的人總讓他經常感到無法理解，一件事情乾乾脆脆、明明白白的不好嗎？非得彎彎繞繞的轉個好幾圈，這些人到底累不累啊……好吧，雖然他也承認，自己的傭兵團還真就是彼岸毒草一手撐起來的……

彼岸毒草感覺自己像是變身成了幼稚園的老師，現在正在努力的和倔強霸道的小朋友講道理：「老大，你不能這樣啊！如果真要是打上了的話，到時候閃不閃得了先兩說，最起碼我們得先調查下 BOSS，做些必要的準備工作吧？不然你打算帶什麼隊伍去？ BOSS 到底怕物理攻擊還是怕法系？有沒有特殊的封詛召等技能？這些都該事先查明吧！」

「呃……好吧，那你的意思是，我們現在該派人去調查？」

「是……不是！我覺得我們現在應該去和那幾個人打聲招呼！」彼岸毒草剛回答了一個字就突然口風一轉，接著指向林中某方向跑出來的雲千千三人及長老。

「他們!?」唯我獨尊皺眉沉吟。

彼岸毒草呵呵一笑，「老大，容我再告訴你一個創世紀的基本常識——在目前的已知玩家中，這個叫蜜桃多多的女孩可是消息最靈通的一個。你可以當這只是八卦的本事，但是不管怎麼說，迄今為止從她口

中從未有過情報偏差……」

「八婆終極版!?」唯我獨尊倒吸一口冷氣，果然震撼了。

彼岸毒草臉上的詭秘笑容一僵，嘴角狠狠的抽搐了兩下，沉默了好一會後才掛著滿頭黑線，陰森森的開口：「隨便你怎麼想！反正你記得別得罪這三八就行了！」香蕉的！你這老大到底什麼時候才能可靠一些!?

「……哦！」香蕉的！小草是不是大姨媽來了!?真他娘的暴躁……

101・三片區域

八婆終極版水果乖巧的跟在長老身後，低眉順眼的埋頭正趕著路，突然冷不防的面前出現攔路劫匪一名。這女孩愣了一愣，接著恍然大悟，憤怒大罵：「靠！這麼緊張的時候怎麼還有人劫色!?」

「……」靠！這麼緊張的時候怎麼還有人講這麼冷的笑話!?

帶隊攔路劫道的彼岸毒草情不自禁的打了個寒顫，接著心裡就是一陣一陣的委屈，他感覺自己真是冤得不行了——就算自己眼光再怎麼差，也不至於選上這麼個德才兼失、色藝雙無的女孩吧!?

「妳放心，雖說我也沒想娶個多麼能幫自己長臉的老婆，但怎麼也得不讓自己丟臉才行。」彼岸毒草默了一默，繼而艱難的開口嚴肅聲明道。

「喂！你什麼意思!?」雲千千不高興了，自己哪裡會給人丟臉了!?這人真是不給面子！

彼岸毒草在修羅族裡混過一段時間，所以理所當然的也認識裡面那些比較拉風的 NPC，比如說長老這麼威風的宗師級人物，那就是他想忽視都忽視不了的。

懶得再搭理雲千千，把視線收回之後，彼岸毒草轉而將注意力投注到了長老的身上，虛偽客套的笑道：「長老好啊，不知道你們這是要去哪裡？」

長老無助的看了眼彼岸毒草，再看了眼雲千千，驚惶的眼中明顯寫滿了慌亂。這就是剛被雲千千糊弄過後的後遺症，此時長老眼中的玩家對他都是不懷好意，需要慎重小心才能避免性命之憂……

雲千千被那純潔無辜的老眼神一看，想了一想，當時就挺身而出，「老不死的帶我們隨便散散步，你也一起!?」

「……既然蜜桃這麼有誠意的邀請了，那我說不去的話，豈不是太不給妳面子!?」彼岸毒草皮笑肉不笑道。

「不用不用，其實我本來就沒臉沒皮的，你根本不用顧慮給不給我面子什麼的。」雲千千恨不得抽自己兩巴掌，嘴賤成習慣了，沒想到在這種時候被人順竿子爬上來擺一道。

彼岸毒草顯然沒打算就此放過對方，笑笑的又接了上來：「蜜桃這樣說話可就太傷感情了，在我眼裡，妳的面子可比其他人都重得多……」

「呃……你可千萬別這麼說，萬一引起什麼不必要的誤會多不好，皇朝副團長暗戀高手榜第六強人……雖然說實話有些傷人，但其實這個標題真是顯得你挺自不量力。」雲千千為難的好心提醒暗示了一下。

「……」這個爛水果……

彼岸毒草磨了磨牙，鬱悶的壓下滿腔的怒火，再將已經快要爆出口的髒話吞了回去。他努力嘗試半天之後，才終於勉強的擠出一絲僵硬的笑容，「妳可真會開玩笑……」

「誰說是玩笑了!?這可是實、唔！唔唔唔……」

雲千千接下來的話沒能說完，零零妖已經挺身而出、替天行道了。只見他滿臉羞愧的一個箭步上前，準確而迅速的伸手一把捂住雲千千的嘴，再強行把人拖了回去。整套動作如行雲流水，順暢自然，彷彿他已經在心裡演練了無數遍一樣。

彼岸毒草一看這情景，差點沒感動得當場淚流滿面——這真是大快人心啊……兄弟，麻煩您以後可別再把這個人放出來了！就這位女孩的性格，那得對社會和人民的身心健康造成多麼巨大的危害啊！

燃燒尾狐一邊繼續搓著一路上就沒離開過手裡的那兩片銅板，一邊擦擦冷汗走上前來，蹲在被「內奸」挾持的雲千千面前，小心翼翼道：「蜜桃，我的技能終於練升級了，剛已經算出一些關於瑟琳娜所在位置的線索，要不我們現在就去看看吧？」

「唔唔唔唔唔……」先放開我再說……雲千千憤怒掙扎中。

「你知道瑟琳娜的位置了!?」一直躲在幾人身後的長老突然激動的探出頭來，一臉期待又怕受傷害的複雜表情，糾結的望著燃燒尾狐道。

「怎麼樣?蜜桃妳的意思呢?」燃燒尾狐沒有馬上搭理長老，而是繼續把注意力放到了雲千千的身上。

「唔唔唔唔唔，唔唔唔唔……」意思你老母，放開老娘……雲千千繼續憤怒掙扎中。

「小夥子，你……是失落一族的傳人!?能不能拜託你告訴我，瑟琳娜和她的大軍本營究竟在哪裡!?」長老已經顧不得繼續躲藏了，直接將整個身子都鑽了出來，興奮的握住燃燒尾狐的手問道。

燃燒尾狐受寵若驚，「長老真客氣……您對瑟琳娜也有興趣!?」

雖然知道這NPC是蜜桃多多剛糊弄來發任務的，但在這之前，燃燒尾狐還真沒興趣打聽人家身上到底是出了什麼事。再說了，要是嚴格說起來的話，瑟琳娜的事情也算得上是修羅族的內部家醜，這樣的任務

背景當然不可能被修羅族的人宣傳得人盡皆知。再加上他這一路上還都在忙著研究卜算技能……

於是在這種情況之下，燃燒尾狐顯得茫然了那麼一點兒也是理所當然的事情。

「那不是有興趣，是相當的有興趣。」長老抹把辛酸淚，越想越傷心，哽咽著回答燃燒尾狐：「當初我就認為這個亡靈公主有古怪，可是幾乎所有的族人都被她的表象所蒙蔽了，根本就沒人願意破壞一段他們自以為的淒美愛情。」

「唔……」雲千千鬱悶的插花配音中。

「……可是所謂的愛情，到最後居然只是一場陰謀和算計！瑟琳娜不僅是破壞了整個修羅族的安定平和，更是親手摧毀了我的族人們對她的信任……亡靈一族的人，果然只配待在陰暗的角落裡，和屍骸亡骨一起腐爛！他們根本就不配站在陽光下！」長老越說越氣憤填膺，其情緒之激動，其言辭之慷慨激昂，初步已經有了議員舉行遊行演講時的氣勢……

大家都知道，除了直銷和賣保險的以外，這世界上再沒有人能比政客的口才更好也更煽動人心的了。當他們說話時，已經不僅僅是靠語言來傳達自己的心情，周身更是有著一種氣場，能夠隨時隨地把人糊弄代入自己的情緒中去。

燃燒尾狐明顯涉世未深，在老來成精的長老面前，尤其是這個長老的心情又還很是激動的時候，燃燒尾狐根本是毫無抵抗之力的就繳械投降了。他憤慨的一拍胸脯，十分有義氣的當場作保：「放心吧長老！您想算什麼儘管說一聲就成，別說是瑟琳娜的大本營，就是您想知道她穿什麼色的內褲，我都保證幫您算出來！」

「……」

幾乎是在燃燒尾狐話音落下的同一瞬間，雲千千第一時間就收到了兩條系統提示。其中一條是以修羅族的立場發布的公告，大致意思就是說長老糊弄得了失落一族的幫助，族人們每人有三次免費去找遊戲ID為燃燒尾狐的人卜算的機會，用完即作廢。

第二條則是隊伍中傳出的系統提示，大致意思是說：您的隊友燃燒尾狐剛剛和某隱藏種族NPC訂下了口頭協議契約，所以整支隊伍現在接到新任務，您幾位必須在指定時間內找到瑟琳娜，並將其行蹤的情報提供給修羅族長老，使其能夠完成接下來的任務環節；不然的話，會有任務失敗的處置，作為因您失誤而拖滯修羅族任務進程的懲罰……

雲千千無語了一分鐘，不知道是該佩服自己族人的老奸巨猾，還是該哀悼自己隊友的太傻太天真。她覺得很矛盾，這個世界真是太讓人無奈了，不知道她現在退出隊伍還來不來得及啊!?

「狐狸，你真有勇氣！」零零妖一聽到隊伍裡的提示，立刻也明白了眼下的情況。看著雲千千不算好看的臉色，他忍不住收回了挾持人家的手，再轉頭對著燃燒尾狐發自內心的感慨了那麼一句。

燃燒尾狐冷汗刷刷的，小臉慘白，屁都不敢放一個，更別說應聲了。這杯具終於想明白了，可惜也晚了。

重獲自由的雲千千正在對他獰笑，「狐狸，你想怎麼死!?」

「……如果可以的話，我能不能選擇不死？」

彼岸毒草帶人看了一齣好戲，一直想找插嘴的機會，可惜一直也沒找到。等雲千千施用私刑完畢，他連忙見縫插針的插了一腳進來：「蜜桃，我們團也有興趣做瑟琳娜的任務，不知道有沒有這個可能性？」

「你們知道瑟琳娜是誰嗎!?什麼都不知道，幹嘛突然想做她的任務!?」雲千千白了彼岸毒草一眼，不

是很有興趣的敷衍了幾句。

「我確實不知道瑟琳娜是誰，但我知道妳是誰啊！」彼岸毒草自信一笑，斬釘截鐵道：「高手榜的實力先不說，江湖上誰不知道妳蜜桃多多是手眼通天、交遊廣闊的人物!?既然是妳身上領到的任務，那就絕對錯不了！」

這馬屁拍得雲千千很是舒坦，她當場就把臭臉一收，嬌羞的一低頭，連忙謙虛：「哎呀，瞧你說的……」她一轉頭，手上秒發訊息悄悄問隊伍裡的另外二人：「你們知道江湖上還說我什麼了!?」

「……說妳吃了東家拿西家，在每一個高手身上都留下了自己敲詐的足跡，不僅各種卑劣手段層出不窮，而且甚至還沒有基本的職業操守，比黑吃黑還要惡劣，還有……」

「等等!我的意思是，外面說了什麼讚揚我的話!?」雲千千黑線的連忙制止零零妖繼續說下去，試圖從另一個角度點醒對方真正該說的是什麼。

零零妖默了默，認真思考許久後，終於純潔無辜的眨了眨眼，開口答曰：「沒有。」

「……這個可以有！」

「這個真沒有……」

這麼一會工夫裡，彼岸毒草已經認為雲千千是默認了任務共用的事情，於是一點兒不拖泥帶水的在傭兵團裡就召集起了人，把尋找瑟琳娜行蹤的任務分佈了下去。

他將修羅族外的密林劃分成不少的小區域，再將這些小小的區域分配到每個人頭上，要求所有人各自負責好自己的責任區，地毯式搜索，認真觀辨、仔細調查，不放過任何一個角落，力求清掃好所有的角落，

爭取獎勵……

「蜜桃，我們團裡的人已經開始搜查密林區域了，妳不如和我一起回我們的臨時休息點去坐一坐，吃點小菜喝點小酒什麼的，等等看一會有什麼消息傳回來？」

雲千千本來還想拒絕，結果一聽居然有這等好事，頓時那個「不」字就噎在喉間裡吐不出來了。她委屈啊，瞧見了嗎!?這才叫真正的特權階級！自己要是做什麼任務，那肯定都是單槍匹馬、一力承擔，從跑腿到殺BOSS，無論粗活、重活、難度活、技術活，那肯定就只能自己解決。

可是人家倒好，要做什麼任務的時候，自己根本不用動彈，只要動動嘴皮子，使喚一幫人出去跑腿賣命，然後自己優哉游哉的等待手下報告結果，再酌情考慮下一步該怎麼辦，是自己辦還是接著派其他人去辦。等到所有前戲搞定，萬事OK，只差收尾的時候，自己再帶著一幫小弟去群X那個最終BOSS就行，安全省力不費時……多好！

這就好比大廚子做菜，那肯定是有人幫忙洗、切、配、煮的，大廚本身只要負責調味和叮囑下火候就行。人家賣的是那個身，不是那個藝。

而家裡的黃臉婆就完全不是這麼一回事了，不僅要包辦所有瑣碎雜事，還得成天煙燻火燎的比火災現場的消防隊員還憔悴，直到最後因為形象問題而被老公休掉，成為怨婦，再眼淚鼻涕的指天咒罵男人沒有一個好東西；或者是在悲劇中變態，形象大翻盤的成為遊戲風塵的花花女郎，把所有男人都玩弄於股掌之上，然後還得在某天遇到已經不認識自己卻又對現在的自己十分痴迷的前老公……咳！似乎扯遠了。

總之，有勢力的領導階層和沒有勢力的被領導階層，這完全是一個天上一個地下的概念，兩者絕對不在同一個等級上，更有著完全截然不同的命運……

跟著彼岸毒草一起走到了皇朝的臨時休息點，唯我獨尊正在那裡坐著，臉色有些僵硬，看起來似乎是有些不大習慣這樣的場合，就跟第一次接客的小姐一樣。

「這是我們團長唯我獨尊。」彼岸毒草替雙方做著介紹，先是向雲千千指了指小姐……呃，唯我獨尊，接著才轉頭對唯我獨尊道：「團長，這位是高手榜第六位高手的蜜桃多多，就是你說自己一直很想認識的那個女性高手！」

一邊說著話，彼岸毒草還一邊對唯我獨尊猛使眼色。

可惜的是，唯我獨尊那邊的信號接收似乎有些不良，面對彼岸毒草的賣力暗示，這個老大不僅根本反應不過來應該是怎麼回事，還茫然的抓抓頭，十分不解而直率的疑惑問道：「我什麼時候說過自己想認識女高手了？這蜜桃多多我倒是真知道，不是你剛剛帶她過來之前才跟我介紹過的嗎？放心，我記性還沒差到轉個頭就忘的地步……」

「咦？小草你怎麼了，眼睛是不是不大舒服？遊戲裡也會被沙子跑進眼睛嗎？……咦咦!?你怎麼還哭了!?眼睛真那麼難受？……」

「……」

「大哥，遊戲裡有一個傳說中的功能叫做『訊息』……下次記得直接給你老大發私聊，這樣他肯定就能領會到你的意思，不會再給你拆臺了！」雲千千默默的走上前來，長嘆一聲後，悲天憫人的拍拍彼岸毒草，語重心長、諄諄教誨道。

彼岸毒草淚流了個滿面，實在想不出這句話該怎麼接。而他現在更想知道的是，自己到底還能在這樣極品的老大手下撐多久……

彼岸毒草覺得，他現在真是能從內心深處體會到當年劉禪手下的諸葛亮是什麼心情和感受了。要是再這樣過個一段時間的話，沒準自己也能弄出篇《出師表——續》之類的千古名篇出來，然後也編入國語課本……

嗯嗯！自己一定要盡量用最生僻的文字和語法，讓以後唯我獨尊他兒子背到這篇課文的時候，狠狠的被老師K個百八十次啥的，也就權當是報仇了……但是自己兒子萬一也被打了怎麼辦!?要不寫封家書祖訓啥的，讓所有子孫後代從小就用這文章啟蒙!?

彼岸毒草被刺激了，明顯已經進入思緒混亂的狀態，跟精神紊亂也就是精神病之間只有一線之遙的距離。還好，在最後的時刻，他終於頑強的挺了過來，以驚人的臉皮厚度無視了自己老大和雲千千說過的那些話，就像剛才什麼都沒發生過一樣，正常到了一個非常不正常的程度。

人多力量大，這句話真是一點兒都沒錯。大概十多分鐘之後，雲千千還正在彼岸毒草的招呼下吃著小菜，皇朝傭兵團裡的調查結果就已經得了出來。

根據剛才一批人分頭尋找可疑位置的結果，有三個區域顯得可疑了那麼一些。在整個密林裡的亡靈大軍們都是仇恨很強的，只要有玩家惹到了它們，而又沒有跑離它們的視線的話，這些亡靈大軍們就能一直仇視那個人到死，哪怕是從林子的這一頭一直追到那一頭都不會甘休。

而在這三片區域中的小怪們，則和普通地圖的小怪一樣，都有很強的地盤意識，不管你怎麼招惹它們，只要超過了一定的範圍之後，這些小怪就不會再跟著剛才拉到自己仇恨的玩家，而是非常痛快的扭頭閃之。

一開始的時候不知道是誰先發現了這個規律，利用小怪的這一特性，不少玩家摸索出那個地盤的邊緣地帶，然後專門帶著一堆堆的小怪跑過來群毆。只要有兩個遠端職業配合得好，完全可以在仇恨分界線的

邊緣地帶死死的卡住小怪，一滴血都不掉的用風箏大法磨死這堆戰利品。

在整個密林裡，唯三算得上古怪的地方也就是這種地圖了，於是，皇朝的成員們很快將其彙報了上來。

本來這彙報還可以更快的，可惜讓人感到遺憾和惋惜的是，在本次行動中有幾支小隊比較可憐、巧合的遭遇了正在組團遊走刷玩家的亡骨BOSS……

「這三個區域我已經標注好了。」彼岸毒草一邊介紹情況，一邊不知道從哪裡抓來一張手製版的修羅族密林地圖，在上面畫了三個有點難看的圈，代表著偵察小隊們調查出的三個可疑區域。

接著他就把地圖推了出來，攤在大家面前，指著其中一個歪七扭八如帕金森綜合症患者手繪作品的圈圈道：「這片區域是離我們最近的。我的猜測是這樣，當接了任務的玩家走到這片區域時，如果真有什麼古怪的話，這裡應該就會出現相應的異狀……」

「嗯！有道理！」雲千千摸摸下巴道。

長老看都不看地圖一眼，非常固執的拉著燃燒尾狐問道：「你告訴我，這個區域是你算出來的嗎？」

他只相信任務，也只願意按照任務流程走。流程就是燃燒尾狐先算出可疑區域，接著他和雲千千小隊再去調查，再接著引出BOSS，殺之，任務完成……除此以外的任何方式和手段，在長老的眼中都是旁門左道，人家根本不屑為之。

燃燒尾狐頭大的看了眼雲千千，發現後者根本沒有搭理自己的意思，只好一咬牙點頭，「是！這三個區域就是我算出來的！」管它怎麼出來的，反正隨便糊弄一下就行了吧!?

沒想到的是，長老居然不接受糊弄，他凝重的搖頭，「你在撒謊！這個圈是在失落一族的禁地裡，你不可能算得到……」

禁地？什麼禁地？

看著長老的乾枯爪子一比，直指著三個圈中面積最大的那一片區域，燃燒尾狐瞪著眼珠子、抱著腦袋瓜子，皺眉看著地圖想了半天之後才終於恍然大悟：「這還真是我們族的範圍裡面啊！」

「……」你還敢再遲鈍點嗎!?

彼岸毒草幾人一聽這話，頓時看白痴般的看燃燒尾狐。

如果說這樣的眼神還在燃燒尾狐可以忍受的範圍之內的話，那麼連唯我獨尊這樣的人都一副鄙視表情就很讓他抓狂了。

「總的來說，現在究竟是個什麼情況?那禁地為什麼不能算?」雲千千抓抓頭，想想還是吐出個問題。

長老看她一眼，組織了一下語言，接著才向大家介紹解釋了起來：「每個隱世的種族中，都會有一片禁地區域。那些種族的老者或戰士們死亡之後，其屍骨和英靈就會回到這裡，繼續守護自己的族人世世

代代……」

「連死了都還要幫自己族賣命，隱藏種族神馬的，竟然比世襲家奴還沒有人權……」雲千千深深的嘆息搖頭，被長老瞪一眼，頓時縮縮腦袋，想想再探脖子去跟其他人低聲又疑惑道：「奇怪了，聽他說的這意思，有點像是每族都有一個自己的祖墳……我怎麼覺得這話也就是在說，每個族裡都有一個亡靈大軍的後備兵營駐地啊!?」

亡靈一族就是操縱屍骨和亡魂的種族。死者生前的能力越高，則召喚出來的亡靈戰士也就越勇猛。而隱藏種族的情況大家也都知道，一般就是全民皆兵的，上至九十九，下到剛會走，只要掛上了隱藏種族的成員的名頭，那就無一不是萬里挑一的戰士。這種變態群體的祖墳被亡靈法師刨了，那可不就等於是替人家送去大把大把的精兵嗎？

在場的人包括長老在內都冷汗直流，仔細一想，越琢磨越覺得這事情有點可疑。

如果那些剽悍NPC們要真是被亡靈一族的人看上眼並召喚出來了的話，恐怕現有的這些人還不夠看。就單從數量上來說，隱藏種族世世代代死掉的族人累加起來，那就絕對比目前活著的多。前者是有歲月沉澱的，後者是有保存期限的，誰比較有數量優勢是明擺著的事……

「應該……不至於吧!?」這下連長老都知道害怕了，吞吞口水，艱難的扯出一個難看的笑容，試圖緩和一下氣氛：「各族的禁地都有禁制，沒有本族人帶領的話，外人根本不知道該怎麼進去。所以我想，瑟琳娜和其他亡靈族的人應該是不可能騷擾到我族戰士的安息……吧!?」

說完，長老無助的回頭四下張望其他人，試圖尋找到能夠強化自己信心的支持者們。

「就是就是！」

一群玩家連忙點頭附和，一副絕對是這樣沒錯的篤定表情。與其說他們是深信某個事實，不如說他們是在替自己做心理催眠。

可惜雲千千絲毫沒考慮到其他人的心情，不僅沒有跟著點頭，反而還摸摸下巴，嘿嘿一笑：「所以說，我們族那壯男的作用不就在這裡了嗎？瑟琳娜美人計一出，枕頭風一吹，他還不什麼都招了？這可是現成的情報來源啊……據說他以前在神魔大戰的時候還曾經是一個很風騷的修羅族主力，現在在族內的地位也滿高的!?」

「呵呵，蜜桃的想像力真豐富……」彼岸毒草臉色難看的乾笑了下。

「不信!?我可是聽說那對假情侶有段日子每天下午都雷打不動的去約會……瑟琳娜也是大美人一個，哪可能白讓男人占便宜而不套點情報出來的？不然你們以為，她在每天下午的約會時間裡還真就是只和我們族的那隻傻鳥說說情話!?」

「……」姐姐，大家好說現在也是一夥的，俗話還說百年才修得同船渡來著，妳需不需要這麼討人厭啊！

所有人都默了，傷心得淚流滿面。

現在已經沒空研究瑟琳娜到底知不知道隱藏種族禁地所在的事情了，大家都明白，到了這種地步，已經是不得不做好最壞打算的時候。如果大家想要繼續自欺欺人下去的話，唯一的後果就是被瑟琳娜及其手下的亡靈們調戲得很慘。

於是在經過一番認真的討論研究之後，眾人還是決定先去那三個區域中的失落一族禁地看個究竟。如果說在那片地圖裡真出現了什麼不大美好的事情，比如說骸骨被盜啦，屍體失蹤啦什麼的，那大家也好儘

早準備。

長老更是拚著觸犯禁忌，也要進本族的禁地去布結界準備迎擊敵人……失落一族這種江湖術士的先人們被亡靈法師徵兵了，還尚且是在可以接受的範圍之內；但如果驍勇善戰、武冠三界的修羅族先人們也被亡靈法師召喚去變成大家要對付的敵人了，那才真正是一場災難。

彼岸毒草臉色凝重，開始發現到這任務並沒有自己想像的那麼簡單了。可惜開弓沒有回頭箭，讓他這麼好面子的人當眾講出類似「對不起，我有點心虛，還是你們自己去吧，這任務我退出……」這種話，那可是比掄白他還要讓他難受的事情。畢竟人爭一口氣，再加上那個蜜桃多多本來就不是什麼厚道人，即使是沒事的時候還能攪三分，這要是真被她揪到自己什麼小辮子……

忍不住打了個寒顫，彼岸毒草突然覺得自己未來的人生似乎就是一片灰暗。他現在後悔了，沒事瞎攪和什麼啊！任務倒是真被自己攪到了，但那同時可也是個大麻煩。

「老子不去了，這得死老子多少弟兄啊！」各白的任務分配完畢，人馬點齊，正要出發時，唯我獨尊埋頭算了算，突然卻抬頭吼了一句。

「……團長，事情是這樣的，這個任務吧，我們是必須做不可……」彼岸毒草心不甘情不願的沉痛向人解釋。

「為毛必須做不可啊!?」

「因為這任務本來就是我們要求做的啊。」

「是我們要求的嗎!?」唯我獨尊茫然道。

「……好吧，對不起，剛才就我要求了！」彼岸毒草默了默，接著淚流滿面道歉——好吧！他其實根

本就是個外行人，枉他還一直自認為智商比唯我獨尊高，結果最後成事不足的居然是自己……

「就算是我們要求的也不去！」唯我獨尊被彼岸毒草的回答噎了噎，又想了一會之後，還是一梗脖子一瞪眼，乾脆耍起賴來：「這還興強買強賣的!?老子後悔了行不行啊！不去了，就是不去了！你愛怎麼辦就怎麼辦吧！」

雲千千不慌不忙，邊掏通訊器邊笑道：「呵呵，唯我獨尊老大果然不愧是性情中人。」

咦？混沌胖子居然不接自己通訊!?估計在借采風名義公費旅遊，要不就是正蹲在哪個露天女浴池外面躲著望梅止渴呢……

香蕉的！從前世開始她就想不通了，創世紀裡就算脫光了裸奔，玩家身上的重點部位也是一定會打上馬賽克的，但混沌胖子的這個習慣為毛還是延續了兩世也沒有絲毫要改變的意思!?這和在海邊看美女穿比基尼能有多大區別啊!?

彼岸毒草一看雲千千嘆氣搖頭還擺弄通訊器的樣子，頓時想起了一個江湖上流傳已久的傳聞。據說這個水果和狗仔群體之間似乎有著什麼密不可分的合作關係啊……

回憶起這一點，彼岸毒草差點沒嚇得當場魂飛魄散，連忙一手拉雲千千，一手拉自己老大，一把鼻涕一把眼淚的傷心著：「這個任務我們真的非做不可啊（不做就要上報紙頭條了）……求求你就讓我做了吧（不做麻煩可就大了）……我相信傭兵團的弟兄能夠理解我的（一個是任務中掉級，一個是全遊戲中丟人，只要是腦子沒問題的人都知道該選前者還是後者）……如果你真不讓我做這任務，那我就不活了（怕是到時候想活也活不下去了，只要不到一天的時間，自己就非常有可能成為四害之一，比如說過街老鼠的潛力）……」

唯我獨尊大驚，沒想到彼岸毒草還有這種找虐的毛病。長久以來，他一直覺得自己這個副手挺可靠的，自己團裡的大小事務從來都是被安排得井井有條，關鍵時刻也沒見他出包過，可是今天怎麼……

「可憐的孩子，瞧被刺激的，你這團長真是太不像話了！」雲千千深切同情了彼岸毒草，接著再嚴肅指責唯我獨尊自私自利，完全不知道考慮手下兄弟的心情。

唯我獨尊也覺得有點心虛，自己想了想，怎麼也找不到彼岸毒草異常的其他原因，於是只能摸摸鼻子，默認了雲千千的指責，什麼反駁的話也沒說……

在唯我獨尊虛心認錯的瞬間，彼岸毒草哭得更傷心了。

遊走的亡骨BOSS帶著它召喚出來的骸骨士兵們在修羅族外圍的密林中四處表演，所到之處無不掀起一陣陣的尖叫吶喊。

隨著它不斷的吞噬玩家並補充自己，亡骨BOSS的等級、技能和體形也漸漸達到了一個前所未有的高度。估計它在亡靈國度裡找不到食糧，也是被餓了挺久的了，吃那麼多人，到現在居然都還沒有消化不良的跡象。

雲千千等人趕去預定的失落一族禁地所在時，一個不小心，就在前進路線上正好巧遇了該亡骨BOSS和其手下又壯大了不少的士兵們。

「別等我們調查回來的時候，這亡骨BOSS已經升級強化到能取代瑟琳娜，成為最強大的亡靈族BOSS了吧!?」燃燒尾狐眺望下遠處那群正在進行緩慢移動的BOSS和小怪們，轉回頭憂心忡忡道。

「應該不至於吧。再怎麼吸收玩家的經驗技能裝備，那也總該有個極限才對啊！難道系統不怕資料溢

出!?」如果真有這樣的BUG的話，那這遊戲也太好毀了。隨便找個亡靈BOSS養著，每天餵它百八十個高手，不出一個星期，創世紀就得因為BOSS等級過高，資料記錄超出限定而出現運算錯誤。

燃燒尾狐想想，基本上同意雲千千的猜測，但是還是又提出一個問題：「就算是這樣，可是極限在哪裡!?妳千萬別跟我說是百八十級啊我告訴妳。熟歸熟，妳要真這麼調戲我，我還是會翻臉的！」

雲千千也愣了，回憶了一下，她還真沒有關於這方面資料的記憶，於是忐忑：「關於這個問題……我好像也不知道耶！」

「……」所有人一起默了。

彼岸毒草擦把冷汗，「那現在怎麼辦？我們兵分兩路，一半人留下來刷BOSS，另外一半人繼續前進去目的地調查？」

「剛才好幾支小傭兵團的人集中在一起都沒能殺了它，你現在只從我們這裡調一半人出去……別說人家現在又進化了不少，就算它還是我離開前的那個水準，也絕對不是你現在手下這麼點人拚得過的！大家還是別送死去繼續強化它了吧！」雲千千反駁。

「那該怎麼辦!?這條路是我們必經的位置！」彼岸毒草沉默了，零零妖接上來問了一句。

雲千千想了許久後比出一根指頭，一臉凝重：「現在兩個選擇。第一，我們祈禱那個目的地其實並沒有什麼異常，然後回頭，再不去管失落一族禁地的事情了。要真是運氣不好碰到那裡真有古怪的話，也就算我們倒楣吧！」

「……我還是聽聽第二個選擇好了。」零零妖擦把冷汗。

雲千千瞪了他一眼，又比出一根指頭：「第二，我們還是留人下來，不過不是留一半，是只留一個……

小草兄，麻煩你派個手下腿腳最快的弟兄，換上防速裝去勾引BOSS，他只要負責把BOSS拉走就行了，不用硬拚。這樣我們就可以趁這機會通過這片地圖。」

「……」彼岸毒草狠狠的沉默半晌後，才小心翼翼問道：「這個辦法倒是可以……可是在這之後呢？我不覺得這個被派出的兄弟在這樣的情況下還能活得成，妳接下來打算怎麼安排他脫身？」

「脫身!?去當誘餌的人怎麼還可能脫身得了!?」雲千千驚訝的看彼岸毒草，彷彿對方問的是一個多麼不可思議的問題一樣。

她無視彼岸毒草在聽到自己話後一臉震驚的表情，耐心的向此人細細講解道：「你看，照我這樣安排的話，首先能保證我們可以順利到達任務地圖，其次是即使被吃也最大限度的控制了BOSS強化的程度……只犧牲了一個人，就能有這麼多的好處，這是多麼有賺頭的買賣啊！……成大事者不拘小節，幹吧大哥！」

「……」

隊伍的進程陷入了僵滯，亡骨BOSS在前，擋住了大家前進的腳步。雲千千的辦法倒是可行，而且照目前情況看起來，似乎還是唯一可行的。但這太沒有人情味的安排，除了這女孩以外，也是其他人打死都不敢使出來的。

大家玩遊戲講的是一個興趣，重的是一個情義。

犧牲小我成全大局的事情不是沒有，可那得是人家自願犧牲、主動提出的；而且就算是這樣，受益方的人也還得狠命的推卻一下，以表達自己其實是寧可共死也不願苟活的，其實是很捨不得這兄弟的，其實是很感動也很傷心的……哪怕其實他心裡想的是這人怎麼還不趕緊去死，好讓自己有機會逃跑。可是當著人家的面，表面上的姿態還是得做足。

這就跟兩個好朋友一起出去吃飯或坐車的時候買單一樣，關於到底是誰付帳的問題，兩人都會搶著來，一方要，另外一方也要，你攔我、我也攔你的，錢包掏出來了，錢卻怎麼也抽不出來，被人隨便一擋就能擋回去，好像人人都練了大力金剛掌似的……有時候餐桌邊淨看到服務生傻傻站著，吃飯的人為搶個帳單，不爭個五、六分鐘是不會有結果的。

雲千千就是個痛快人，她每次和人一起吃飯之後都會搶先走人，或者是在付帳前說自己要上廁所，以此來避免付帳買單時的尷尬，也免得朋友們搶不到帳單會傷心……其實長久以來，她一直都為自己有這麼個體貼的優點而感到自豪來。

「要不我去吧!?」燃燒尾狐看彼岸毒草鐵青著臉久久的沒有說話，終於忍不住開口毛遂自薦。

雲千千差點沒呸給他看：「你去？你去送死!?就你那小短腿，跑出三步絕對就被人家逮著了，你還想能勾引得到誰啊你!?」

「我沒說我要跑啊！我是說我去畫圈圈詛咒它。」燃燒尾狐傷心，這人說自己都不留面子的，真是太隨便了。

彼岸毒草一聽，頓時很想抓狂，拔高了聲音，一臉的不敢置信，「你畫圈圈詛咒它!?」這是誰家來的無知少年啊!?這麼幼稚的招數，現在連幼稚園的小女孩都不會用，他以為自己是在動畫片裡嗎？要不要再種片蘑菇表達自己很鬱卒啊？

燃燒尾狐看這情形，不僅是彼岸毒草看自己如看弱智兒童，而且其他人的眼神也不怎麼正面；甚至就連雲千千都是一臉的鄙視，做出羞於與自己為伍的凜然自重狀。

這麼剎那間就眾叛親離的，燃燒尾狐感覺空虛寂寞冷：「拜託！我的意思是說，我用技能畫圈圈把這

BOSS勾引來！還有蜜桃，妳那是什麼表情……」燃燒尾狐轉頭抓狂看雲千千再道：「以前兩族狩獵的時候，妳不記得我是用什麼技能引怪了？剛我突然發現，在這個活動中，這個技能又可以使用了。」

「咦？你這麼一說，我似乎有些印象。」

「……只是有些印象而已嗎!?」

話聽到這裡，彼岸毒草這麼精明的人自然也聽出些玄機來了，頓時大喜過望的拉住燃燒尾狐問道：「這位兄弟，你是說你有技能可以把BOSS引來，而又不用犧牲其他人!?」

「事情就是你聽到的那樣沒錯……那小草啊，爪子先拿開成嗎？我是狐狸的經紀人，你需要僱傭他的話，那我們就首先來談談關於傭金的問題怎麼樣!?」雲千千掏出副墨鏡往鼻梁上一架，隔開二人，插進一腳說道。

「……在談傭金之前，首先容我提醒妳一句，這任務可不是我的。」彼岸毒草滿頭黑線。

「咦!?是這樣嗎!?」

「是這樣沒錯。嚴格說起來，我們皇朝只是來幫忙的……對了，妳剛才說要談談僱傭傭金的問題!?妳看我們這麼多人……」

「趕快動起來啊狐狸！傻呆呆的愣著做什麼呢？還不趕緊把你那技能使出來！」雲千千轉頭大聲吆喝，瞬間把彼岸毒草徹底無視了。

「嘿！這女人……」

唯我獨尊想說些什麼，被彼岸毒草攔下了。

後者搖搖頭，私聊傳了個訊息過去道：「就到這裡吧！就算把話說滿了，到時候敲不敲詐得到先不說，

得罪死了這個蜜桃，那可跟捅了馬蜂窩沒什麼兩樣。」

「……嘖！小草，你以後肯定懼內。」憋了半天，唯我獨尊終於只憋出這麼一句話來。

彼岸毒草的臉色瞬間變得很精彩——他!?懼內!?

女人不可怕，可怕的是女人跟自己耍無賴……

要知道，自從婦女保護協會這個恐怖組織出現以來，男人的地位早就是與日俱減，已經快被踩到地底去了。這要是再遇上個不講理的，自己還真是沒什麼辦法。

自己是懼內嗎!?不，自己懼的女人其實就這麼一個而已。而且他真是從心底盼望著，讓這世界上的潑婦少一點兒吧！

彼岸毒草辛酸的抹了一把眼淚，剎那間突然感覺生無可戀——這是個踏馬的什麼世道啊！

103・分界

「我事先講幾句。蜜桃，妳最好也聽聽。我這技能已經升級了，現在和以前使用時稍微有點區別。」燃燒尾狐點名了不專心聽講的雲千千同學，再清清嗓子，負手轉了幾圈，開始嚴肅的介紹講解起自己的技能來。

「我的技能現在不用畫圈，只要定好四個點，然後一經發動之後，就可以把周圍範圍內的怪全部引進圈子內了，直到該圈圈被填滿為止。技能升級後，現在已經成了迷陣，技能發動人必須站在陣眼的位置處，當所有小怪都被引進來之後，會留有一條出路供技能使用人離開，再接著要刷要群就隨便了。不然的話，小怪一旦受到攻擊，技能就自動中止。誘惑怪群的效果消失，還沒來得及出圈圈範圍的我也就等於是必死無疑……」

「放心吧！有我在旁邊看著呢，絕對不讓別人手癢搗亂！」雲千千拍胸脯做保證，一副豪氣干雲的樣子。

「……」最讓人不放心的其實是妳好吧！

所有人默——士可殺不可辱，要不是打不過這水果，他們都想抽這人。

燃燒尾狐的技能基本上沒有危險性，唯一需要考慮的，就是在玩家撤出圈子的時候比較考驗心理素質。因為在撤出時，是必須走在小路範圍內，一步都不能走歪；而且最重要的事情是，絕對不能回頭，也絕對不能抬頭，只能埋著頭看著腳下走路……

不管身後、腦上是陰風慘慘還是鬼哭狼號，不管是有意為之還是無意打了個噴嚏，只要玩家忍不住把頭轉過了三十度角，那就算是違規，技能瞬間失效；而那時候整個圈內的怪山怪海會如何對待這個突然出現在他們視野內的玩家，就是完全可想而知的了。

因為自己也沒有實際操作過，只看了看技能簡介的關係，燃燒尾狐對於後面介紹的那些禁忌很是謹慎，特意小心的把需要注意的事項向所有人都認真囑咐了一遍，並且一而再、再而三的交代：「你們千萬可別喊我，也別讓我分心啊！萬一我抬頭了，那我做鬼都不會放過你們的！」

至於走直線的事，那就只能他自己留神了。萬幸的是，自己的小腦還算健康，目前似乎也沒有啥平衡感方面的問題，所以這個問題應該不是問題……應該……

在眾人的協助下，四個點很快在BOSS帶領亡靈大軍殺到之前定好了。

為了保證BOSS的站位，大家努力把定點的四個方位都甩得很遠，以確保占地面積。根據目測預計，圈好的地大約能有近五百坪，快比得上一幢豪華別墅了。

「來吧！我在旁邊壓陣，只要有不長眼的小怪敢搶在BOSS進圈前把圈圈填滿，老娘第一時間就劈了它們！」雲千千躍躍欲試的毛遂自薦。

周圍其他人一聽，頓時就是好一陣的心驚膽顫——不會到時候本來要進圈的BOSS也被她把仇恨拉過去了吧!?

還好，大家害怕的惡劣局面並沒有發生，雲千千雖說在人品方面上的風評並不大好，但人家手底下的操作還是很不錯的，最起碼定錯技能範圍這樣的低級錯誤不會犯。

於是很順利的，在雲千千清掉第四批越俎代庖的小怪群之後，BOSS終於閃亮登場，華麗麗的踏進了燃燒尾狐圈好的迷陣之中。

「蜜桃，把後面沒能進圈的那些小怪拖過來清完，然後就沒妳事了！」旁邊負責指揮或者說純屬圍觀的一群人吆喝著。

雲千千應了聲，馬力全開，在那些因為沒能進圈而呈現瞬間迷茫狀態的小怪群中轉了一圈，頓時把漏網之魚的仇恨全部拉到了自己身上。

帶著身後的尾巴一路狂奔，離開燃燒尾狐布好的圈圈迷陣附近之後，雲千千這才停下。她三兩下清光礙事的亡靈殘兵，再回到其他正在圈外等候的人群中間，閒閒沒事的一邊看戲一邊等待燃燒尾狐從圈中走出，大家再一起離開。

整個迷陣中，現在站滿了一堆屍體骸骨，都是亡骨BOSS剛剛召喚出來的小怪們。這些小怪中有不少還是大家覺得挺臉熟的，身上更是明顯的一身玩家打扮，一看就知道是剛才圍剿BOSS失敗而被反刷的烈士們。

燃燒尾狐第一次使用升級後的圈怪技能，從圈裡往外走也是第一次。因為沒有經驗的關係，頭一次走在這些屍骸群中，燃燒尾狐表示壓力很大。只見他走每一步，都一定要確定位置，落腳角度，周邊有無障

礙物、小石子之類，旁邊的小怪又會不會突然發出雜訊影響他分心……

總之，燃燒尾狐幾乎是將所有可能發生的意外因素都考慮了進去，就是生怕自己會踏錯半步。現在別說是他自己，就單連圈外旁觀的人都忍不住的感到了一絲緊張，彷彿在怪群中戰戰兢兢行走穿度的那個人就是他們自己一樣……

為這份嚴肅所感染，雲千千情不自禁的用手在嘴邊圍了個喇叭，衝圈內燃燒尾狐的方向喊話打氣：「狐狸，你可千萬別抬頭啊！」

大家可能都有過這樣的經驗，一件事當你越在意、越是全神貫注的時候，反而越容易被周圍的一點小動靜所影響，在剎那間反射性的給出反應。而當你並不是很在意，以平常心去對待的時候，結果卻極有可能一次就成功……

正在專心致志走路的燃燒尾狐聽到喊聲後反射性抬頭，看著圈外傻眼的雲千千愣了半秒，繼而像是一個人大夢初醒的時候一樣，感動一笑，一邊點頭一邊回喊：「好——放心吧！」

雲千千：「……」

眾人：「……」

「#%$%$……草泥馬！這小子腦殘!?」

看著瞬間被圈內小怪群湮沒並第一時間化成白光的燃燒尾狐，圈外的眾人為其默哀一把都來不及，當場二話不說的扭頭就跑。

所有人一邊咒罵一邊淚奔，邁著大大的步子拚命奔逃，那幅兵荒馬亂的場景再加上每個人臉上倉皇的神色，簡直就跟無照小攤販遇到警察的時候差不多。

迷陣破了，想當然迷惑怪群的東西也就消失了，此時大家離圈圈都只有一段不算遠的距離，要拉到怪群的仇恨是輕而易舉的事情。於是，在做出了足有兩、三隊人馬的巨大犧牲之後，以雲千千和彼岸毒草為首的一行人才終於順利脫離BOSS的仇恨範圍。剩下的其他一些比較頑強的、零散追過來的小怪，那在眾精英的眼中就完全的不足為慮了，兩三下搞定，現場總算恢復了平靜。

「呼呼呼……蜜桃！妳幹的好事……」零零妖一邊扶著膝蓋彎腰大喘氣，一邊白了雲千千一眼，「狐狸現在肯定恨死妳了，妳趁現在趕緊想想一會怎麼安撫他吧！」

雲千千小臉慘白，吞了幾口口水，到現在還是一臉的鬱悶。「我哪知道那傻小子被喊一聲就會抬頭啊……等事情一完，我還是出去躲個十天半月的，等狐狸氣消了再回來吧！」

「妳就不怕狐狸發訊息罵妳!?」

「放心！」雲千千拍拍腰間通訊器，「剛才他一死，我就第一時間把他拉黑名單了。」

同一時間，燃燒尾狐正在復活點咬牙切齒，滿臉猙獰的編輯訊息給雲千千。在用盡了自己所有的才智，絞盡腦汁的終於寫出了聲情並茂、字字催人淚下的一千字討伐文之後，燃燒尾狐恨恨的按下發送鍵，接著在下一瞬間就收到了系統美眉的提示——

「對不起！您沒有許可權向該使用者發送訊息，請確認您在對方的好友名單內，或者等待對方刷新好友名單……」

「……」……算這妞狠！

大概猜到是發生了什麼事的燃燒尾狐一臉麻木，心如死灰，只知道呆呆的捏著通訊器，蹲在復活點內

淚流滿面。

燃燒尾狐倒下了，但雲千千及彼岸毒草一行人卻因為這位英雄的犧牲，終於順利的穿越了有BOSS攔路的那片密林。

這個結果只能勉強算是差強人意。

還有另外一點可以值得安慰的是，當時燃燒尾狐身邊的怪群實在是太龐大了，這在保證他死亡機率的同時，卻也陰差陽錯的保護了這隻杯具，讓那隻亡骨BOSS根本沒來得及走到他身邊去親自動手。於是燃燒尾狐的死亡懲罰還是非常正常的只掉了一級，技能、裝備什麼的全都安然無恙……

「不！我要等失落一族的小子來！沒有他，你們根本不可能找到瑟琳娜的所在！」

在順利逃亡之後，唯一讓雲千千等人頭疼的，就只有那個固執的要按任務流程來辦事的修羅族長老了。一脫離危險之後，此NPC立刻一改剛才跑路時的積極激動，轉而不再願意配合眾人的進程。

「大爺，我們真的找得到瑟琳娜。您別不信，這三片可疑區域就不是狐狸算出來的，那其實都是小草手下的人去查探出來的……」雲千千苦口婆心的跟人講道理，無奈人家一點面子都不給她，依然堅定堅持堅決的扒著樹幹死賴在原地，硬要等燃燒尾狐回來了才肯繼續往前進。

「不！妳在騙我，我只相信失落一族的能力。」

「您寧願相信人家也不肯相信自己族人!?」雲千千很受傷害。

「……關鍵得看是哪個族人。」回答完後，長老還意有所指的暗暗瞟了雲千千一眼，再迅速收回視線，一臉壯烈堅決如革命志士。

雖然情況很危急，但是周圍眾人還是忍不住被長老的反應逗樂了，紛紛背過身去掩嘴偷笑。

雲千千不高興的滿頭黑線，咬牙切齒的看著這一行人外加那固執NPC老頭，「喂！信不信我翻臉啊！」

長老選擇性失聰，吹著口哨四下張望，一副他什麼都沒有聽到的樣子。

雲千千看著，心裡那叫一個恨啊！

她琢磨了一會後，抱臂冷笑：「長老，您可考慮清楚了，九哥……哦，就是九夜！他現在可還在副本裡等我們去救。您是一定要等失落一族的那個讓您信任的有為青年回來才肯走呢，還是現在馬上就配合我們去救修羅族的未來希望!?」

「走吧！時間是不等閒人的夥計們，讓我們向著朝陽奔跑吧！」長老一愣，接著在剎那間就突然變得幹勁十足。

「……」雖然早知道自己和九夜在修羅族中的地位是天差地別，但親自再體驗那麼一次，還是讓雲千千那心碎得跟餃子餡似的——香蕉的！以後要是有機會又不用受連帶懲罰的話，自己一定要放把火把修羅族全燒了！

擺平長老，隊伍終於再次得以前進。

這次因為有了動力和目標，長老一改剛才的消沉，轉而變得信心十足。他真心的相信著，只要能在副本中找到九夜，哪怕雲千千沒能把任務完成，修羅族也一定能平安度過這次大劫。這可以看成是他對九夜盲目的信心，也可以看成是長老在絕望中抓到了最後一根救命稻草。

接下來的路程就順利不少了。也許是因為BOSS剛剛才已經走過一次的關係，沿途上本來密密麻麻的亡靈大軍已經全部在剛才跟著BOSS一起走到後方去了。

現在眾人穿越那片最艱難的區域走過來，後面的路上還沒來得及刷新出小怪，於是大家一點危險都沒有遇上，很快就平安到達了失落一族與修羅族的分界線。

「過了這條線就安全了！那邊是修羅一族的地盤。我們各隱藏種族之間有個約定俗成的規矩，不管是其中的哪兩方發生鬥爭，都不可以把其他的協力廠商牽扯進來，更不能在其他種族的地盤暴亂。這樣是為了避免戰爭的影響範圍越擴越大，更是為了避免更多的流血和犧牲……所以，在這個共識之下，如果有誰不守這規矩，敢把戰鬥的兵士隨便派進協力廠商地盤的話，那麼所有的隱藏種族就都會聯合起來討伐它。」

長老一邊凝重的看著修羅族和失落一族的分界線，一邊娓娓向大家介紹著種族大戰中的協定。

「所以，我們現在只要過了這條線，就不用再害怕亡靈一族的圍剿了。可是相應的，這個舉動也很有可能會被亡靈一族利用，讓它們有藉口進攻失落一族；或者那群卑劣的亡靈法師們也有可能宣揚說是我們故意牽扯其他種族，好以此為理由，讓其他種族一起來討伐我們。所以，我們過這條分界線之前，一定要做好準備，先向失落一族的人征得同意，再……喂！妳做什麼!?」

因為知道這可能是支線任務的前置背景故事，所以眾人都正聽得認真，結果長老卻突然沒再繼續說下去了，還指著分界線的方向，氣急敗壞的跳腳。

於是大家順著長老手指的方向看去，剛剛好看到雲千千正一臉茫然的站在分界線另外一邊，也就是失落一族的地盤內，無辜的抓抓頭，非常迷惑的看著大家。

「咦?大家都看我做什麼?難道我身後有怪?」她說完，往身後張望下，沒發現異常，於是繼續回頭，望著無語的一眾人，越加的疑惑：「到底怎麼了?對了，剛才那老頭在說什麼!?」

「……他在說什麼已經不重要了。」彼岸毒草的嘴角抽了抽，一臉便秘的表情。

相對比之下，唯我獨尊就要豪快得多了，有不爽就直接吼出來：「吼——妳這個女人到底怎麼回事!?聽人說完再動會死啊！」

雲千千手指癢癢的動了動，要不是看在一會還需要幫手和炮灰的分上，她現在就想一個雷甩下來劈了這傢伙——敢跟她吼吼!?自從她五歲半學會殺價以來，從小到大經歷嘴砲無數，現在連宣武街銅牌巷子XX號那個最潑辣的三八都不是她對手了，這男人居然還敢來撚虎鬚!?

長老欲哭無淚，顫顫巍巍的走上前去，隔著兩族的分界線，拉著雲千千的手傷心不已：「小蜜，在這樣的種族戰期間裡，妳怎麼能隨便進入其他隱藏種族的領地？要是被別人知道這事的話，那可是會引來大禍的啊！」

「……小蜜!?」草泥馬！這踏馬的什麼破稱呼啊！雲千千黑線。

「噗嗤——」一片忍俊不禁的爆破氣音此起彼落的響起。

雲千千抬頭一個個瞪了回去，可惜效果不大理想。

雖然平常這水果挺畜生的，殺人如麻從不眨眼，但那是因為她殺的人都不熟，這女孩直接把人當單機遊戲裡的NPC了。而一旦認識了之後，雲千千真到想要動手的時候，偶爾還是會臉紅下的。好說也是低頭不見抬頭見的關係，大家都這麼熟，自己也不能太不是東西……

眼看其他人根本不受自己威脅，一副有恃無恐的德性，雲千千還真拿他們沒有辦法。她只好反握住長老的手，一臉鬱卒，「長老，我招您惹您了?我們進個線怎麼了?當初我和九哥認識狐狸的時候，大家一起刷怪，就在這分界線內外來來回回踩了好多次。」

「當時是當時，現在是現在。」長老抹眼淚，一再重複自己的那句話：「要是被人發現我們擅自進

了失落一族的領地，那麻煩就大了……」

雲千千也無奈了，她最怕人抹眼淚啊，尤其是這NPC還很重要，她又不能一招把人家劈死。左思右想了下，雲千千一咬牙，索性耍起了無賴：「誰說我們進了失落一族的領地了!?」

「妳還想耍賴！」長老生氣，抬起頭來吹鬍子瞪眼，憤怒的伸手，指地下，「妳看，這不就是兩族之間的分界線嗎!?只要一越過這裡，就算是……啊線呢!?」

長老氣憤填膺的指責聲說到半路就突然一個拔高，轉而變成了尖叫。

只見剛才還橫在長老和雲千千面前的那根荊棘鐵條不知道在什麼時候已經不見了，現在失落一族和修羅族之間的分界線位置上，盡是一片空蕩蕩的空地，看上去很是蕭條，彷彿在向人訴說著什麼不為人知的秘密。

雲千千一臉無辜模樣的吹口哨抬頭望天，雙手偷偷背在身後，拚命的把一團荊棘鐵絲往自己空間袋裡塞——還好這條分界線以前就被九夜弄走過一次，也還好她當初把這分界線復原時偷了個懶，隨便拉上就沒管了……要不是這樣的話，今天自己要想神不知鬼不覺的把這東西扯走，恐怕還得多費一番周折……

旁邊的一千子玩家因為站得比較遠，視野比較大，所以有幸觀賞到了雲千千偷分界線的全過程。所有人一起沉默著，猛擦冷汗，同時感到一陣深深的無力——這就是高手榜第六的高手!?真是……見面不如聞名啊！

長老揉揉眼，再揉揉眼，愣愣的瞪著地下再看了半天，又愣愣的抬頭看雲千千，傻乎乎的問：「分界線呢!?」

「分界線!?那是什麼東西啊!?」雲千千裝傻充愣，打死不接長老的問話。

長老怒，大怒：「妳以為我老年痴呆啊！剛剛還在這裡的荊棘鐵條呢!?那就是兩族的分界線！」

「咦?有這個東西嗎?」

雲千千繼續裝傻，乾笑兩聲後，一臉凝重的安慰長老道：「長老，其實您糾結的這個問題根本沒有什麼必要。分不分界的其實並不重要，有線即是無線，無線即是有線，地上無線，心中有線……我們從來都容易不經意的被一些東西限制住，但其實那根本就是我們在自尋煩惱。有線無線的事情真的很渺小，在人的一生中根本不值得一提。我們更應該研究的是，我們是一個什麼樣的人，我們的一生到底有沒有意義……」

一邊說著，雲千千一邊攙扶著無語的長老走遠，留下身後一幫玩家面面相覷——靠！這也行!?

104．禁地

前面曾經說過，所謂的各族禁地，其實說白了也不過是各族歷代先人的埋葬地而已。可想而知，隱藏種族的祖墳，那肯定是相當有地方特色的。比如說亞特蘭提斯的深海安息之地，就是在每一個死去的族人的埋葬點上都長了一叢珊瑚。

修羅族是每個族人的墳上都插了各自的武器。失落一族屬於算命的，於是墳頭都撒滿了籤卦、水晶球、銅板……中西合併，與玄幻神奇有關的卜算物件一個不落，完全就是封建迷信的道具介紹現場版。

由於自己是非法入境的關係，長老非常羞愧的沒敢去和失落一族的人見面。雖然雲千千等玩家認為這其實很無所謂，但他還是依舊堅持這點，非常固執的要求大家行動時不要被地盤的主人們看到。

於是大家只好鬼鬼祟祟的前進，狠狠在遊戲中過了一把現實中不敢偷渡的癮。等到歷經千辛萬苦，終於來到失落一族的墳場之後，所有人都忍不住長出了一口氣，接著一抬頭，頓時被現場滿地的卜算道具震撼得再立即倒吸進去了一口……

「這不算什麼。」長老看著大家都是一臉大驚小怪的樣子，頓時很是瞧不起這群土包子，剛才因非法入境帶來的畏縮失意瞬間消失了，轉而挺直腰桿，一臉蕭索風騷狀的不屑睥睨眾人道：「如果是我們族的禁地裡，每一個族人的埋葬地上都是插了他們生前的武器的；而且我們會將族人的右手和心臟取出來，燒成灰，最後與那武器一起煉化……以讓他們在冥界時也能把自己的武器一起帶去，隨心所欲，如臂使指的繼續揮舞武器，開創新的盛世……」

「這群變態真踏馬的狠，人死了還要把人分屍，再挫骨揚灰……」雲千千壓低聲音向其他人說道。她從另外一個角度，全新的闡釋了長老話中所表達的主要內容。

「……」這人說壞話都不知道小聲點，待會任務還得靠她，自己要不要裝沒聽到呢!?

長老停下了講解，狠狠瞪了雲千千一眼，臉上的表情很是複雜糾結，乾咳一聲後故意問道：「蜜桃多多，妳有什麼問題嗎？」老子就不相信妳敢當著老子的面把剛才那話再重複一遍。

誰知雲千千認真想想後果然點頭：「其實我從剛才開始還真就一直有個疑問。」

「……說！」

得到長老允許，雲千千眼睛當場就是一亮，興奮的上前做採訪狀：「請問長老您是怎麼知道失落一族禁地的進入方法的？如果是比照我們修羅族的話，失落一族的禁地也應該是有不少禁制和秘密的吧？尤其他們又是專職玩鬼打牆的……我覺得我們剛才進來得真是太容易了，難不成長老您以前也像瑟琳娜那樣，曾經和這族的誰有曖昧，被人家吹了枕頭風，所以才知道了這些秘密!?」

「……」這問題……真他娘的犀利……長老默然無語，頭上冷汗刷刷的，擦都擦不完。他支支吾吾的四下張望，就是不知道該怎麼回答雲千千的問題——香蕉的！早知道就不問這畜生還有什麼問題了！當著

這麼多非本族人的面，這女孩還真是一點面子都不替自己留的……

彼岸毒草的察言觀色是專業的，一見長老這樣子，頓時恍然，明白了其中必有問題；而雲千千不知道是沒看出來還是故意為難人，半點收斂都沒有的就不說了，居然還在步步緊逼，一副不知答案誓不休的堅決模樣，讓長老很是傷心……

明白眼前局勢之後，萬金油彼岸毒草連忙義不容辭的上場了，他一把拉開雲千千，打含糊的圓場：「算了算了，現在不是討論這個的時候……蜜桃，關於這些問題，我們等以後有時間了再慢慢研究吧！長老，麻煩你接著說說，我們接下來該怎麼調查，還有在這裡應該注意一下哪些事項!?」

長老為難：「這個……」要不要繼續介紹呢？如果介紹得太詳細了，那更是表明了自己知道的秘密太多。本來大家都不介意，可是現在被人一挑明，自己的情報來源這問題瞬間就浮上水面，變得敏感了。自己總不能把大家都當成白痴或是缺心眼吧？可是如果不介紹的話，一會這裡的人又要怎麼繼續任務？

修羅族的危機已經刻不容緩了，如果要是單為了個人的榮辱就棄本族安危於不顧，那自己哪還能有臉繼續坐在長老這個位置上……

雲千千本來被拉開就是很不樂意了，一看長老居然還在這裡猶豫扭捏，頓時更不高興，「老頭，現在大家心裡都明白了，您還在我們面前裝什麼貞潔烈男啊!?我勸您還是痛痛快快的趕緊招了吧，免得大家再覺得您扭捏得跟個老娘兒們似的……」

「……」長老淚奔。這水果嘴裡說出來的果然就沒一句是好話。

在做任務之前，大家必須重新領悟這麼一個事實——這裡只是個遊戲！

哪怕創世紀有多麼的擬真、多麼的有智慧，這裡說到底也終究只是個遊戲。既然是遊戲，那麼所有一切的資源就必定全都是為玩家而服務的。

亞特蘭提斯的深海安息之地就是如此。雖然那是歷代亞特蘭提斯族人的墳墓，但那同時也是玩家的尋寶秘洞，雲千千和九夜就曾經在那裡收穫了不少的好處。

修羅族的劍塚也是如此。本族玩家或是和本族任務有關的玩家在達到一定條件之後，就可以自行進修羅族的禁地去挑選一件武器，屬性隨機，拚的就是運氣和手氣。如果運氣好，挑到生前是優秀戰士的人墳頭上的話，那麼武器拿下來一定是極品中的極品。可如果運氣不好，選到修羅族的文職成員墳頭上，那就只能在事後自己回家咬著被子角偷偷哭去了——雖然修羅族全族皆兵，但是文職人員在武力上的成就還是和戰士有很大區別的，武器上更是如此，不給你一套紙筆都算客氣了。

由此我們可以得出一個結論，各隱藏種族的所謂禁地，其實說到底，不過就是給玩家們的實力變相提供強化機會的一個不可補充型倉庫罷了。

失落一族的禁地當然也不會和前面兩處禁地有什麼不同。在失落一族的禁地地盤上，滿地都散落著卜算或詛咒用的道具。玩家們可以自行選擇一個撿起來拿走，而能拿到什麼東西，能不能派上用場，那也是全憑運氣的。

有可能到手的是一個詛咒型道具，可以在圍剿 BOSS 時為自己的隊伍省下不少力氣；有可能拿到的是一個卜算利器，能夠精確推算出一個難得的稀世珍寶現世的時間地點和取得步驟……但是這些都只是有可能。也或許有可能，運氣不好的玩家們會撿起一個根本沒什麼用處，只能卜算某人的大概範圍座標，或者只能詛咒局部地區有雨的道具也說不一定。

總之，一切皆有可能。在各族的禁地之中，大家拚的就是一個運氣。手氣好壞都是天定的，選擇次數有限，開賠了還是開賺了都別怨人。實在要是運氣太背的話，那就回去多積點陽德，轉頭找個其他族的禁地再去試試吧！

一聽長老介紹完禁地的好處之後，所有在場玩家立刻做鳥獸散。他們知道，這個試手氣的機會就直當是這次大家參與任務的福利之一了。不管任務最後有沒有完成，總之他們在這裡撿到的東西是實打實落在手裡了的，也或許後面的任務就需要這一類的道具才能完成也不一定!?

想明白了這一點之後，大家哪還有繼續傻站在原地的道理！他們恨不得能快些、再快些，讓他們有充裕的時間在現場好好的選擇一番，看看哪個龜殼片子長得比較滄桑，哪枚銅板顯得比較古樸，再或者哪塊水晶最迷濛神秘!?

在這一刻鐘，幾乎所有人都瞬間變身成為了一個嚴謹的考古學者，試圖在一堆破爛中找出最有價值的那個瑰寶，好實現他們充盈荷包或是提升實力的願望。

「現在的年輕人啊……」長老站在原地嘆息搖頭，對大家一聽有好處就如打了興奮劑般興奮的表現很不滿意。

長老的反應倒也可以理解。一般越是如他這樣的隱世老頭也就越變態，他們更欣賞那種有好處就讓，有難題就上的自虐型腦殘人士。這種人一般都擁有著缺心眼的天賦屬性，從小到大玩具都會被人搶走，好吃的都會被人偷掉，新衣服都輪不到自己穿，成人後再遭遇兄弟背叛，父母雙亡，老婆被睡……總之他最好是天煞孤星類的杯具，一天好日子都沒有過過的那種。

只有擁有這樣杯具的極品人生的人，也才能得到類似長老一類人的欣賞和青睞，覺得對方是一個可造

之才，天賦異稟云云，於是決定傳授他什麼極品武功，或者乾脆把自己畢生的功力都渡給這個正直憨厚、品性高潔（!?）的人……

由這個標準可以判斷知道，如雲千千這一類型的卑劣小人就一定是對方所深惡痛絕的了，她幾乎是具備了主角特性的所有對立面品質。於是，這女孩在修羅族裡會這麼不受人待見也就是可以理解的事情了。

而九夜，雖然他很多方面也不合乎標準，只能算是一個普通得不能再普通的人，甚至還有點自閉症傾向。但是首先，人家是一個屬性超強悍的奇才，這點不難理解，人家是幹網警的嘛！於是在惜才之心之下，修羅族的人理所當然也就在九夜的身上寄託了許多的希望。

而再其次……其實大家也都明白，很多時候人們對一件事物會有個什麼樣的評價，一般都是建立在有一個參照對比物的情況下的。於是因為有了雲千千這麼剽悍的女孩在前面杵著，修羅族的人習慣她後再去看其他人，頓時眼光就寬容得多了。基本上只要不是十惡不赦的絕對惡棍，在他們眼中就都可以算得上是可愛的……

「您別生氣，現在的人確實很不像話。在這個越來越現實的社會中，人們的功利心已經越來越重了。如我這般純潔高尚的人實在是不多啊。」

「是啊，人們的功利心……如果哪一天他們能夠做到無欲無求的時候，那才能真正靜下心來鑽研武技。不知道要到什麼時候，大家才能醒悟到這一點呢？」長老對安慰自己的那個聲音表示很滿意，能說出這麼一番話來，表示這些人中最起碼還有一個人是比較清醒的。

「要真是無欲無求的話，那活著還有個毛意思……呃，不是，我的意思是說，這個境界太難達到了，如我們這般的俗人只能仰望而已。不過我相信，既然是如您這般的世外高人，那一定是能以寬容的心來原

諒我們的。」

讓長老滿意的那個聲音繼續猛拍著馬屁，讓長老心裡一陣陣的舒坦。從被亡骨BOSS追趕逃亡到遇到雲千千這樣讓人煩心的女孩以來，這還是他頭一次感到心情舒暢。

舒暢之下，長老理所當然的就忍不住想轉頭看看，身邊這個在面對滿地誘惑時也依舊淡定，不趕快去選寶貝，反而在這裡陪著他大發感慨還深得他心的知音人到底是誰。

「嘿嘿！長老您覺得我說的沒錯吧!?」

驀然回首，嘻笑著的雲千千正站在燈火闌珊處……長老默然無語，淚流滿面。

「蜜桃，妳不去選道具?」彼岸毒草所在的小隊正好選完東西回來，一看雲千千站著沒動彈，這位副團長順口就驚異的問了這麼一句。

雲千千默了默，實在不想說是因為自己並不相信自己的運氣。猶記得在深海安息之地時，自己和九夜一起選寶箱，還是事先篩選過一次的，居然都被自己摸到了那個傳說中的安慰獎……這真是往事不堪回首，讓人每每想起的時候就唏噓感慨不已，深深的惆悵來著！

「……事情是這樣的，我這人呢，其實是挺謙虛也挺具有中華民族傳統美德的一個女人。孔融讓梨的故事大家都知道吧?我們這樣有素質有涵養的人就是喜歡謙讓……你們先拿，不用管我的。」雲千千想了想，用一段比較美化的語言委婉的為自己的行為做出了解釋。

「呸！」彼岸毒草含蓄的對這番話表達了自己的評價。

雲千千裝沒看到，探頭往幾人的懷裡看了下，「怎麼樣，有幾個撿到垃圾的了!?」

前面撿到垃圾的越多，也就代表後面剩下的好東西越多，這是人工排除大法。請親友團嘉賓幫自己排

除幾個錯誤項，這樣才可以保證自己選到正確選項的機率……當然了，這樣的方法也有個壞處，如果親友團不振作一點的話，很可能就會把正確項直接刷光了。

所以說，這其實也是很拚運氣的。只不過自己去選，那是拚自己的運氣夠不夠好。而讓別人先選，自己再選，就是拚自己和別人的運氣誰爛……

彼岸毒草呵呵一笑：「蜜桃真會開玩笑，這裡可是禁地，哪會有什麼垃圾。」

「……」這是在撐面子呢，還是說真的!?雲千千有點摸不準了。

男人都好面子，打腫臉充胖子的事情也不是不可能做出來的。當然，彼岸毒草也有可能是講實話，那樣的話就表示好東西已經被他們摸去不少了……選A還是選C？這是個問題！

「怎麼了？」彼岸毒草看雲千千臉色有點糾結，忍不住就關心了一下。

雲千千還在思考怎麼回答的時候，禁地入口處的禁制突然顫動了一下，立刻吸引了長老的注意力。

「大家小心！」長老的臉色瞬間凝重下來，變得嚴肅。

就連雲千千和彼岸毒草等人都不由自主的停下聊天，變得正經了起來，一起轉頭看向禁制的方向，想看看到底發生了什麼事情。

「可能是失落一族的人發現到有人進入禁地了。」長老沉下臉來，面上有些懊悔的神色。他剛才實在不該那麼容易就被糊弄的，不管怎麼樣都應該堅持讓蜜桃多多把分界線裝回去，再找失落一族征得同意才對。千萬別問他為什麼堅信分界線一定在蜜桃多多那裡，反正他就覺得只有她的人品能幹出這種缺德事……

「發現了!?」雲千千憂心忡忡，擔心問道：「那我乾脆還是現在就去挖墳好了，不然一會怕沒時間了。」

「……妳就只擔心這個!?」長老突然很想殺人。

雲千千點頭，抓頭不解問：「不然還有什麼好擔心的？」

彼岸毒草看得不忍心了，上前主動幫長老向雲千千解釋：「是這樣的，關鍵是失落一族的人如果發現你們修羅族的人擅自進他們地盤，更甚至還不知道用什麼方法擅自進了他們的禁地……這樣的事情無論發生在哪一個種族頭上，我想肯定都是很難讓人接受的。難道妳就不怕失落一族的人翻臉!?而且惡果還不僅只有這樣，要是讓他們到外面一宣揚的話，那你們修羅族可就名聲掃地了……」

「長老，那可一定不能讓他們出去亂說啊！」雲千千一聽果然著急了，拉著長老道：「您看我們是不是……」

「趕緊躲起來!?」雖然這辦法有點不大好，但目前也只有這唯一的可行之道了。長老欣慰，這女孩總算還不是沒救到太徹底。

誰知，雲千千並沒有附和長老的話，反而是一板臉，表情猙獰的惡狠狠道：「殺人滅口！」

「……」禽獸！

最後的結果，大家還是決定採用長老的辦法，畢竟殺人這種事情太有壓力了。

大家倒不是說從來沒有殺過 NPC 那麼善良，但問題是現在在人家的地盤上，自己還是非法入境，入的還是禁地，這一個不小心可就是要變成通緝犯的事情。失落一族個個又都能掐會算的，回頭要是自己隨便走哪，都能碰上百八十個系統士兵在那等著。

這刷怪的時候還好，正好拉上人一起群了，就當送經驗來給自己的；可萬一要是吃飯逛街的時候也這

樣，尤其是和女朋友約會到中途，氣氛熱烈，馬上就要親親小嘴的時候，突然竄出一組士兵來喊打喊殺的，長久一來誰受得了啊！

在禁地的禁制閃動了半分鐘之後，所有人就都各自分散開，隨便選了個地方躲藏了起來。好在禁地雖然亂了點，隱蔽物卻也是有不少的，藏幾個人不說輕而易舉，至少不會太難。

雲千千這會也顧不上挑挑揀揀的了，藏起來之前隨便在地上扒拉了一下，在手上撈了三件東西，聽到系統提示說自己已經無法再拿了就住手。她也來不及看到底抓到了些什麼，直接往空間袋裡一塞，自己腰身一矮，就彎身躲進了一個岩石後的矮洞裡。

這是速度快的代表。

速度慢的如牧師等職業，那就要差得多了。他們倒是也找到了隱蔽的地方，但是還沒來得及衝到一半，直接就被別人搶了先。一來二去的被攔截了幾道之後，他們左右四望，附近已經沒有可以隱蔽的好場所了。遠處倒是有，可惜跑不過去了，禁制入口已經被打開，這群可憐人直接被抓了個正著……

「你們是誰？」失落一族衝進禁地的人中站出一個似乎是領隊的 NPC，指著這些人喝問道。

「……」屁話！反正一看就知道不是你們族的了。

「你們來這裡幹什麼？」失落一族又問。

「……」我們說自己是來刨墳的，實話實說就能放人嗎!?

「全部抓起來！」失落一族的人生氣了。

「……」草泥馬！真沒有國際和諧精神……禁地裡被堵住的所有玩家們一起淚奔。

105．失落一族掌星老太太

很多時候，必要的犧牲是難免的。

象徵性為被帶走的同伴們哀悼了一把之後，還留在禁地裡的那些躲藏起來的人們就開始緊張了起來。現在的危機還沒有解除，失落一族來檢查禁地的NPC們抓住了那些短腿職業的玩家之後，一點滿足的意思都沒有，不僅沒有收兵走人，反而還一聲招呼，把整個禁地團團包圍了起來，三步一崗，五步一哨，牢牢的把守住了每一條通路口。

「慘了，看這樣子，像是要來個甕中捉鱉啊。」彼岸毒草憂心忡忡的向雲千千飛去簡訊一封。

雲千千頓時糾結……這人罵誰是鱉呢這是!?

長老正好也和雲千千躲在同一處岩洞中，探頭看了看外面的情景，他一臉凝重的皺眉，「看起來失落一族的人是要甕中捉鱉。」

「……」所以說，這兩個到底罵誰呢!?

雲千千抹把臉，定定心神，壓低聲音安慰長老：「沒關係，不一定發現得到我們。剛我數過了，我們這裡還留下了七支滿員隊伍和三個殘兵，總計二八……呃，三十八人，帶上您就是三十九……失落一族來的大多都是散兵，一個雷就能轟成灰灰，根本不怕。看起來比較有戰鬥力的只有十幾人，人手根本不夠分。到時候萬一真不行了，我們就想辦法把失落一族的人引到其他人躲的位置去。」

「放心，剛才我都留意觀察過了。然後我們趁他們打起來的時候就可以往外衝，讓其他人幫我們拖時間……」

長老終於忍無可忍的別過頭去，裝作自己什麼都沒聽到。他真傻，真的。他單知道平常的時候這女孩是個缺德鬼，卻萬萬沒想到在這種時候人家依舊還是能這麼的缺德……

眼看長老沒有搭理自己了，雲千千摸摸鼻子，悻悻然的閉上嘴，轉過頭開始專心的琢磨起眼下的情況來。眼下的情況有好有壞，壞處顯而易見，就是他們被包圍了；而好處則是，失落一族的禁地範圍似乎是無法卜算的區域，所以即使被失落一族這麼厲害的種族包圍了，對方也沒辦法馬上找到他們，只能用笨辦法一個角落一個角落的搜。

也就是說，大家現在還有緩衝的餘地，能否安全逃脫，其實是各有一半機率的。

「江湖救急啊……呃，靠！」雲千千尋思了一下，決定尋求外援。她首先撥通無常通訊，誰知才剛喊了一聲，對方那邊立刻切斷通訊。

「誰呼你？」無常身邊，一葉知秋漫不經心的瞥過來一眼，隨口問道。

無常將手中通訊器收回腰間，平靜的推推眼鏡，略作沉吟後淡定搖頭，「沒什麼，一個人品不大好的

朋友想跟我借錢。」

「哦？」你這種社交障礙症候群、性格討厭彆扭、毒嘴毒舌得讓人恨不得打兩巴掌的人也會有朋友!?

「繼續刷怪吧！叫其他人繼續注意周邊警戒，有BOSS接近的消息就趕緊通報；同時還要定時巡視逃生路線，別到時候真到要跑路反而溜不掉……沒辦法，你的公會太爛了，尤其是你又沒什麼本事，更別談臨場指揮作戰的能力。所以綜合考慮一下，我們現在還是最好別去惹那些BOSS。」無常再推推眼鏡，眼中淡淡的飄過一絲遺憾。

「……」這人果然是真他娘的討厭！

人到用時方恨少……雲千千後悔了。

長久以來，她加好友一直是重質不重量的，憑藉著對未來的了解和名人潛力的熟知，雲千千在加好友的時候一般都會慎重考慮對方未來的發展前景。這倒不單是因為她性格現實，主要也是以她現在的水準，再和菜鳥已經玩不到一起了。

這就好比你讓一個留學歸國的博士去跟地攤小販做朋友一樣，平常兩人偶爾一起吃個飯喝個酒沒問題，畢竟朋友不分貴賤，但要兩人天天待在一起就不可能了。

一個關心的是國際時事、金融走向，另外一個卻津津有味的炫耀自己前天在菜場買白菜的時候，憑藉過人口才從老闆那省了幾元菜錢……交往圈子的層次決定了一個人的格調，同理，一個人的格調也決定了他平常的交往圈子是什麼樣子。當兩種人根本是身處在不同的世界和境界時，他們的興趣和生活能有多少交集？

如果這樣的說法太難懂的話，那我們再舉個更簡單直白些的例子。

雲千千現在刷怪得去高級區，你讓她跟一群新人村還沒過 10 級的小弟、小妹一起練級，這交集圈子不一樣了，兩邊能融合嗎!?一聽這就不大現實吧！

雲千千現在混得還不錯，好說也算是小成功人士了，高手榜第六位的身分雖說未必詳實，但差也差不了多少。

這就好比是現實國際大財團 CEO 的身分層次了，你好意思讓她收藏十坪小五金鋪的老闆名片!?

「靠之，沒有人可用！」雲千千抓抓頭，看著自己貧瘠到可憐的好友名單，傷心得淚流滿面。

「怎麼？」長老探頭過來關心了下：「妳想到什麼辦法脫身了嗎？」

「除非是飛天遁地，不然怎麼可能從這麼密集的包圍下脫身。要找外援的話倒是還有一絲可能，可惜我認識的人不多……不然還是照我開始提議過的那樣，我們想個辦法，比如說丟個石頭去其他人藏身的地方，引開失落一族的注意力？」

死道友不死貧道，這是多麼禽獸不如的女孩啊！長老望著雲千千，深深的感慨之後沉痛的搖頭，「罷了，還是我來吧！」

「您!?」

雲千千還在狐疑的時候，長老已經一咬牙站起身來。雲千千當場大驚失色，嚇得差點沒尖叫出來。

「蜜桃！那 NPC 在幹嘛!?」彼岸毒草氣急敗壞的傳了簡訊過來。

雲千千欲哭無淚，秒回訊息道：「我知道個屁！這問題你回頭自己問他去吧，沒準老年痴呆發作了。」

踏馬的，在場躲藏起來的人當中，誰犧牲都沒有問題，就唯獨這老頭不能有事。他可是發任務的 NPC，

大家的任務都掛在這老不死身上呢……

「……拚了！一定不能讓那老頭子有事！」彼岸毒草不愧是皇朝裡當家的二把手，關鍵時刻果然有擔當，他一咬牙、一跺腳，壯士斷腕的迅速給出了反應。

雲千千等的就是這句話，趴低著雙手抱頭壯烈一呼：「兄弟們，跟我衝了！」

「喔喔喔——」

皇朝裡埋伏在禁地裡的人，也聽到了彼岸毒草在傭兵團頻道裡的召集號。一聽有人下令，他們頓時如同聽到了衝鋒的號角，也顧不上確認什麼的……

這純屬廢話。

一般戰場只要聽到有人下令，所有人就都會跟著衝，沒人還有工夫先審核再驗證又查實軍令章什麼的。所以古代行軍打仗的時候，其中有一招叫擾亂軍心。一般就是安排個間諜內線什麼的放進敵軍裡，隨便嚷個幾聲就能放出謠言來散播恐慌氣氛，比如喊什麼「將軍戰死了」、「我營被襲了」、「糧草被燒了」、「股市崩盤了」……

總之，雲千千這麼一聲喊出來，立刻就點燃了暴動的引線。

整個禁地裡的三十多人，除了還沒來得及發令就被突發狀況弄得有些呆愣的彼岸毒草，趁亂抱頭趴在原地繼續隱蔽的雲千千，還有已經先行站起卻沒來得及搶到戲分的長老以外，其他人莫不爭先恐後的紛紛從各自隱蔽的地方站起，喊打喊殺的朝著離他們各自最近的失落一族族人的方向衝去，不過一眨眼的工夫，兩軍就已經接上了火。

「這、這……」彼岸毒草還在發愣，痴呆患者般傻傻看著眼前混亂的局面，怎麼都搞不明白局勢怎

麼會突然變成這樣——他是決定了要拚沒錯，可是自己似乎還沒下令吧!?剛才那一聲到底是誰喊的!?對了，好像還是個女聲、女……靠！又是那女人！

終於回過神來的彼岸毒草氣急敗壞的四下張望，可惜此時現場一片兵荒馬亂，哪還能讓他找到雲千千的影子？

「長老！我們快走！」雲千千隨手一片雷甩下去，連敵人帶友軍的清出一片區域，接著抓住身邊的長老，二話不說埋頭就衝。

長老被拉著衝了好一段距離之後才反應過來，一邊身不由己的繼續被人抓著跑，一邊生氣的瞪著雲千千，「妳拉我做什麼!?」

「我這可是救您耶！現在人都不流行犧牲自己來保全隊友什麼的了，您能不能別那麼衝動!?再退一步說，就算要犧牲也輪不到您，玩家死了掉一級，你們死了可就死蹺蹺。再說，我任務還是從您這領的，您死了我找誰要獎勵去……」最關鍵原因其實就只有最後那麼一句。

雲千千一嘟囔完，長老立即一臉便秘想死的表情，痛苦問道：「誰告訴妳我會死了!?」

「行了行了，知道您驍勇善戰，可以一當百……問題現在這裡是人家的地盤，俗話說強龍還不壓地頭蛇，再說這禁地又是一蛇窟……」雲千千不理他，埋頭苦衝的同時繼續碎碎唸、碎碎唸。

可是這次沒等她唸完，長老已經忍無可忍的打斷她的話：「失落一族帶隊的那個人是我妻子！」

「妻子就更不行了。俗話都說最毒婦人心，既然是一個老娘兒們，那您肯定更玩不過她，回頭萬一有個什麼兩短三長的，您哭都沒地方哭去。所以我才說人哪……呃、您……剛說了啥!?」反射性的又唸叨了一大堆的雲千千突然反應過來自己似乎聽到了什麼不得了的內容，於是連忙一個急剎車停了下來。

在原地怔愣了足有半分鐘後，她這才終於回神，小心翼翼的轉回頭來，向長老確認問道。

「呼哧、呼哧……」

長老的身體可不比年輕時候了，這麼衝刺一長段路，頓時上氣不接下氣，喘了個好幾分鐘後才終於平復下來。他深呼吸，再深呼吸一口，睜開眼，一字一頓的認真回答：「我說！剛才失落一族裡帶隊的那個人，就是我的妻子，同時她也是失落一族的掌星使，地位類似我們族的祭司。」

「……」你們這一對老不死還那麼時髦玩分居幹嘛!?

既然是「誤會」，那麼在說明情況之後，雙方自然是很快的停手了。

等到戰火終於平息之後，殘存的人馬一點算各自人數，頓時忍不住潸然淚下。皇朝原有三十八人，此時只有一十二人，勉強能組成兩支隊伍，刷個怪沒問題，要想刷 BOSS 就是太難了。尤其大家這回又是奔著瑟琳娜這個終極目標來的，此時一看這實力，要達成這一點似乎就有些玄幻了。

失落一族的人也挺慘，雖然他們的戰力也不弱，尤其是各類詛咒技能更是讓人防不勝防；但人家畢竟不是修羅族那樣熱衷於打架鬥毆的種族，多半都是文職人員戰力就相對弱了許多。武職裡除了幾個大將領之外，普通小卒也顯得弱了不少。雲千千一片雷雲轟死一片，混戰中又戰死一片……到現在，失落一族裡還能站在禁地內的，基本上都屬於精英級別的 NPC 了。

「又是你！」失落一族裡站出一個乾瘦的小個子老太太，她把頭上的斗篷一掀開，立刻露出了一張明顯上了年紀、乾巴皮瘦、滿頭花白的老橘皮臉。

這個老太太站在一臉鬱悶的長老面前，叉腰伸手的一指他鼻子，毫不給人留面子的破口大罵：「你

又想做什麼!?沒事就愛偷摸著溜到我們族裡來，這次還帶這麼多人，而且還進禁地……你是不是皮癢了欠收拾!?」

「哎呀，死相，看人家晚上怎麼收拾你了啦……」既然知道了這兩人是夫妻，雲千千當然半點不擔心，閒閒袖手站在一邊桀桀怪笑著，在心底幫老太太配音。

周圍人群被這笑聲弄得毛骨悚然，一個個連忙站開，和這女孩保持距離。

家醜不可外揚，長老在人群面前被罵得很是尷尬，感覺這臉丟得有點大，也不高興了，惱羞成怒的瞪著眼睛，「我怎麼了!?我是有正經事才來的。」

「啊呸！」老太太鄙視的朝地上啐了口：「你們修羅族能有什麼正經事，需要到我們失落一族的禁地來辦!?」

長老心虛理虧，反射性的縮了縮脖子，吶吶了好一會後才乾笑著訕訕道：「別說得那麼難聽，什麼你們族我們族的……大家都是一家子嘛！」

「老娘當初就是上錯了你的賊船，要不是看在大家關係不同一般的分上，你以為你現在還有命跟我說話!?」

「什麼賊船不賊船的，真是……說話這麼見外……」

「要見外就不是我堂堂掌星使來跟你廢話了！」

「你別這樣，我……」

「你個毛線！男人就乖乖的滾回家洗碗去，學女人出來闖蕩個屁啊！」

兩人的對話內容越來越剽悍，漸漸到了讓人無法理解的程度。

雲千千越聽越納悶，抓抓頭，捅捅身邊的彼岸毒草，「那個小草，我怎麼覺得這對話聽著有點不大對勁呢？」

「我也覺得有些不對勁，是不是文化差異……呸！老子不跟妳說話，死開！」彼岸毒草話說一半才反應過來和自己正聊著的是雲千千，頓時當場往地上呸了個，做出貞潔狀的鄙視她道——香蕉的！這女人真是……她剛剛才算計完自己的人，這會怎麼還有臉過來和自己說話!?

雲千千想想又抓頭，再捅了彼岸毒草一下，提出自己的設想懷疑：「誒！你說這是不是傳說中的打情罵俏!?可是我聽著有點女權過剩的感覺。失落一族那掌星使話裡話外的意思，似乎她覺得自己老公就只能在家帶帶孩子、洗洗碗？兩人不會就是因為她這霸道才分居的吧？」

「……」香蕉的！這女孩到底有沒有聽到自己讓她滾開!?自己再喊一次會不會顯得有點不大好!?……彼岸毒草望天，深深的無語。

最後，還是不知道什麼時候被雲千千拋棄的零零妖挺身而出，出面解答：「關於這點我聽小狐說過些，不知道是不是因為他說的緣故，不過我覺得長老和他妻子的分居十有八九就是因為這個。畢竟文化的差異在某些時候並不是容易調節的，尤其是這對於雙方來說都算是一種顛覆，所以……」

「說重點！」這人居然敢在大庭廣眾灌水!?太不像話了！

「……重點就是，失落一族是母系社會。你們可以把這看成是類似亞馬遜部落一類的存在，或者是我們國家傳說中的女兒國。」零零妖言簡意賅。

雲千千：「……」

眾人：「……」

長老臉紅：「……」

一切謎底都被揭開了，原來事實的真相竟然是這樣。雲千千同情的看了眼長老，再看了眼依舊氣勢洶洶的掌星使老太太，吞了口口水，琢磨一會後又提出個問題：「可是，我記得在夜叉族的隱藏種族聚會上，代表失落一族出使的族長是個男的……」

「現實裡的E國還是女王當政呢，可是那國家照樣是父系社會……執政者和氏族構成形態並沒有絕對的關係，雖然會有影響，但是某些時候也有例外。也許失落一族是世襲族長制，而上代族長又剛巧只生了個男孩呢!?」

「……有道理！」雲千千深切的同情起燃燒尾狐來。在一個母系社會的隱藏種族裡，一個男人獨自生活著，尤其又是一個從父系現實社會中成長起來的、身心一直都很健康的男人獨自生活著，這該是承受了多麼巨大的心理壓力啊！也不知道這倒楣的傢伙在午夜夢迴時哭醒過幾次……難怪他跟著自己和九夜回修羅族蹭過好幾次飯了，卻一次都沒回請過她去失落一族。

反正，如果要是她碰到這種事的話，肯定也是這輩子都不想被人知道的，或者乾脆自殺回去重建個帳號算了……

長老身為一個身心同樣很健康的男性NPC，尤其又是尚武驍勇的修羅族裡出來的，那當然更是男人中的男人。平常整個族裡最崇尚的就是武力、勇氣等等，別說是娶了個女尊男卑觀念的老婆，就是誰平常和其他人說話小聲一點，那肯定都是要被罵成是「孬種」鄙視很久的。

這下好了，一個認為男人就該在家繡花帶孩子，另外一個卻堅持女人要以夫為天。兩個觀念根本不合的人結婚生活到了一起，不炸起來才怪了。於是，這對老倆口走到現在分居兩族而不是住在一起的地步，

那是多麼容易理解也多麼順理成章的一件事啊。

「老不死的！你說話啊！到老娘族裡到底是幹嘛來的!?你不是回爹家去了嗎?現在知道男人還是應該乖乖讓女人養了，所以又想回來了?」掌星使老太太還在大聲喝罵。

長老埋著頭，委屈的抹了一把辛酸淚，傷心得已經是話都說不出來了。就他現在這個委屈的模樣看來，還真有點小媳婦的味道；而相對比的，掌星使老太太卻是顯得那麼英姿颯爽、那麼豪邁大氣、那麼……那麼的充滿男子氣概啊！

「這就是愛的代價……」雲千千感慨萬分、萬分感慨，想不到自己族裡地位崇高的長老在與自己夫人相處時，原來居然還是這個場景。家家有本難唸的經，這話還真是一點沒說錯。相對比之下，自己是多麼的幸福啊，萬幸她以前遇到的都是些正常人。

「掌星使大人，請您不要徇私！」

就在氣氛漸漸向著搞笑的方向發展而去，雲千千等人幾乎都快要被眼前有趣的戲碼模糊得忘記了重點的時候，掌星使老太太身後突然又站出來了一個老太太。她戴著斗篷蓋住臉，佝僂著身子彎著腰，只從斗篷下發出一把沙啞的聲音。

據長老偷偷壓低聲音向大家介紹，這位是失落一族的長老。和他這個只有精神象徵意義的長老不同，人家在自己族裡的實權就高多了……

這就好比有些國家是君主立憲制，國王可以頒布法令，制訂國家發展方針。而有些國家卻是議會制，國王一般只用來當雕像似的給人瞻仰，供奉起來做個樣子，雖然地位崇高，但是實際上卻沒有半點實權一樣。

修羅族的長老在許可權上明顯就比不過失落一族的長老。這就像失落一族的族長在實權上也比不過修羅族長的獨裁治理一樣……君主和長老會，總得有一方壓倒另外一方，一個團隊種群裡不可能出現兩個聲音。

掌星使老太太身後站出來的女長老開口之後，修羅族長老的夫人面上頓時現出了不快的神色。

女長老冷哼了聲，不顧掌星老太太的難看臉色，淡淡的不帶感情的再次開口：「請掌星使大人秉公處理這次的事件！要知道，這裡可是我族的禁地，平常就連本族族人也是絕對不允許入內的。可是您丈夫擅自進來了不說，居然還帶了這麼多外人，把這裡破壞得亂七八糟……更過分的是，他們剛才還殺了我們那麼多族人！」

「掌星使大人，男人不過是我們生孩子時需要的勞動工具而已，要多少有多少，憑您的身分、您的權位，即使在家裡養幾個情夫也沒人會說什麼的。您該不會想為了這個人老珠黃的黃臉公而壞了本族的規矩，讓眾族人寒心吧!?」

這一番話連削帶打，用族規、公正等字眼壓得掌星使老太太即使是想反駁都反駁不了。而雲千千卻更多的是為女長老口中的剽悍言論而震撼。知道這裡是母系氏族是一回事，可親耳聽見這麼風騷的言論卻又是另一回事了。

生孩子的工具!?養幾個情夫!?人老珠黃!?

……這裡的女人好威風啊！

修羅族長老臉一沉，也生氣了。

掌星老太太還在為難得不知道怎麼回話時，他已經搶先一步冷聲開口：「長老大人，您似乎忘了我

好說也是修羅一族的長老!?難道您認為，我堂堂修羅族人是這麼好欺負的嗎!?」所以他不喜歡這些臭女人就是這個原因，一個個跩得跟二五八萬似的，還滿嘴放屁！真踏馬的惹人生氣！

女長老抬起臉來，從斗篷下露出一雙眼睛，不屑的鄙視了一下，「女人說話的時候哪有你個男人插嘴的餘地！真沒有規矩，你爹在家是怎麼教你的!?」

雲千千：「……」

眾人：「……」

長老臉色漲紅：「……」

香蕉的！這對話真是太刺激了！

在場的人被雷得很銷魂，紛紛覺得今天真是開了大眼界了。他們這輩子都沒碰到過這麼剽悍的女人，哪怕是雲千千這樣的女孩也只能自嘆弗如的甘拜下風。

掌星老太太也生氣了：「長老，要怎麼做事，似乎還輪不到妳來教訓我！不要忘了，我們神殿系統的人，不是你們政方可以插手的！」

「這個我明白，這個我明白！就好像宗教國裡政方和宗教教宗之間互相牽制又互不干涉一樣！」雲千千興奮感動、淚流滿面的搶答——踏馬的！終於遇到個她比較能聽得懂的內容了。

「……」這個大家都明白！眾人橫眼鄙視雲千千，都懶得開口搭理她。

「掌星使這意思，看來是一定要包庇您的丈夫了!?不過一個男人而已……」女長老咬牙恨恨道。

掌星使老太太不屑的撇了撇嘴角，挺了挺腰桿。人雖老，氣場卻很強大，她一副天下地下有我無敵的樣子負手傲立，睥睨女長老並冷笑道：「身為堂堂一個七尺女兒，如果要是連自己的男人都保護不了的

話，那不是讓天下人恥笑!?」

「……」踏馬的！又開始聽不懂了……雲千千淚流滿面，突然覺得地球實在是太危險的一個地方了，在這一刻，她無比的想念火星……

修羅族長老則是很糾結。一方面，他很感動自己妻子這番堅定維護的言論，也明白對方剛才那頓故意的數落多少有些庇護他的意思在裡面；但是另一方面，他卻很不願意自己被人說得像是那麼嬌花一朵，需要人憐惜的……這、這真是……頭大啊！

唯我獨尊也頭大，拚命的捶腦袋，他感覺自己越來越不能接受眼前發生的這一連串事情了。這明顯超出了他的認知，也讓他感覺很不可思議。平常這位大爺就是個豪爽的人，說他身上沒有大男人主義是唬人的，這男人比誰不強啊!?這會冷不防的來個大顛覆，頓時讓唯我獨尊感覺十分難以接受。

這種讓人不舒服、不適應的感覺，基本上不亞於你辛辛苦苦追了一個才貌雙全的美女大半年，結果某天冷不防的一上廁所，卻發現這美女正面向便池，拉開褲子拉鍊、站得直直的一臉舒坦的撒尿……這是種足以讓人抓狂一百次的大顛覆，對於唯我獨尊來說，沒有比這更讓他崩潰的情況了。

「妳真要破壞本族千百年來的規矩!?擾了前人英靈的安寧，難道妳就不會心懷愧疚嗎!?」女長老連尊稱都懶得用了。

「這個……」掌星老太太果然遲疑了。

如果單以個人的立場來說，她當然是無論如何也要保住修羅族長老的，好說那也是自己丈夫，總體來說，她還是挺專情的一個女人。可是這事情現在上升到了道德和種族的高度，更牽扯到了自己族祖墳被挖、族人也被殺不少的事情，她再想包庇自己老公，那就不是一件簡單的事情了。

正在掌星老太太為難間，突然，禁地中一片地動山搖，雲千千還沒來得及反應過來，就看到熟悉的一幕出現。

在禁地中本來是灑滿了滿地的卜算道具，可是地底下突然就升起了一隻隻白骨的手臂。這些骨頭手臂直直的伸上來，握住了地上的卜算道具，然後再撐著地面努力的往上爬，似乎是想掙扎而出。

也有些白骨手臂在地面上亂摸了一陣，卻死活找不到自己想抓的東西，只好失落的在空氣中滯了滯，接著再寂寞的伸展著空蕩蕩的骨頭爪子往地上撐……

這些基本上都是因為剛才地上的道具已經被在場的人撿走了一部分，所以這會這些人……呃，這些骨頭也就找不回自己的失物了。

「這是怎麼回事!?」女長老先是愣了愣，直到第一具骨頭爬起來，衝過來，再被雲千千抄起雷電纏繞的法杖一個打擊動作揮棒擊飛……

這一連串事情發生之後，女長老才終於回神，失聲尖叫起來。

她剛才看清了，那具本想衝過來的骨頭手裡抓的武器是銅板，指節撚銅板的姿勢也是她們族中技能的詛咒手印。當時銅板上已經蒙上一層暗色光芒了，那是技能發動的標誌，如果不是那個修羅族的小女孩救場及時，現在自己身上沒準已經背了一個詛咒。萬一遇上技能高的先人，被下個腐蝕咒，在身上腐蝕個窟窿出來也不是不可能的事情。

掌星老太太臉色凝重，咬牙切齒的同時，也順便不忘把握機會為自己丈夫脫罪、減輕懲責：「修羅族的人來這裡大概就是為了這個……這是亡靈一族的骨兵召喚吧？真是好算計，直接找到種族的墳場禁地，把歷代的英靈戰將都喚醒，這樣他們實力的增長就很可怕了……亡靈一族的人，難道連種族之間的戰爭

盟約都不顧了嗎!?竟然率先挑釁我失落一族，他們真是太不像話了！」

女長老白了掌星老太太一眼，知道這老太太話裡話外實際上是在包庇某人；但她同時也明白對方說得沒錯，於是懶得計較，面色難看的沉下臉來，對身邊一個族人道：「火速去通知族裡的人，封鎖禁地，啟動防禦大陣和淨化大陣；再派出增援的人手並運送大量能量晶石來，隨時做好永久封印禁地的準備！我們一定要把局面控制住，失落一族先人們的安息不容人打擾，尊嚴更不容褻瀆。即使是把他們的屍骸毀了，我們也不允許亡靈一族的人這麼為所欲為。」

「其實也不用做得這麼絕嘛！封印禁地太浪費土地資源了，尤其是能量晶石，那更是值錢。還有這滿地的道具……」雲千千感覺有些心疼，忍不住的就多了句嘴：「其實我有個消耗更低的法子，我們直接放把火，堵住門將這裡一燒，這樣既省事又乾淨還節約錢錢，多好啊。至於省下來的那些東西，妳看著隨便分我個三、五成的就夠了，我不貪……咦!?為什麼你們的眼神這麼不友好!?」

廢話，妳都要燒人家祖墳了，人家友好得起來才怪！

彼岸毒草深深的嘆息，為了避免雲千千惹來失落一族的眾怒而連累到他們，不得不認命的去把這女孩拉來，一是一、二是二的好好解釋了起來。

聽完彼岸毒草的一、二、三、四……等等從各個角度延伸出來的研究解釋之後，雲千千惆悵放棄計畫的同時，也感到十分不能理解。同樣是拉幫結夥在禁地搞破壞，為什麼人家那長老就是壯士斷腕、壯烈果決、壯……等輪到自己了，卻是挑釁生事、不識時務、欠揍討罵!?

這是人品的問題還是長相的問題!?

自己應該沒有那麼招人討厭吧!?

最後總結，這應該是立場身分不同的問題。就類似是現代很多人的「除了我以外，誰也不能欺負他」這樣的觀念。

大家身邊的圈子裡總會有這類人，你對這個人不怎麼樣，也不怎麼喜歡這人，沒事嫌人家囉嗦嘮叨、礙手礙腳、管東管西，還喜歡吆五喝六的跟這人頂下嘴，動不動吼兩下也不是沒有的事。你覺得這是挺正常的一件事，但如果外面要是有其他人稍稍對這人不敬，哪怕只是不小心嗆了幾聲，音量比你的低了不

知道多少，你照樣得當場炸毛，瞪眼睛、捲袖子的要和人拚命……

一般這個倒楣的被人貼上「欺負專用」標籤的人都是大家的父母，其次以大家的老公或老婆居多，再其次是兄弟、再再其次是親朋好友……

總之，越親近的人越倒楣；越疏遠的人，大家在對待交往的時候反而越客氣，裝紳士、裝淑女，裝得跟自己多有教養似的，實際上等一回家之後全是同一個德性。

有些口才好的人還跟那些被自己欺負的人美其名曰：這是因為我跟你關係親密，所以在你面前才能任性撒嬌、表現自己最真實的一面，而不是戴著面具客套云云……這點從某種角度來說其實也沒錯，但凡事也得有個限度，說話隨意點、偶爾使使小脾氣也就算了，沒事就滿口髒話、任性乖張的，難道你不裝的時候就這麼不是東西!? 難道其實你就是個衣冠禽獸!?

反正雲千千想明白了，誰叫自己和人家的先人非親非故呢！這麼算下來的話，自己確實是沒啥立場去把人家挫骨揚灰。這麼禽獸不如的事情，還真得是人家後輩親自動手才行，關係不夠親密的還沒資格。

想通之後，雲千千糾結的問題有了答案，終於心理平衡，乖乖的摸摸鼻子退到一邊去，不再說話。

「怎麼樣，任務有變化嗎？」眼見雲千千退下來，剛才不好上前的彼岸毒草連忙湊上前問道。

雲千千鄙視他了一眼，「這還用問任務有沒有變化嗎!? 長眼睛的一看就知道這裡的事情是亡靈一族的手筆了，就算不是瑟琳娜也肯定是其他的 BOSS，直接上手刷就是了，你這個大男人還囉嗦什麼呀！」

「……大姐，妳是不是忘了我們現在只有兩隊人多個零頭!?」彼岸毒草欲哭無淚。

雲千千想想才恍然大悟：「對啊！那怎麼辦!?」

「……」對啊！怎麼辦？這不就是我剛剛想問妳的問題嗎！

雲千千苦惱，怎麼不知不覺的就減員這麼多了呢？難道真是自己剛才一路上利用的時候太沒節制？

修羅族長老一臉肅穆，神色沉靜。

掌星老太太雖然面上也有些慌張，但總體說來還是挺穩得住的。看到女長老已經把事情安排下去了，她也就不再多說什麼，領著自己帶來的神殿系統的人，就地結開了一個小小的防禦陣和淨化陣，然後就袖手等待起援兵的到來。

「在想什麼？」掌星老太太淡淡的看了修羅族長老一眼，一副泰山崩於頂而不變色的雲淡風輕樣子，看起來還真是給人一種有安全感、可依靠的男子漢印象。

修羅族長老僵硬的扯了扯嘴角，想想後苦笑道：「我在想，如果不是到了這樣的時候，我們是不是依舊還是會繼續幾十年、幾百年的誰都不肯率先妥協，無法相見，直到戰死的那一天，一方的骨灰才會回到另一方的身邊？」

「不會！」掌星老太太篤定道：「老娘如果戰死的話，骨頭一定是埋在這裡，不可能到你們修羅族去！你要死的話也得葬這裡，娶妻隨妻懂不懂!?出了門的男人就是潑出去的水，哪有一個大老娘兒們跟著男人走的道理!?」

「……」

長老瞬間連感傷的心情都沒有了，滿頭的黑線，實在是不知道該怎麼表達自己複雜的心情。到最後，萬語千言都只化成了一聲長長的嘆息，消散在風中。

雲千千一頭冷汗的裝作自己什麼都沒聽到的樣子，和彼岸毒草等人一起開隊刷怪。在沒見到BOSS之前，就當是熱身活動了，多少還能攢點經驗值，畢竟總不能就這麼乾等著吧？

零零妖不知道什麼時候脫離了隊伍，又不知道從哪個角落裡竄了回來，喜孜孜的抓著手裡串在一條線上的一排銅板，愛不釋手的左看右看。

「什麼玩意？」雲千千在刷怪的空檔喘了口氣，抽空斜了一眼過去，並不是很感興趣的隨口問了句。

「暗器！」

「對了，差點忘記你是使暗器的！」雲千千恍然大悟，接著疑惑再問：「可是你以前不是使針的嗎!?」而且還愛穿紅色裝備。自己沒事一看著他，就要想起笑傲江湖裡那個獨步天下的風騷人妖。那可是全世界人妖的偶像啊！T國要是拿那人來當形象大使的話，那可是太有代表性了。

「妳除了妳錢包裡有幾位數以外，還能不能多關心點別的!?」零零妖黑線，十分不滿雲千千的這種態度：「我是使針的，但那是因為一直沒找到其他適合的暗器。這武器太偏門，技能一用起來，一灑就是一大把。攻擊力夠的話，價錢也高，灑起來我心疼；灑起來不心疼的那些沒啥攻擊值……用來用去，也就針的CP值最高了！一個銀幣可以買一大盒，足有一千支呢……」

講到最後，零零妖臉上浮現出了緬懷的神色，還隱隱有種往事不堪回首的感傷嘆息之情。

雲千千深切的同情了一下，完全能理解眼睜睜的看著一把把錢灑出去時對方心裡的那種痛苦。如果要她選擇的話，她情願背個麻布口袋去河邊搜集鵝卵石，或者去砂場撿碎石，費時費力的她也認了，誰叫這省錢呢……

不過最好的一點，還是幸好她當初沒學暗器啊！

「那這個銅板要不要多撿點？我幫你唄，這樣你也可以多用一陣子。」雲千千關切關懷道。

零零妖喜孜孜的搖頭，得意得不行，神秘兮兮捋了一把想像中的鬍鬚道：「不用了，我有這一排足

矣！」

雲千千狐疑的看零零妖一眼，再看他手上一眼，抓頭想想後恍然大悟：「可回收型暗器!?」

沒能賣關子的零零妖失去了親口揭曉謎底的機會，瞬間面上糾結如便秘：「靠！妳為毛知道!?」

「……聽人說的！」前世到了遊戲中後期之後，這點事情根本不叫秘密，叫常識，直接就是街頭巷尾人盡皆知……

拿了新武器，在未來很長一段時間裡都不用再為彈藥發愁的零零妖很快投入戰鬥，積極熱情的參與到了刷怪事業中去。

雲千千欣慰的看了眼正在努力的同隊隊友們，感慨的收起了法杖原地休息，等待緩慢恢復MP的同時，順便蹭著大家的刷怪經驗。

「蜜桃，妳覺得這裡什麼地方有古怪?」一重新靠近長老身邊，頓時開啟了新劇情，雲千千還沒來得及坐下，就聽長老面色沉重的開口問道。

「我覺得不錯啊，這裡山陰水冷，陰風慘慘，是個適合拍恐怖片，或者做成鬼屋成就一對對狗男女的好地方。至於說到哪裡有古怪的話……長老，其實我個人認為您老婆在看風水的方面應該比我擅長才對。」

「……」長老的嘴角狠狠抽抽兩下，沉默半晌後才道：「其實妳大概也開始覺得古怪了。亡靈一族為什麼寧願冒著破壞盟約、會被所有隱藏種族聯手追殺的危險，也要召喚禁地亡靈，拚盡全力毀掉修羅族!?我知道，妳肯定一直想問我，只是不知道該怎麼開口……」

「其實我根本沒興趣知道。從小我就不愛聽睡前故事，我媽要是敢在我床邊絮叨一個離家少女和七個

拐騙免費女傭的侏儒的故事，我就會當場哭給她看，倒是點鈔票時的聲音我很中意。老媽說她以前哄我睡覺就是在我耳朵邊數著一元硬幣，再長大點就得數五元硬幣，再接著是十元硬幣……最後點到百元大鈔的時候我剛好到五歲了。」

長老充耳不聞，裝作自己什麼都沒聽到。「……所以今天，就讓我告訴妳修羅和亡靈兩族長久以來的積怨吧！」

「……所以說，我真的沒興趣聽！」這老頭子……還真夠不要臉的了！雲千千生氣。自己看他好說也是年紀一大把的了，這才想著替人家留點面子，可他怎麼能以老賣老的，這麼賴皮呢!?

「聽吧聽吧！一切都是過場劇情，一切都是浮雲！故事內容不重要，重要的是這代表我們可能馬上要開始刷BOSS了！」零零妖安慰雲千千道。

「還有另外一種可能呢。小說裡一般講述秘密的人在對主角說完一些重要線索之後，接下來都會死蹺的。然後主角就要承受其他人的誤會，被人當是殺人凶手；再於是接下來至少二十章之內我們都得被人東追西趕的跟狗一樣，直到承受盡了所有的委屈，鋪墊完畢，被踩得不行了之後，真相才會突然曝光。接著就是高潮部分，我們發威，洗清誤會，殺掉邪惡的BOSS，這起碼就得四、五章；再然後享受其他人愧疚的目光，沒準還會有人跟我們下跪，或者為贖罪而要求追隨我們，這又是一章；再再接下來，王者歸來，我們一起回到……」

「妳網路小說看多了吧!?」零零妖黑線，打斷雲千千。

「切！我這不是無聊嗎！反正照你的說法，我們不管聽不聽都得等他嘮叨完，你知道他什麼時候才說得到個頭!?」雲千千橫了一眼過去，萬分不爽。

「那妳好歹也聽下啊，萬一有什麼重要的任務線索怎麼辦？」

「反正任務不可能會斷掉，大不了到時候再去抓個其他 NPC 問問就是了。」

NPC 是死不完的，一個長老倒下去，千百個任務 NPC 又站起來。就算真的走到了死局，創世紀的智腦也會自行改動任務相關內容，讓新的流程能夠繼續順利的進行下去。這也可以看作是另外一種意義上的蝴蝶效應，一個節點改變了，接下來的步驟和事情發展就都不一樣了。

反正這個任務是雲千千沒有印象的，換句話說，這個任務對她來說，根本就是沒有什麼可供參考的模式。不管是用哪一種方式來完成任務，於她而言都是同樣的工作量和思考程度，所以也就無所謂認真不認真的問題了……

好吧！說得直白一點，雲千千根本就是個懶人，而且更喜歡用自己的方式去解決問題。遊戲而已，何必認真!?

彼岸毒草糾結道：「你們兩個如果真沒心思聽的話，可不可以站別處繼續討論，我們聽不清這老頭子說話了。」

「反正我話先說在前面了，眼下這情況如果真是過場劇情的話，那接下來的發展很明顯。這老頭子話講完的那一刻，也就等於是瑟琳娜或是其他大 BOSS 現身的一瞬間，而失落一族的援兵明顯暫時還趕不到……你們要是做好英勇就義的準備了，那就聽吧！」雲千千終於嘆氣。

大家一想，這話還真有道理。問題現在已經不是自己想不想聽的問題了，那長老眼見著已經起了頭，這會絕對是停不下來。自己如果要想強行上前拿東西把人家的嘴堵著，沒準下一秒就被人家電成焦炭排骨……

修羅族的事情別人不了解，在這裡待了好幾天的彼岸毒草還能不了解嗎!?那就是一個全民皆戰的尚武種族，整個三界沒有比他們更囂張更能打的了，自己可是惹不起……

於是，在早死晚死反正是死的心態下，眾人終於還是決定聽聽修羅族長老到底會說些什麼，好歹要死也得死個明白吧……

修羅族和亡靈一族在神魔大戰之前，曾經也是井水不犯河水的。兩族雖說沒有什麼十分友好的關係，但也絕對扯不上什麼仇恨，畢竟大家的專業不搭界，平時嗆聲的情況也少。

修羅族的人嫌亡靈族的人自身資質太差，只能靠召喚死者作戰，根本沒有真正的力量。

亡靈族的人也覺得修羅族的人太熱血，動不動就戰戰戰的，好像一天不打架都活不了，根本就是沒文化的粗人，只憑藉天生對雷電的掌控和肉體、武技的力量，不理解魔法的奧秘，更別說學術方面的研究和對生死的參悟……

於是兩邊誰也不喜歡誰，也就誰也不搭理誰，就跟大天研究打架殺人的特種部隊和天天研究骨頭架子的考古教授很難有共同語言一樣。

可是，在某一天，這個平衡突然被打破了。

亡靈族中有個年輕的法師，不知道怎麼回事誤入了修羅族的劍塚禁地。這是個從不允許外族人進入的地方，於是那個亡靈法師根本就不知道這個地方在修羅族中的特殊意義。他誤入修羅族禁地之後，欣喜的發現這裡居然有不少強大的亡魂力量，那分明是生前無比強大的戰魂，在死後依舊殘留下一絲意念才會形成的。

這些強大的戰魂對於亡靈法師來說，那簡直就是可遇而不可求的傳說級別的召喚體啊！於是，在這巨大的誘惑面前，年輕的亡靈法師激動得忘記了去思考這麼多強大的戰魂背後意味著什麼，不顧後果的召喚了修羅族的戰士們……

最後的結局狗血又惡俗。

那個亡靈法師因為力量不夠就強行召喚超越等級存在的關係，力量衰竭而亡了。而修羅族的族人也很快發現了這個亡靈法師和他生前留下的魔法波動。在推斷出當時發生了什麼之後，修羅族人頓時勃然大怒——對英勇先人們的不尊重，也就是對他們修羅一族尊嚴的挑釁！

比如說，你敢去烈士陵園裡衝英烈墓碑吐口痰嗎!?不被人一巴掌打死才怪。

年輕的亡靈法師扮演的就是這個吐痰的角色。

而事後更讓人鬱悶的是，亡靈一族的人對此卻沒有表現出誠懇的道歉態度。

在這一點上，就純粹是兩族在文化和思想上的差異問題了。

對修羅族和其他種族而言，先人的屍骨都是代表著精神層次上的一定意義，這是一種寄託，是一種追思，是……

但對亡靈一族來說，屍骨只不過是他們用來製作和召喚材料而已。別說是別人的骨頭，就連自己的骨頭，他們沒事也要摳出來改造一把，就跟改裝機械似的，根本沒什麼大不了的。

兩個文化的差異，就代表了互相之間的不能理解，於是這件事情終於被放大，影響也越來越惡劣。直到後來，修羅族族長在某天逛到了亡靈一族的領地，順手放了把火，燒毀包括一具金色骨架在內的骨頭無數……

而那金色骨架，正好是當任的亡靈一族君主，瑟琳娜的父親。人家當天只是看著太陽不錯，想說把自己的意識放進靈魂匣裡休息一下，正好讓骨頭曬曬太陽，以免骨質疏鬆而已，誰知道修羅族長正好就在那一天到了，還那麼手癢……

於是兩族的梁子就這麼結大了。

亡靈一族的人很生氣：你們憑什麼欺負我們老大啊！還把人家的骨架燒沒了，害得當任亡靈老大得屈尊待在盒子裡，直到這之後又過了好幾百年才重新修煉成巫妖。

修羅族的人也很生氣：你們的人到我們禁地來，打擾了我們先人的安息，隨意褻瀆人的屍骨不說，被發現了還不道歉。不說要什麼下跪認錯那麼誇張的，好說你們也得有點表示啊！

兩邊人越說越不對盤，越說火氣越大。因為兩邊都有著不共戴天之仇，於是在神魔大戰時，趁著滿世界都在打架的機會，這兩夥部族的人也就跟著狠狠的大戰了一場，直到神魔大戰結束……

「我感覺這兩邊人的EQ怎麼只有幼稚園的程度!?」

雲千千抓抓頭，壓低聲音悄悄和身邊的零零妖交流感想：「要換到現實裡的話，這也就是文化差異的問題。比如說我們國家古代那些貞潔烈女，被人摸下小手手都得自己把胳膊砍下來以示清白，可是西方很早以前就有貼頰禮和吻手禮……這要是撞一塊了，那些洋鬼子不明白情況就來個貼貼臉、啃啃手的，那還不得被我們的憤怒群眾群毆致死啊!?死還死得冤枉，他們覺得自己就是表達友好熱情，誰知道人家那麼不友好!?」

「比喻的不是很貼切，不過就是這個意思。生活不一樣，就造成了思考方式的不一樣。」零零妖基本上贊同雲千千的觀點，「比如說人的性格還有很多種的呢，就像妳沒辦法理解正直善良的我一樣，我

也沒辦法懂得卑鄙無恥的妳。」

「喂！」雲千千黑線，不高興了。

「玩笑玩笑，只是打個比方而已嘛！」零零妖連忙陪笑認錯，他也就敢過過嘴癮罷了。這水果的便宜可是不好占。

雲千千瞪了零零妖一眼，不愛搭理他了。她轉頭去問彼岸毒草：「這可是快到尾聲了，老頭子已經在發表感言並做總結陳詞，一會他一講完，是死是活的就會有個分曉了！你準備好了人沒有!?萬一真有BOSS，別到時候突然沒尿水……」

彼岸毒草苦笑，「這裡就我們十多個玩家，還能怎麼個準備法?就像妳說的，等他講完了，是死是活自然有分曉，現在急也沒用了，盡人事聽天命而已。」

「靠！怎麼就莫名其妙淪落到這一步了！」雲千千煩躁。自己這還沒做什麼呢，稀里糊塗的就掉進這個境地了，這到底是個什麼世道啊！

雲千千正鬱悶著。

那邊長老的話已經說完，一千玩家頓時大氣也不敢出，個個瞪著眼睛四下張望著，隨時警惕著什麼地方會突然冒出敵人來。

很快的，所有人就又都放棄了。因為他們根本不用特意看，滿地的骨頭還在從地底往地上升了。現在根本不是什麼地方會冒出敵人的問題，而是什麼地方會不會冒出敵人的問題。

整個失落一族的禁地之內已經變成一片白骨的海洋了，要不是有掌星老太太領頭帶人結好了防禦大陣和淨化陣權充抵抗，眾人這會早就被淹沒。那麼多骨頭架子一堆上來，連打擊動作都不用，直接憑藉

累加起來的重量就可以壓死在場所有人。

「長老，我算聽明白了，這任務不是要打退亡靈族呢。冤冤相報何時了……我估計您是想讓我化解兩族間的仇恨吧!?」

雲千千把視線從結界外的骨頭堆上收回，無奈的向長老攤手道：「可是我跟您說實話吧！我這人其實嘴笨得很，看見陌生人或異性都會害羞得說不出話來……不過這也沒辦法，人太純潔了嘛！自然有些怕生！所以說啦，這麼重要的任務您實在是別想指望我，要不還是等我把九哥帶回來給您再說!?」

「……」#@?$$%……

純潔!?害羞!?

在場的人有一個算一個，這會不論問到誰頭上，大家都是很有圍毆雲千千的衝動。

長老被噎了足有一分鐘，之後才終於慢慢回神，翻了個白眼，語重心長的對雲千千道：「蜜桃多多，妳是我們修羅族的雷心繼承者，我們也一直對妳承載了殷切的期望，妳就是修羅族的未來，所以，我相信妳一定能解決好這次的事情……」

話裡話外，長老並沒有否認人家雲千千的猜測。也就是說，這女孩不幸猜中了事實，這個老頭子已經打定主意要讓她去做這個根本不可能完成的任務了。

俗話說得好，生命不息、爭鬥不止。再俗話說得好，有人的地方就有江湖，有人的地方就有紛爭，再再俗話說……總之，每個人都是一個獨特的個體，有著不同的性格、思考方式、生命歷程等等，這些決定了每個人都是不一樣的，種族也是這樣。

要讓亡靈族和修羅族能夠互相理解、和好如初……這兩族似乎也沒有如「初」的時候，不過大概就是

這個意思。要想讓這兩族不再接著打下去，最根本的解決之道就是讓兩族能夠接納對方的思考模式。

而這說起來簡單，做起來卻是千難萬難的。

首先其他的不說，單說現在雲千千說話有沒有人聽，這就是一個很大的問題。這水果在玩家裡還算有點名氣，但這名頭要是拿到NPC當中去，人家根本就不拿她當盤菜。給點面子的吧，笑著聽妳唧歪個兩句就算客氣了；不給面子的直接招來士兵把人叉出去，沒喊人順便把妳腦袋砍下來拿回去當夜壺都算夠意思的了……

雲千千深深的糾結，突然醒悟到長老也許真是挺討厭自己，不然他幹嘛發這個任務來為難自己!?世界和平、種族大同這樣的宏願實在是太玄幻了，現實世界中大家努力了幾千年都沒有結果的事，自己有什麼本事在遊戲裡解決!?要是有那麼厲害的外交能力的話，自己直接就可以去聯合國應聘個高級官員了，哪還至於在遊戲裡打金兼省吃儉用來賺這一星半點的小東西!?

「看這樣子像是和平路線啊!意思是不是說這任務不用刷BOSS也能完成，只要化解兩族仇怨就行了?」零零妖倒是沒有雲千千這麼悲觀，或者說他還沒意識到任務的艱鉅之處在哪裡。

這會這人反而倒是顯得挺興奮，口氣還不小……

聽聽，什麼叫「只要」化解兩族仇怨就行了!?他以為這是幼稚園倆鼻涕小孩分零食吵架那種小事，隨便來個老師一邊糊弄兩句就能解決的!?

其實零零妖還真是怎麼想的，畢竟人家沒有類似經驗嘛，這倒也是可以理解的。還好，彼岸毒草相對來說腦子就轉得比較快了，可能是以前網遊中累積的經驗，也可能純粹是因為智商問題，好說人家也是一團高級管理階層嘛!反正這人比零零妖要可靠得多。

皺眉想了想後，彼岸毒草抬頭問長老道：「請問，兩族的仇怨該怎麼化解？或者說，兩族中有什麼可以說得上話的關鍵人物？……畢竟您也應該知道，解鈴還需繫鈴人，光憑蜜桃和我們的分量，在兩族中似乎沒有什麼面子啊……」

這話說得直白，長老一聽，也不好意思繼續藏著掖著了，難不成還讓自己裝傻，接著糊弄人家說沒事，你們其實是挺有為的一代青年俊傑，創世紀大陸的每一個角落、每一個種族都聽說過你們的傳說云云？

這樣的糊弄別說人家不信，自己要是真說出來的話，臉上這張老皮也就算是丟盡了……一大把年紀了，不要這麼噁心人的。再說，自己老婆還在旁邊站著，他可不想被那女人鄙視了，年紀那麼大了居然還晚節不保。

尷尬的訕訕一笑，長老眼神飄忽著，「其實，在兩族中能說得上話的人也不是沒有。亡靈一族和瑟琳娜之所以這麼不依不撓的，主要就是因為她爹那事實在是太大了，所以那邊才嚥不下這口氣。本來聽說瑟琳娜她爹已經快要升階了，結果骨頭架子一被燒掉，又得重新修煉不說，修煉的路子還完全不一樣，從骨妖到巫妖，這可是截然不同的兩種力量運行方式……」

「你們可以試著去找一下瑟琳娜她爹，修羅族的雷心可以幫他淬鍊身體，只要妳控制雷心幫他淬鍊完身體，應該就能化解亡靈一族的怨氣。至於修羅族這邊更好說，只要亡靈一族的人不來主動攻打我們，我們一般也不會出去找他們的……」

「既然雷心可以拿來討好人家，你們早先幹嘛不用？」雲千千十分不解。

「……在妳出現之前，只有族長體內才有雷心……」長老抹了抹濕潤的眼眶，黯然無語。

雲千千頓時就明白了他的痛苦——是了，當初就是族長去把人家骨頭燒了的，後面再讓他去拿雷心幫人淬鍊身體，這帶有討好意味的行為明顯就不是族長會做的。要是是自己就無所謂了，反正自己沒臉沒皮……

呸！不對！自己這是為大義不拘小節！

香蕉的！為了兩族友好，為了世界和平，她拚了！

了解了內情，又想通其中關鍵之後，雲千千爽快的拍胸脯接下了這個任務。她倒不怕伏低做小的，反正面子一斤也不值幾分錢，關鍵只要能完成任務就好了。再說了，在NPC那丟臉不算丟，身為一個玩家，誰敢說自己沒有涎著臉從NPC那討任務的時候了!?大家半斤對八兩，誰也別想笑話誰。

可是在答應接下任務之後，雲千千很快又面臨了另外一個更關鍵的問題——現在她該到哪裡去找瑟琳娜她爹?

要討好人，好說也得先知道人家在哪吧！

這就好比在現實中，都說託關係、送禮、走門路……這可是一條龍的產業，沒有關係在前面疏通，就算有人想給哪位官員討好送禮也是兩眼一摸黑的。

人家好說也是有身分、有地位的人，總不能把自己家的地址電話印得滿大街都是，跟小廣告似的讓你貼滿全城電線桿吧!?

所以這其實是個很糾結的問題，而長老對於這個問題所給予的參考答案倒是很簡單：「這個妳要去問瑟琳娜，只有她知道自己的父親在哪！」

「……」您耍人還敢再耍得囂張點嗎!?雲千千無語了。

事情彎彎繞繞的轉了一圈，最後關鍵的節點又回到了瑟琳娜的身上。於是雲千千拉著一干玩家重新開始用視線滿禁地的搜索了起來，只不過這回不是為了刷BOSS，而是為了抓BOSS——香蕉的！她對女人又沒有興趣，為毛要抓這個讓人火大的女人!?

雲千千忿忿然，卻又無可奈何，只能搭手在嘴邊圍了個小喇叭，殷切的高聲呼喚了起來：「瑟琳娜，親愛的娜娜……妳到底在哪裡啊？快出來吧，我們都想妳了啊……娜娜，妳媽喊妳回家吃飯……娜娜，娜娜……」

彼暗毒草一行人被這水果噁心得胃中上下翻滾，摸著胳膊上的雞皮疙瘩硬是一句話都說不出來了。而雲千千那悠揚的呼喚聲還在每個人的耳邊不斷的迴盪著、迴盪著……

基本上，現在可以有七、八成的把握確定瑟琳娜就在現場了，可問題人家就是不出來，你能有什麼辦法!?

何況長老又不負責任的把雲千千的任務提高了不少的難度，現在她不是光閉著眼睛把人家殺了就行了，還得活捉，還得談判，還得從對方嘴裡套問出對方老爹的下落……

這難度可是不小。

首先，雲千千得保證能找到人，再能保證自己能有本事壓過對方的實力，既不讓人殺了自己，也不讓人有機會自殺；再再還得取得人家的信任，不然誰放心把自己親爹下落告訴一個有著血海深仇（!?）的世敵!?

於是理所當然的，雲千千糾結，很糾結。

雲千千抓破了頭也想不出辦法來，急得著急上火，一邊扯著破鑼嗓子，眼珠子四處亂轉的滿禁地白

骨堆裡找人，一邊嘴上打泡的琢磨著要不要去把凱魯爾抓來使美男計。但這一招用起來也有點難度，得防著萬一自己這邊的人沒能勾來敵人，反倒被敵人反勾引過去了怎麼辦!?畢竟凱魯爾因意志力不堅定而導致洩漏情報的事情可是有前科的……

足足喊了半小時，雲千千終於喊不下去了。

遊戲裡雖然沒有嗓子用久了會乾燥嘶啞的說法，但是長時間重複同一件事情，還是很容易會讓人感覺疲憊的。

一屁股坐到長老身邊，雲千千休息了好一會後才無奈的攤手：「怎麼辦?這可不是我不用心做任務了，關鍵是人家不肯出來。」

「那麼就……」

長老考慮了一會才開口，誰知話才剛起個頭，旁邊的掌星老太太已經搶先一步奪過了發言權，嚴厲批評指責雲千千不負責任的行為：「那難道妳的意思是就這麼算了嗎!?堂堂一個大女人，居然這麼沒有毅力！妳看看妳自己身後有那麼多男人，難道妳就打算眼睜睜的看著這些柔弱的男人們身陷險境嗎!?」

「……」雖然接受男女平等的教育那麼久了，但這一下子尺度太大，還是很難讓雲千千接受。

「……草泥馬！」唯我獨尊憋了半天，終於也漲紅著臉憋出這麼一句話來，他比雲千千還難接受。

彼岸毒草乾脆乾咳一聲，別過臉去當成是自己什麼都沒有聽到，眼不見心不煩，耳不聞意不亂……他怕自己再聽下去的話會忍不住想要痛揍這老女人，這樣很不好，他是紳士，是紳士……

在場的男人中只有長老敢出面伸張正義，只見他氣得目眥欲裂，老臉漲紅得像是隨時會滴下血來一樣，衝著掌星老太太吼：「妳給我閉嘴！」香蕉的！這丟臉丟得可是大了。

掌星老太太被吼得一怔，接著也生氣了，音量半點不弱的反吼回來：「你別以為老娘跟那些夫管嚴的沒出息女人一樣，大老娘兒們說話，有你這個男人插嘴的分嗎!?」

雲千千：「……」

唯我獨尊：「……」

彼岸毒草及其周圍玩家：「……」

所有人一起望天，這對話難度太大了，他們實在不知道該怎麼接。

「咳！我看我們還是先別管NPC之間的家務事好了。」良久之後，彼岸毒草終於乾咳一聲，率先打破了尷尬的氣氛，想出了一個話題轉移群眾視線：「趁著現在有NPC放的防禦和淨化大陣擋住怪群，我們還是趕快商量一下接下來的問題吧。」

「好主意！」

「贊成！」

「附議！」

「贊成＋1！」

……大片大片的附和聲此起彼落，所有人感動得淚流滿面，這終於是有人出面帶頭說了句比較正常的人話了。

在這片和諧的聲浪中，只有雲千千抓抓頭，茫然的舉手提問：「主意是好主意……可我就想知道，我們現在除了坐等瑟琳娜出現以外，還有其他需要商量的問題嗎？」

「……」香蕉的！這問題還真踏馬的犀利！

不管是殺還是抓，雲千千她首先都得先找到瑟琳娜。

別的地方沒線索，唯一有線索的這裡又滿地骨頭和亡靈，現在大家除了等著瑟琳娜自己出現以外，還真就沒有其他招可用了。

「等吧！」最後連彼岸毒草這樣專業的智囊也宣布無奈，長嘆一聲後鬱悶的垂下了頭去。

滿禁地的亡靈大軍們把周圍的路都堵住了，傳送道具在這一類地圖中也是禁止使用的，玩家們進不得、出不得，唯一可以做的就是下線；但大家還真沒這樣的勇氣在滿地白骨中退出遊戲——這會好說大家還是聚在一起的呢！可萬一自己下線了，回頭再上來的時候沒有其他人，只留下滿地小怪怎麼辦!?

畢竟，這活動期間可沒什麼刷新的說法，除非自己有耐心等到這不知道什麼時候結束的活動完全舉行完畢。

再退一步說了，就算到時候自己上線的時候地圖內安全了，可是自己回頭該怎麼出去!?

門口的迷陣和進出路線可不是隨便走就能走得出去的，人家這裡好說也掛著「禁地」的名頭呢……於是，在繼雲千千停止呼喚之後，沒有下一步行動方案的玩家群體就再一次陷入了沉默，重新恢復了無所事事的打混狀態。

在這一些人中，只有雲千千是最幸福的，仗著魅影技能高速移動且自動掠過行進路線中障礙物的特性，這女孩在怪群中進進出出如入無人之境，別提有多瀟灑自在了，實實在在就是一個風一樣的痞……咳！女子。

黑暗，絕對徹底、四面八方的黑暗。

九夜落進這麼一個伸手不見五指的副本已經不知道多久了，他只知道這裡是一個獨立隔絕開的空間，絕對是副本而不會是外面的大地圖範圍。證據很簡單，因為他沒辦法使用通訊器和各個頻道。

還不僅是這樣，更讓人抓狂的是，在這個空間裡，九夜甚至連個人面板都無法打開。

換句話也就是說，他現在沒辦法看到自己的血條、MP和能力狀態，沒辦法使用雷達小地圖、沒辦法檢視自己的狀態是否正常，更無法確定活力值和饑餓值到底剩下多少……

現在的九夜感覺真是很有現實世界的味道了。習慣了用資料來表達個人身體狀態之後，再讓他憑感覺來體味自己的身體，那實在是很能讓人抓狂的一件事。

比如說以前看到活力值到了疲憊的黃條部分時，就知道應該考慮休息了；如果到了危險的紅色條部分時，那再強行活動下去就可能有生命危險了……

可現在有個屁的色條，完全憑感覺，於是這樣的狀態，理所當然就讓九夜很迷茫。他「覺得」自己無時無刻不是精力充沛、狀態全滿的，一路上馬力全開，對準一個方向直線奔跑，見怪殺怪、見骨拆骨……就這麼折騰著，直到十幾分鐘前，突然就再也無法動彈了，手腳上一陣陣的痠軟感攀爬而上，這似熟悉又似陌生的感覺讓九夜很是鬱悶——靠！居然突然就無力了!?

在這個副本裡，沒有任何的光源，但卻有一堆堆的小怪每隔一段時間就憑空刷出在周圍。不用看，光憑聲音和氣味的變化就能感覺得出來。

九夜已經總結出大概的規律來了，這些小怪的刷新是每隔半小時一次的，他剛才刷完前一批小怪之後，又走了大概有兩三分鐘就倒下了，在原地躺了估計著有十來分鐘……

但是也不能絕對確定，畢竟大家都知道，寂寞和黑暗有時候會給人造成一種時間延長的錯誤判斷。九

夜是按照自己的心跳頻率來默數計算的，但他數得差不多了之後才突然想起，他忘記自己的心跳每分鐘有多少下了……

所以這個十來分鐘的估計也只能是個大概。嗯！總之大家不要介意就是！

再總之還有大概十分鐘左右，新一批的小怪就要刷出來了。而這回，任憑九夜再有天大的本事，那也是絕對無法在不能動彈的情況下清光對手的。

於是，九夜這回只能無語的躺在一片黑暗中，睜著眼睛，面無表情的瞪著腦袋上一片虛無的黑暗，到臨死了都沒摸清楚這到底是怎麼回事……

他記得自己最初似乎是在修羅族周邊密林刷怪，接著不小心迷路到了一個還滿陌生的小林帶裡，見到一堆骨頭架子和幾個亡靈法師保護著一個長得挺漂亮的女人。那女人似乎還在畫六芒星，好像就是因為畫陣要消耗精血的緣故，她頭上就掛著一絲血皮……

再接著，自己就想說反正遇到這麼大個便宜不撿白不撿，於是趁她沒注意的時候順手衝上去把人殺了；再再接著人家一死，自己也就被傳送到這個破地方了……

對了，那女人叫什麼來著？好像叫瑟、瑟……

九夜抓頭、很苦惱的抓頭，怎麼也想不起來自己在殺死女人時，旁邊那一堆亡靈法師們悲痛傷心的呼喚著的到底是什麼名字了。

究竟是瑟什麼來著!?

九夜現在真是無聊得不行了，索性專心回憶起被自己無情殺害的那朵嬌花的名字來。

就在他正想得專心的時候，黑暗的空間中突然撕扯開一絲扭曲的裂縫，一串「桀桀」的嘶啞怪笑聲從

裂縫中傳出來；緊接著，一個如指甲刮在毛玻璃上的刺耳尖澀聲音在笑聲之後出現，帶著驕傲的炫耀意味，威風凜凜的說道：「修羅族的小子！你終於也到了筋疲力盡的時候了嗎!?瞧瞧吧，這就是擁有肉體的無奈，那堆臭肉總是束縛著我們的力量，我們的頭腦明明還清醒，意志明明還堅定，這麼無比強大的精神力量，卻總是不得不被自己的身體極限所限制……」

「……」九夜一皺眉，想了想後淡定的從空間袋裡掏出件不要的布衣裝備，撕下兩片布條塞進耳朵裡，再翻了個身原地換成側睡姿勢，順手抬起胳膊捂住了自己的耳朵——這聲音實在是太刺耳了，還好他撕片布的力氣倒還是有。

「……」靠！你堵耳朵是毛意思啊堵耳朵!?黑暗中的演講者有些抓狂了。

近二十分鐘的休息，只換來活力條上一絲絲的個位數的恢復而已。這也是完全參照真實情況來設計的，越是勞累的情況之下，活力值恢復得也就越慢。如果能保持所謂的勞逸結合狀態的話，那恢復就是很快的了。

玩家們早就實驗過，100的活力條上，在下降到60%以前休息，那肯定就是最快的恢復速度；要是到了60%以下，那就是黃條，恢復速度要慢上三倍；降到30%以下的紅條，恢復速度要慢黃條的十倍；降到了10%以下……那就是九夜現在這樣的虛脫狀態了，恢復速度是真正絕對的龜速。

冷場了差不多半分鐘，見九夜還是躺在原地沒有搭理自己的意思，看那架式，自己如果不再說點什麼的話，人家沒準還就要睡著了，於是黑暗中的神秘人終於不得不乾咳一聲，再次開口：「你……對我就不感到好奇嗎!?」

不應該啊，就算其他都不說，以這人現在的虛弱狀態，在這明顯不是安全區的地方，他怎麼就能沒心

沒帥的那麼安穩!?

九夜順著聲音傳出的方向鄙視了一下，雖然看不到人，但還是冷冷的開口道：「你有什麼值得我好奇的？」

「……」這話問得多傷人自尊啊！黑暗中的人再默，繼而擦了把冷汗，小心斟酌用詞：「那難道你就不想知道自己為什麼會來到這裡嗎？」

「大概是因為我殺的那個女人吧！叫瑟什麼來著？」

「……瑟琳娜。」神秘人淚流滿面。自己族的公主死得多冤枉啊，人家這就是路過順手行的凶，連她是哪根蔥都不知道呢。

「哦，瑟琳娜。」九夜淡淡的跟著重複了一遍這個名字。

就在神秘人以為他要再接著追問一些關於瑟琳娜的身分等問題時，九夜卻突然話鋒一轉，疑惑的皺眉問：「對了，你怎麼還不弄死我!?我趕著投胎呢，別耽誤大家時間好不好！」

死亡再復活之後是會刷新個人狀態的，被刷新的部分其中也包括活力值……和現在這樣半死不活的情況比起來，九夜還是喜歡快刀斬亂麻！反正一點經驗值對他來說根本不算什麼，這人更注重的是對技能的淬鍊和對自己PK技術的研究。甚至如果現在要是有人問他有多少級的話，九夜可能還得低頭看下自己的個人狀態才能知道。

「……」神秘人淚奔。他真是不想和這人說話了，這位的大腦迴路簡直就是零，和他說話太侮辱自己的智商和口才了。這就好比對牛彈琴、這就好比錦衣夜行、這就好比……咦，自己是西方亡靈族，怎麼能懂這麼多成語!?太不像話了，呸呸！這段不算。

俗話說得好，無欲則鋼。如果要是換作一般玩家的話，在這種時候體力耗盡，又突然出現一個疑似BOSS的NPC，那麼這人肯定不崩潰也是要慌亂上一下的了。畢竟人為刀俎、我為魚肉的情況可並不是一個值得享受的境界。

可是現在換成了九夜，他對自己的經驗等級根本不在乎，神經又粗得跟水泥管子似的。以往掉副本或出任務的時候，他連更絕境的狀況都遇到過，這會早已經是身經百戰，哪還會看得上眼前這點小兒科？

既然沒有什麼值得自己害怕的東西，九夜自然也就是一副無所謂的態度了。他這會還真就是一心求死，早點把狀態刷新了也好早點幹些別的……

可是這麼一來的話，神秘人就憂鬱了。他之所以要大費周折的玩這麼個心理戰術而不是直接幹掉九夜，就是因為九夜身上有他不得不顧忌的東西，只要對方害怕了，自己就能趁機提出要求或交換。可是對方現在不怕，自己這準備好的臺詞該怎麼辦!?

這就好比一群劫匪辛辛苦苦的觀察環境並設計了好久，終於成功綁架了一個億萬富翁家的獨生子，等他們辛苦甩開警察追蹤、順利逃到一個與世隔絕的小島，安排好一切之後，得意洋洋的打了一通電話給那個富翁。他們正想說享受下對方驚懼的痛苦安撫自己連日來疲憊的神經，並順便敲詐一筆巨額財富的時候，對方那邊聽完電話之後卻很淡定的回話過來說，他剛剛才知道自己老婆給自己戴了十多年的綠帽子，那兒子不是他的，所以他們可以儘管撕票不用客氣……

這是多麼刺激人的行為啊！

人家辛辛苦苦的籌謀算計是很費腦力的，你們別這麼欺負人好不好！

「你到底殺不殺!?」九夜顯然就是那欺負人的，不僅不理會神秘人的苦心計畫，眼看著半天沒人動手，

頓時還不高興了，「一個大男人磨磨蹭蹭的你慚不慚愧啊！我還趕著回修羅族呢！」

自己可是老早就跟那水果說要回去了，要是再不出現的話，回頭她任務沒完成肯定又得找自己麻煩……靠！其實這些關他屁事啊!?九夜煩躁、很煩躁。

神秘人脆弱的小心靈終於不堪打擊的崩潰，抹著眼淚就傷心說了：「我倒也想早點殺了你啊，可問題是你身上還有公主的魂匣，你不還我們，我們公主就沒辦法復活了……你說說，這樣的情況下我怎麼還敢殺你!?」

「魂匣？」九夜困惑，「我什麼時候撿過這種東西？」

「這種東西!?」神秘人雖然還在傷心中，但仍舊忍不住的磨了磨牙，「什麼叫這種東西!?別說得我們公主的魂匣像破爛一樣好不好！」

「隨便吧，隨便吧！快點拿走滾蛋，然後把我送出去！」九夜費勁的用肘撐地把自己的上半身抬起來，一臉的不耐煩的伸手進自己空間袋掏了掏……魂匣掏出來，想丟過去時，系統提示卻也來了。

那個向來不喜歡說好事的電子女聲在九夜耳邊囉嗦，大致意思就是說這破爛已經和您綁定了，所以您似乎是這輩子都沒法把它甩了，除非再有啥機緣，來個什麼逆天的厲害人士幫您把東西拿走……

「……」九夜瞪著手裡甩不出去的魂匣看了半分鐘，接著伸出手去，遞給虛空中傳出聲音的那個方向，沒什麼好氣的冷聲道：「趕緊拿走，再耽誤我時間，小心我揍你！」

神秘人終於現身。

黑暗中響起一聲清脆的彈指聲，接著四處突然變得明亮了一些，看不出是哪裡發出的光源，但是周圍環境卻是確確實實的變得清晰。

九夜瞇著眼睛打量了一下，自己所在的地方就只是一個不足三百平方公尺的房間罷了。每半小時一次刷新的骨兵亡靈們剛才已經刷出了，只是有神秘人限制著，這會全在房間四周的牆壁邊縮著。

而就在自己正對面的那個方向，一個全身都包裹在黑色斗篷裡的神秘男子正站在房間裡，剛才說話的人和布置這個地方抓九夜的人看起來就是他。

默了一默，九夜冷笑，「閣下真是好本事，這麼小的範圍裡居然還設下了這麼高深的迷陣，我奔跑了那麼久都沒能發現這其實不過是一個小房間……」

神秘男子抬起手擦了擦額上的冷汗，猶豫許久後終於還是吶吶的開口：「……我根本沒布迷陣，其實是你總跑歪了。」

九夜：「……」

神秘人想伸手去取瑟琳娜的魂匣時，同樣的也發現到了它已經和九夜綁定的事情。本來九夜以為這個人既然會來抓自己想拿回東西，那肯定是有什麼辦法解決當下情況的，結果沒想到人家也是一頭霧水、束手無策。

據說魂匣是個只要玩家獨力刷掉亡靈BOSS後就有機率能得到的東西，刷掉BOSS後會自動掉入玩家空間袋，不用手動拾取。此類魂匣可以召喚出類似隨從一類的專用輔助NPC，該NPC可以參與打怪，類似寵物的存在，但唯一的缺點就是無法吸收經驗值升級，原本有多少級的亡靈，被收服為隨從後就仍舊有多少級。如果主人實力太差的話，則其也會相應封印掉一定能力，直到主人實力提高後，隨從才會完全恢復原本實力……

說白了這魂匣又是個雞肋。如果是能被玩家獨力幹掉的BOSS，那說明其實力肯定在玩家之下，這樣的

收來了也沒什麼可發展性。而如果是有可發展性的，比如說玩家沒辦法獨力幹掉的，那自然也就收服不了，只能乾瞪眼看著，完全無計可施。

九夜的情況純屬意外，他完全是恰逢其會，順手撿了個大便宜罷了——瑟琳娜的實力在亡靈中是數一數二的，可發展性絕對強。而她在那時又剛好因佈陣只剩一絲血皮，又運氣不好的對上九夜這個玩家中的No.1，被人家單人單匕秒殺也是可以理解的。

於是如此這般綜合下來之後，最後的結果就是九夜得到了一個遠超當今玩家平均等級的、完全可以拿起來用等級優勢碾壓當前遊戲兩、三個月的超級BOSS。

而這個綁定機率就更不用說了，爆出的魂匣品階越高，召喚出的隨從身上的技能也就附帶得越全。

九夜那手氣可是連雲千千都羨慕到死的，直接甩出了個最高品階的滿技能隨從……而最高品階的匣子還附帶了另外個屬性，就是打落後自動綁定。

神秘男子這下是真哭了，他傷心啊，傷心欲絕啊！他坐在地上就不肯起來了，一把鼻涕一把眼淚的號喪：「我的天啊！沒能保護好公主，還讓公主的魂匣被人拿走，而且還綁定了……君主大人一定不會放過我們的啊嗷嗷！我肯定會被君主大人碾碎成灰灰再沖到下水道裡再再刷到大海餵魚的啊嗷嗷！」

九夜盤膝坐在地上，百無聊賴的托腮看著眼前的神秘男子，不耐煩的冷聲喝斥：「哭什麼哭啊！不就是個破匣子嗎？去街上地攤隨便買一個都比它做工精美！」

「啊呸！」神秘男子恨恨的朝地上啐了口，斗篷下的一雙眼睛裡像是要噴出火來似的，忿忿然的怒瞪九夜，但卻又不敢真的對他做出什麼。人家現在手裡可是有自己公主的魂匣，而且還是無法武力搶奪的，萬一自己敢把人家怎麼樣，沒準人家回頭就能把公主怎麼樣了……這才是真正的投鼠忌器呢！

「怎麼樣，你到底想好怎麼辦了沒!?我可是真的趕時間……醜話說前面，你要是再不殺了或放了我，回頭等我體力一恢復，那可就不跟你客氣了啊！」九夜倒是實在，非常坦白的說出了自己未來的打算。

神秘人全身一哆嗦，也意識到不能繼續這麼下去了。人家和自己可是互為死敵的立場，而自己現在又有所顧忌，不敢把人怎麼樣。換句話說也可以這麼理解，自己不敢殺他，他殺自己卻是沒壓力……這、這似乎很吃虧耶！

「如果你肯接我發布的任務，那我馬上就放你出去！」左思右想了一會，神秘男子終於一狠心、一咬牙，做出了這麼一個決定。

九夜很大牌的淡淡輕應了一聲，繼而下巴仰抬四十五度角，高傲的頷首示意道：「先說說看！」

「……」

神秘男子深呼吸，鎮定了一下情緒之後才開始娓娓的開口，順便也慢慢的理順自己的思路，「公主的魂匣我們亡靈一族是無論如何也要拿回的。但是現在它已經和你綁定了，所以我們無法強奪。現在唯一有辦法解決這一問題的，就只有我們偉大的君主了。他不僅是亡靈一族的族長，更是公主的父親……有他的精神力做引子，才可以吸引回公主的靈魂。我們族長住得不遠，只要從這裡出發，爬過三座大山，越過四條大河，蹚過五片沼澤再……」

「好像很麻煩……」九夜嘟囔了句，心裡有些打退堂鼓了。他覺得自己費勁的去弄這麼多事出來實在是有點腦殘的嫌疑。

這就好比你在街上撿個錢包，說不定哪根腦筋一閃，就依照錢包裡的身分證替人把東西送回去了。可你要是在國內飛機場上撿個錢包，一看身分證，失主住北極圈……估計再有耐心的好人遇到這情況也得疲

軟了，這勞民傷財的不說，最主要還費不起這個勁，有這麼閒的工大做點什麼不好啊！

再尤其，現在擔任送錢包大任的還是九夜這個路痴，別到時候失物沒還回去，還把自己弄丟了，到最後還得麻煩別人把這走失人口領回來。

神秘男子沉吟了會，頓了一頓之後話鋒一轉，油滑熟練道：「當然了，我們肯定也不會讓您白跑這一趟的！只要到了亡靈族的領地之後，什麼條件都隨便您開。畢竟您手上的魂匣可是君主大人最寶貝的獨生女兒，到時候哪怕是讓我們和修羅族簽定停戰和平協定，也不是不可能的事情……」

「唔……這活動確實挺麻煩的，早點停戰倒也可以。」九夜皺眉想想，終於點頭：「好吧！那我就跑這一趟！你帶路！」

神秘男子趕緊忙不迭的點頭應下，「這個自然，閣下只要跟著我走就行了！」

「那等我睡一覺，睡醒了恢復活力就出發。」九夜伸了個懶腰。

「……好，那我幫您戒備，絕不讓人靠近您一分一毫。」

看著九夜毫無防備的重新躺下，不一會就發出了悠長的呼吸聲，神秘男子突然覺得有些鬱悶。雖說是情有可原，但對方畢竟也是自己族的敵對修羅族，自己現在這樣的行為要是說得嚴重點，那就是一個吃裡扒外啊！

雖說大家不會怪自己，但自己這心裡怎麼越想越彆扭呢！

越想越鬱悶的神秘男子一個響指，整個房間所在的空間立刻一陣扭曲，接著一番糅合變幻後，原本用來禁錮九夜的房間就消失了，而九夜闖進並擊殺瑟琳娜的那個小林帶則再次出現。而小林帶中，還守候著一批亡靈法師及骨頭大軍們，地上一個未完成的半成品六芒星陣寂寞的被半掩在草叢中。

「領主大人！」一見神秘男子出現，那些亡靈法師不由得齊齊眼前一亮，異口同聲的迎了上來，急切的追問結果：「怎麼樣，公主的魂匣奪回來了嗎!?」

神秘男子臉一紅，羞愧垂頭，「沒有。」

「怎麼會這樣!?」亡靈法師們震驚了，面面相覷，不敢相信神秘男子口中的回答。「那個修羅族的人竟然這麼棘手，連領主大人也應付不了!?」

話音剛落，一個眼尖的亡靈法師突然發現了躺在地上已經睡死的九夜，頓時疑惑了起來，「他怎麼還活著!?……對了，看這情況，是不是領主您已經抽掉了他的靈魂，所以他才會昏迷不醒!?」

「……」

領主大人，也就是神秘男子繼續臉紅——人家這哪是昏迷不醒啊，這明明是在睡覺……

關於瑟琳娜的魂匣的事情，那是無論如何也不可能隱瞞下去的。先不說自己還得從戰場抽身，調出好幾天的時間帶這傢伙去亡靈族的領地。就光是當下，其他亡靈法師們問起公主的魂匣為什麼沒拿出來，那也不是自己糊弄得過去的。

把事情的關節弄明白之後，神秘男子索性也不繼續含糊了，一咬牙、一狠心，直接就把剛才在副本裡發生的事情一五一十的全部講了出來，包括自己怎麼設下陷阱消耗對方的耐心，怎麼試圖破壞對方的心理防線……一直講到最後，他發現魂匣已經被綁定的事情。

沉默，可怕的一片沉默。

在場的亡靈法師們互相對視了一眼，繼而都說不出話來了。這下事情可是大條了，本來還想瞞著族長，等公主恢復以後求她為自己等人說幾句好話先。結果沒想到現在公主沒回來，自己這些人就得先去面對族

長的怒火……

啥!?你說族長未必會生氣!?

別開玩笑了。你兒子走在路上被人莫名其妙捅一刀子你會不生氣!?

「領主大人，那就全靠您了！」長久的沉默之後，終於有一個亡靈法師率先打破了僵滯的氣氛，氣憤填膺道：「至於這裡的戰況，您就儘管放心吧！我們一定會加大攻擊力度，以報公主被刺殺的仇！」慷慨激昂的說完，這法師也不等人回話，直接「刺溜」一聲閃得不見人影。

其他亡靈法師一愣，繼而才紛紛反應過來，人家這是金蟬脫殼，搶先逃離現場啊！回頭族長要真怪罪下來，肯定也是教訓那個帶公主魂匣回去的人，自己只要死賴在這裡不走，沒準可以逃過一劫!?而一旦等到公主復活了，那也就沒什麼好怕的了。

想通的眾人紛紛向神秘男子告別，不一會，原本擁擠的密林瞬間變得乾乾淨淨。

瑟琳娜不幸遇難的消息在當前階段來說，還只屬於是一個內部消化的新聞。

畢竟，這牽涉到的影響太大了，包括神秘男子在內的一行NPC們都怕消息傳出之後，會在前來進攻修羅族的亡靈一族中引起什麼恐慌。更主要的是，這事他們還得負上主要責任，眾亡靈法師們因此表示壓力很大。

大戰之際主帥身亡的影響大家都明白，這種事情是萬萬不能宣揚的，就算有人知道了問起來也得極力否認；要是那人實在不信就宰了他，一頂擾亂軍心的帽子扣上去，不死也得死。

總而言之，在魂匣沒有送回瑟琳娜她爹那裡之前，一切消息都得強壓下來……

雲千千和彼岸毒草一行人當然屬於無知群眾。尤其是雲千千，她絕對想不到九夜能風騷至斯……畢竟大家都是玩過RPG遊戲的有經驗人士，也都知道在遊戲中面臨BOSS關卡的時候，一般系統都會採取由易到難的順序。

魔王就是勇者最稱職的陪練沙包，它肯定會嚴格安排出場順序表，無怨無悔的讓自己手下的人一個個送去被人宰掉，在增長勇者實力並為對方補充武器的同時，也保證了勇者的生命財產安全，不讓對方壓力太大，循序漸進……

所有BOSS由弱到強乖乖排隊，遵守良好秩序，誰也不能插位置，不然要是一不小心把勇者一招秒殺了，到時候誰還愛搭理你啊。

也正因為如此，九夜的這一樁迷路事件才顯得如此讓人意外。他不僅是從根本上破壞了活動進程，更把瑟琳娜本來要在失落一族禁地登場的戲分狠狠打斷了，直接造成了主要反派缺席，劇情無法繼續……

「我怎麼覺得這亡靈大軍沒完沒了!?」唯我獨尊這樣精力充沛的人也疲軟了，煩躁的一屁股沉下，直接盤膝坐在結界圈裡，再也懶得繼續刷怪。愛誰誰打去吧，反正他沒那耐心了：「照理來說，打這麼會也就該出現BOSS了，怎麼這還盡是小怪了呢!?」

「……」其實這問題大家都想問。

唯我獨尊左右看看沒人回答，抓抓頭，更加鬱悶，「算了！任務不是蜜桃多多接的嗎？她人呢？」

「……不在。」旁邊有人沉默許久後回答。

「不在!?」唯我獨尊詫異，「那她哪裡去了!?」

「不知道，那女人的速度厲害著呢，一道殘影劃過人就不見了。」回答的人淚流滿面。

長老在旁邊聽著皺了皺眉，想想還是拉下臉去，湊到掌星老太太耳邊嘀咕了幾句。掌星老太太迅速就此事件詢問了在禁地內的值勤人員，三分鐘後得到回覆曰：此妞於不久前接到一通神秘通訊，衝出禁地，奔向外面那自由的廣闊世界……

「……」操！那女孩什麼時候出去的!?在場群眾一致沉默並不解，對雲千千的遁逃技能表示了由衷的膜拜。

沉默的長老得到自己夫人手下傳來的情報之後，同樣驚愕；但是在驚愕之餘，他更加關注的是雲千千走了之後，任務該怎麼辦!?

「啊……」

越是怕什麼就越是來什麼，長老正在心煩意亂中，生怕任務沒法完成的時候，旁邊的零零妖就突然發出了一聲低呼。

頓時周圍人群一起擠上，七嘴八舌的紛紛詢問道：「什麼情況?是不是那女孩在隊伍頻道裡說什麼了?」

「……她沒說什麼，是系統說話了。」零零妖含著兩泡淚眼抬頭，看著身邊一張張好奇求知的面孔，沉默一會後終於咬牙悲憤道：「系統說……對不起，由於當前人數不足，隊伍自行解散。」

「……」換句話說，就是那人不知道什麼原因退隊伍了是吧!?

「系統還說了。」零零妖抹把淚，辛酸又道：「由於隊伍解散，共用任務失效，請重新組隊後再次分享任務。」

「……」換句話說，他們現在在這裡毛都撈不到一根了是吧!?

所有玩家沉默了，在知道自己已經喪失了努力的動力之後，這群杯具突然間變得迷茫。既然任務沒了，那大家還留在這裡做毛線啊!?可是一路上掛了那麼多人，就這麼叫他們撤走似乎又有點空虛，下一步到底該怎麼辦捏!?

玩家們一個個都很傷心，深深為雲千千的不負責任態度而感到生氣。

而比這些玩家更傷心的則莫過於長老了，他呆呆的站在原地，不敢相信這個驚天惡耗是事實。在知道了關鍵任務玩家消失的消息後，長老彷彿剎那間老了十歲，顫抖著乾癟的嘴脣，用盡力氣也抖不出一句話來。直到許久之後，他才終於憋足力氣，淚流滿面的擠出濃縮代表了他滿腔深情的七個字來——

「草泥馬！這個禽獸！」

「啊嚏！」

密林中的雲千千揉了揉鼻子，好奇的疑惑了一下，遊戲裡為毛也會有打噴嚏這樣的靈異事件發生，接著在尋思無果的情況下又很快放棄這一疑問。她抬頭揚起大大的笑臉，看看眼前的一玩家和一NPC……嗯！當然了，主要還是看那 NPC 。

「怎麼樣啊大哥，您考慮好了沒？」

NPC 還沒說話，旁邊的男玩家已經淡淡的向其瞥去一眼，冷聲幫腔道：「先說好，她不去我也是不去的。」

「……」NPC 欲哭無淚，傷心的看了一眼男玩家，再看了一眼嬉皮笑臉的雲千千，終於忍不住悲從中來，「我們是為了收回公主魂匣才去亡靈領地的，不是帶團旅遊……您拉個家屬跟過來湊熱鬧，算是怎麼回事啊！」

「打斷聲明一下，我跟九哥之間的關係可是很純潔的，你別這麼血口噴人啊！」純潔的雲千千第一時間跳出來發表了聲明，免得自己清白無汙的名聲受損。

「至於說我要跟你們一起走，這完全是出於外交上的考慮，我那也不是去玩的啊……再說我們九哥要去見的也是你們族長，他又不是個善於言辭表達的人，平常在自己的地盤上想怎麼做都沒人說他，可是跨國丟臉是不是就有點……對不起九哥！我錯了，真的錯了！您不丟臉，是我雞婆，呃……匕首能收回去先嗎!?」

安撫下差點被自己一句無心之言激怒的九夜後，雲千千擦把冷汗，這才轉頭繼續看那 NPC，接著說了下去：「總而言之，我都已經解散隊伍和九哥組一隊了，你總不能現在叫我滾蛋吧!?信不信我去外面大喊一聲，就說亡靈一族有任務 NPC 在此啊？」

這是威脅！赤裸裸的威脅……NPC哆哆嗦嗦的擦把額上冷汗，遲疑半晌，終於無奈的點頭了。「好吧！我帶路就是……」

NPC 怕的其實不是雲千千的威脅，雖然也有點這個因素在裡面，但其影響力卻只占很小的一部分。真正促使他做下決定的，主要還是九夜的態度。不管怎麼說，人家是真正手上有籌碼的人，和他講條件!?不想要公主的命了是吧！

前往亡靈族領地的名單重新確定，三人組成了臨時團隊一起上路。這其中，九夜和雲千千是早就互相認識的，自然不必多說。關鍵還是這個 NPC 的身分顯得神秘了那麼一點兒。

在雲千千的強烈要求下，NPC 耐不住人死纏爛打，為難了一下後，還是介紹起了自己的身分……

說起這 NPC 來，其實人家也是大有來頭的。亡靈法師之間，多以師承的方式傳授亡靈魔法，就好比古時候名師帶徒弟一樣，一般每個有資格授徒的亡靈法師名下，只會收一、兩個弟子，最多也不超過三個。除非前面已經有弟子出師了，有了空閒的位置，這才會補充新鮮血液收入門牆。

這可不是像大鍋飯似的，沒事招個百八十的學生收補習費，然後丟到大教室裡一起講課。管你聽懂沒聽懂，反正老子已經全部都教了，沒聽明白就只能說明你悟性不夠，不趕緊回家躲起來羞憤大哭，還好意思站出來讓老子再講一遍!?

亡靈法師們反正時間夠多，再加上本職業技能又多屬於學術類的，所以帶徒弟是精益求精、小灶慢燉，一點兒都不敢馬虎的……

而這個神秘的NPC男子，就是曾經負責教導亡靈公主瑟琳娜的老師，專門為其講授文化課程；而瑟琳娜的魔法課程則是在很早以前就由她老爹親手接過了教育的職責了。

這要換成本國歷史上的職銜的話，這男子就是堂堂一太師啊！那是多麼富有代表性的一個職業啊！一般電視劇裡橫行霸道、魚肉鄉里或是強搶民女什麼的，基本上都和這個職業有關。

以至於雲千千在很長的一段時間裡，只要一見電視上出現X太師之類的稱呼，基本上就可以沒有懸念的斷定這人不是個好貨了，其身為隱藏反派BOSS的機率有百分之九十九九九九九九……而其他專職擔任反派BOSS角色的職銜，從高到低依次還有九公公、八千歲、七王爺……等等等等。

抱著對「太師大人」的膜拜之情走到密林邊緣時，雲千千腦子裡還在幻想著公主殞落的內幕。說是九夜迷路迷得神出鬼沒，不小心撞進了本來應該沒人能接近的公主身邊，但誰知道這其中有沒有什麼陰謀!?沒準就是這領主大人想謀朝篡位，所以故意放了個缺口，借九夜的刀，殺公主這人!?

雲千千正想得歡快，密林前方突然竄出一條人影，一腳剎車直接停在雲千千等人的面前。

「站住！」

雲千千從神遊中回神，在看清來人的一剎那，剛好同時聽到了對方痛心疾首、怒氣不爭的沉重訓斥聲。

「九夜！如果是蜜桃多多做出這種事也就算了，可是為什麼連你也墮落到和亡靈一族的人為伍!?」

「……」

雲千千一剎那間感覺很糾結，左思右想還是覺得嚥不下這口氣，於是插嘴道：「凱魯爾，你這話說得有些不厚道了吧？我怎麼就叫墮落了!?我這還不是為了亡靈一族與修羅族能夠在未來的日子裡恢復正常的雙邊外交!?還不是為了兩族能夠不要繼續這麼無謂的爭鬥下去!?這可是長老親口向我請求的，不信你自己問去！……這往大了說，我是在平息種族糾紛、維護世界和平，就算往小了說，我這好歹也是為了救你老婆好不好！」

凱魯爾一怔，「瑟琳娜!?」他說話的同時，握住武器的手已經有些鬆動了，明顯表達出了武器主人內心的掙扎和猶豫。

亡靈領主大人一看，腦子只稍微一轉，大概就猜出了這位猛男帥哥是什麼人，頓時做恍然大悟狀，「哦——原來你就是瑟琳娜公主曾經說過的那個凱……呃，魯爾？」

「九哥！你覺得剛才那個可疑的停頓中間他本來是想說什麼？」雲千千壓低聲音捅了九夜一把。

九夜轉過頭來，給了她白眼一個。「沒興趣。」

「你說他是不是想說我們族的這個帥哥是凱子？」雲千千摸摸下巴，也沒計較九夜冷淡的態度，逕自興味盎然的給出了一個假設。

「……」九夜不想搭理她了。

「其實我本來還以為瑟琳娜對小凱多少還應該有點感情，不過如果她在族裡跟其他人是這麼說凱魯爾的話，估計也是沒認真的，就是耍著小凱玩玩了。」雲千千繼續延伸猜測，非常有八卦精神的將思考拓展

了出去。

「……」女人就是女人，沒事就淨愛關心這些雞毛蒜皮。

「所以說啊，小凱其實還真是挺可憐的，本欲將心向明月，奈何明月照溝渠……誒！你說這該不會是小凱的初戀吧!?要真是這樣子的話，那他悶騷的心靈上該留下多麼巨大的陰影啊呱唧呱唧呱唧……」

「……」不知道她還能講幾分鐘？九夜淡定的一撩衣襬，熟門熟路的再次扯下兩條布條，無視裝備上瞬間幾乎降低至零的耐久度，把布條揉了揉，一左一右分別塞進自己的兩邊耳中……於是，世界終於清靜了。

凱魯爾聽到眼前的亡靈法師叫出自己的名字，神色不由得一凝，「你怎麼知道我!?」

「……」

何止是自己知道啊，凱魯爾這個名字在亡靈族高層內部早已經是骨盡皆知了。大家都知道公主釣上了一個愣頭傻小子，隨便一問就能套問出大堆修羅族的情報；也正因為如此，亡靈族進攻修羅族的計畫才會定得那麼快……

這事情如果自己就這麼說出來的話會不會有點不大好!?亡靈法師厚道的沉默著，不想在這種情況下節外生枝，打擊對方那顆純潔脆弱的猛男之心。

但是他不說，不代表旁邊就沒有嘴賤的人。

雲千千不甘寂寞，強勢插入話題：「小凱啊，既然瑟琳娜的目的就是來當間諜套情報，那這行為肯定就是屬於國家……嗯，種族行為了。你還真以為是和你談情說愛，兩人之間說的都是不能外傳的秘密!?我估計你的名字現在在亡靈族那邊肯定是墳喻墓曉，沒準人氣比在我們族這邊還旺的。」

操！這世界上怎麼有這麼嘴賤的女人!?亡靈法師尷尬、默。

操！忘了這女孩就在旁邊，自己怎麼會問出這麼犯賤的問題!?凱魯爾也尷尬、默。

「……」九哥耳朵裡塞著兩團布，此時對現場情況表示很茫然。

因為有長老交代下來的使兩族和平友好的任務在前，所以在了解情況之後，凱魯爾只遲疑了一下，然後就很快的接受了這個三人行的組合。再等知道雲千千二人現在是正要將瑟琳娜的魂匣護送回亡靈一族之後，這個猛男還是一個沒忍住的露出了一絲關心的神色。

「瑟琳娜……她還好嗎？」

「喏！就在這裡了。」雲千千指使九夜把魂匣拿出來，再抓著人家的手往凱魯爾面前一遞，好讓他看得更仔細些。「你看，我覺得這盒子材質還是挺不錯的，比我們城區那墓園賣的骨灰盒子看起來大器多了，瑟琳娜在裡面躺得應該挺舒服，你不用擔心了。」

凱魯爾一見魂匣，瞬間眼神發直。

眼看著他那對目眶裡已經有可疑的水光凝聚，嚇得雲千千連忙又把九夜的手抓了回來，不敢繼續招惹他觸景生情……怎麼搞的!?一個大男人這麼多愁善感的不大好吧!?

最後凱魯爾在一番掙扎之後，強烈的要求一起加入雲千千幾人的隊伍。他終究是無法眼睜睜的看著深愛的女人就這麼生死不知的被鎖在一個小小的匣子裡，哪怕對方背叛過他一樣。

對於凱魯爾的這個決定，雲千千在感嘆之後，腦中只閃過了「犯賤」二字作為對其的評價。

在乎錢的，就得為錢操勞奔波著；在乎權的，就得為權心機算盡的疲憊著；在乎女人的，就得被女人呼來喝去使喚著……如凱魯爾這般在乎瑟琳娜的，所以理所當然也就會被瑟琳娜的事情折磨得欲仙欲死，

地獄天堂跑來跑去。

誰叫他犯賤呢！

總結——但凡是個人都愛犯賤，你越是在乎什麼了，就是你被那個什麼折磨的時候到了。所以老人們說無欲則鋼，這話真是再有道理不過了。

凱魯爾的隨行要求被雲千千一票通過，九夜的棄權票和亡靈法師的反對票在這其中一點波瀾都沒能掀起來，人家完全實行了獨裁主義。於是不一會後，隊伍準備再次開拔前進的時候，隊伍其中已經赫然多了一人，正是本應該在此發任務的凱魯爾同學是也。

最後看了一眼自己本來正堅守著的崗位後，凱魯爾又看了看九夜腰上綁著的那只收進了瑟琳娜魂匣的空間袋，終於一咬牙，隨手往身邊的一個樹幹上插了個牌子，接著狠狠的別過頭來，轉身就走，再也不向身後的密林再看第二眼。

而當凱魯爾跟著雲千千的隊伍離開這個座標才過了沒一會，一隊玩家邊說話邊走了過來：「好奇怪，這附近怎麼沒有怪了!?好像從剛才開始就一直沒見到亡靈大軍。」

「沒什麼奇怪的，在任務NPC附近都沒什麼怪。這裡的NPC叫凱魯爾，看起來挺強壯的，那肌肉……嘖嘖嘖！」

「能把口水擦擦再說話嗎……你們到底記沒記錯啊!?剛才聽林子裡打怪的其他人說，似乎已經有一個負責發任務的NPC開溜了，那還是個長老職銜的來著，這個凱魯爾不會也不在了吧!?」

「呸呸呸！童言無忌……如果老子真領不到任務的話就是你害的！這幾個任務NPC之間隔得可不是一

般的遠，這裡要是沒有的話，我們要再去其他座標可就是不可能的事情了。」

「……NPC在不在跟我有個毛線的關係啊！開始是你們說往這個方向來領任務的。」被罵的玩家一臉委屈。

終於，一直走在最前面，看起來像是隊長的玩家忍不住出面緩和氣氛了，「好了好了，就快到了，大家都少說兩句吧……有鷹眼的人開技能看看，其他人也留心下身邊，看那NPC在哪裡……應該就是這附近了。」

隊長的話還是有不少人聽從的，儘管可能部分人還是有些小牢騷，但終於是沒有繼續吵嚷下去了。一隊人紛紛瞪眼睛的瞪眼睛，開技能的開技能，在周圍開始認真的搜尋了起來，試圖第一時間找到凱魯爾的蹤跡。

突然，隊伍中有人驚「咦」了一聲，繼而朝著某個方向走去，遲疑的從一棵樹上取下了一個非金非鐵、材質特殊並且在正面寫了個「修羅」二字的小牌子，轉回身再遞給隊長，「老大，你看看，這彷彿是修羅族的什麼道具？」

「不會是隱藏任務吧？我看看有什麼提示。」隊長玩笑的邊說邊接過牌子翻看了下，果然順利在背面找到一行小字。

「長假旅行中，如給各位領取任務帶來不便，敬請諒解。如有交接任務等業務需要辦理，請前往修羅密林西北方向，修羅族祭司竭誠為您服務……」

小字後附帶了一個座標，正在當前所在位置的另一個方向極端，直接跨越了整個修羅族密林。

「……」

隊長及其身後隊員圍看著手中的木牌，沉默許久之後，這一行人終於忍不住淚流滿面。

有了亡靈法師帶路，這一路上的亡靈大軍們自然是不會跟雲千千一行人為難的。甚至於如果隊伍中有什麼需求的時候，還能夠直接跟路上碰到的亡靈軍隊索取，比如說趕路用的骨車、骨龍、骨馬什麼的……雲千千對這個福利表示很滿意。

東西不在多，關鍵是人家有這個誠意啊！

而唯一對此表示不適應的就只有凱魯爾了。不久之前大家才打得要死要活的，尤其是人家現在這軍隊正開往的方向也還是自己族的密林之中。結果戰事未了，自己就先在敵軍的隊伍中享受福利了……自己臉皮可是沒有那麼厚，這事情怎麼越琢磨著越彆扭呢!?

「小凱，你在想什麼？」舒舒服服的騎在一隻骨龍身上，除了稍微有些硌以外，雲千千再沒有什麼不滿意的了。

凱魯爾從怔愣中回神，想想後坦白的說出了自己的心情：「我覺得我們和亡靈一族走得太近了，這樣是不是不大好？」

雲千千疑惑的斜了一眼過來，好奇問道：「和瑟琳娜在一起的時候你怎麼沒這覺悟!?」

「……」那時候不是美色當前，色令智昏嗎……凱魯爾臉紅羞愧的垂下頭去。

「而且既然我們現在是護送他們的公主，這就是幫了他們天大的忙，亡靈族給我們提供方便也是天經地義的事情，我不讓他們付錢已經是夠給面子了，現在借個交通工具都不行!?」雲千千繼續咄咄逼人：「你該不會以為我們是去攻打亡靈族的吧!?又想救瑟琳娜，又想表示自己其實很堅貞的並沒有和亡靈同流合

汗……凱魯爾同學，你該不會是想調戲我們吧!?」

凱魯爾掩面淚奔，這話說得真是……一點兒面子都沒留給他啊！

因為一路上都有坐騎可以調動的關係，雖然沒能使用傳送陣，但雲千千等人依舊是在不久之後順利的到達了亡靈領地，耗時大約近一小時。

遊戲裡的亡靈一族是個不允許玩家加入的種族，所以玩家們手中關於亡靈族領地的資料資訊也就非常少，倒是對於他們的技能都有所了解。畢竟這是個典型的黑暗種族，一般有什麼系統活動的時候，只要入侵者沾上了什麼諸如「邪惡」、「墮落」之類的字眼，那基本上就有亡靈一族的分，場場必到，屬於經典龍套。

在動畫和小說等作品中，亡靈族的影子屢見不鮮，雲千千也對其有過一定的研究。基本上她印象中的亡靈族，那就是生活在陰森的墳墓中、敗落黑暗的尖塔裡的，一個個全身籠罩在黑色斗篷下、乾枯如骷髏、臉色蒼白的法師，召喚、指揮著一堆堆的亡靈們，無情的撕碎敢於出現在他們面前的一切活物的血肉……嘶──這是多麼富有死亡美感的畫面啊！

每當想到這些明顯富有玄幻色彩的場景時，雲千千就會感覺一陣陣的熱血沸騰，這可是在現實裡不可能遇到的事情。在遊戲裡如果不好好領略一下的話，那真是可惜了遊戲設計師們的精心設計。

可是我們都知道，現實和理想往往是有差距的。當雲千千真正踏入了亡靈一族的領地之後，才明白了這個道理是多麼的禁得起考驗。

「這……」雲千千看著眼前的場景，站在原地狠狠的猶豫了好一會，半晌後才終於遲疑的開口：「這是亡靈一族的領地!?」

「是啊！」亡靈領主大人終於回到自己的地盤了，彷彿也很高興，他放鬆的摘下斗篷，露出一張長得還算清秀卻有些過於蒼白的臉來，大大的呼吸了一口新鮮（!?）空氣，然後才興奮的點頭回答雲千千的問題：「這裡就是亡靈一族的領地，我們的家鄉。」

聽到確切的回答後，雲千千感覺自己眼前彷彿是一片發黑。她身子搖晃了一下，按捺下眩暈的感覺，定了定心神，不敢相信的再問道：「這真是亡靈一族的領地!?」

「是的！難道您是有什麼疑問？」亡靈領主大人皺了皺眉，似乎有些不大高興了。

「……」疑問!?疑問大了。

雲千千默然無語，瞪著眼前的城市，怎麼也不願意相信這是她盼望已久的擬真版豪華鬼城——乾淨寬闊的街道、明亮閃耀的陽光、整齊精美且富有各國風情的豪華建築、在街上不急不忙散著步的彬彬有禮的行人、繁華的商店街市……

香蕉的！都快趕上四大主城的規模和等級了，這也好意思叫亡靈城!?

雲千千的夢想破碎了，雲千千欲哭無淚。

倒是亡靈領主大人想了想後突然有些恍悟，大概猜到了這女孩為毛會有這麼震驚的表情：「這位小姐，妳該不會以為我們亡靈一族住的地方都是陰森恐怖的墳墓吧？」

「……難道不是!?」雲千千默了默，鬱悶的反問道。

亡靈領主大人一聽，頓時臉上出現了彷彿是受到侮辱般的表情，「妳怎麼能這麼誤解偉大的亡靈法師呢!?」

「……」

「每一個亡靈法師都是一個偉大的學者，我們悠長的壽命使得我們可以經歷比常人更多的歲月，在歷史的沉澱下，吸取更多的知識……不能領悟靈魂和生死的亡靈法師根本不配稱之為亡靈法師，所以，我們也經常思考一些關於哲學類的問題……生活的細節不是我們追求的，但是當生命太過悠長的時候，即使是我們沒有刻意的去追求，依然還是能讓自己的生活比普通人過得更精緻。尤其是我們……」

亡靈領主大人激動了，開始滔滔不絕的介紹起自己的種族來，他覺得雲千千對亡靈一族的觀點簡直就是對自己的侮辱。但其實這女孩的腦子挺正常的，從外面隨便揪個人出來，任憑誰也不會覺得這群亡靈法師們的日子能過得多有品質……

亡靈法師耶！不好好龜縮在陰暗潮濕的腐朽角落裡玩他們的骨頭架子，反而行走在陽光下，過著那麼有情調的日子……這也太踏馬的不稱職了吧!?

雲千千聽得兩眼發直，感覺自己經歷了一場巨大的常識顛覆。

在這種時候，反倒是一向沒什麼心情注重瑣碎的九夜表示很淡定。對他來說這就是遊戲，遊戲裡的一切表現都屬於設定問題，與他無關。九夜考慮的，只有這些事物或人有沒有影響或破壞現實道德約束，如果沒有……那這些事還關他毛事啊!?

足足花了十多分鐘的時間，雲千千才終於接受了亡靈領主大人講述的這個現實，於是鎮定情緒，把注意力重新放回到了任務的本身上面。

「還是先告訴我關於你們族長的行蹤問題吧。這裡的事情隨便了，反正我也不打算長住。」雲千千打斷亡靈領主大人還想繼續介紹下去的興致，擦把冷汗趕緊轉移話題。

亡靈領主大人被打斷了談興很不爽，哼哼著皺了皺眉道：「我們族長日理萬機，每天都有許多族中事務要處理，哪是隨便什麼人想見就能見的!?」

「……既然如此，那我們還是先告辭了，回頭等族長有時間了之後再來找我們吧。如果時間安排允許的話，其實我們也可以考慮接受提前預約的。」

雲千千抓著九夜的手，禮貌的一揮手，就想不帶走一片雲彩的走了。

亡靈領主大人一看這情形，頭上冷汗立即刷刷的，後知後覺的反應過來現在是自己有求於人，不是耍大牌的時候。

「等等！」亡靈領主大人眼明手快身體棒，一看人真要走，連忙伸手一個個緊抓住，扯著臉皮笑得菊花燦爛，「有話好商量啊，說走就走的也太不給面子了吧!?」

「你們族長日理萬機，估計行程排得也沒什麼空，而本蜜桃一分鐘也是幾百萬上下，哪有時間在這裡陪你瞎耗!?」雲千千嘿嘿一笑，把這亡靈領主大人的話又原樣丟了回去，一個字都沒有變動。

亡靈領主大人一聽，頓時有苦難言。自己好說在族裡地位也是很崇高的，擺架子擺成習慣，一不小心就說順口了，哪知道今天會碰上這個不給面子的!?

他們正在拉拉扯扯間，還沒等亡靈領主大人張口再說些什麼，旁邊城門處已經跑來了一個全身籠罩在盔甲裡的將軍，著急開口：「大人，君主大人現在正在高塔召集法師開會，請您馬上趕過去！」

「馬上就去！」亡靈領主大人還沒給反應，雲千千已經搶答。

大家都知道，高級管理階層一般都有著喜歡開會的愛好。

瑣碎的事情都交給下面的人去打理了，自己只要掌握大方向的行動方針就好，這方向該怎麼掌握？自然就得要開會研究了。

職位到了一定境界的人都是賣身不賣藝，把證照或學歷拿出去掛著，然後自己坐下面當擺設就行，一點正事都不用幹。別管人家就職之前是哈佛博士還是劍橋碩士，到了那種時候都是一個樣子。

於是身為高級管理階層的人，一天也就真的只有開會這種號稱人類歷史上最沒效率的活動可以忙了，還不緊趕著多召集個幾次會來拖拖時間？好歹不能讓大家覺得自己這幾個管理人員太清閒啊……

這就跟高產大神的書寫到最後都愛灌水一樣，別管我寫了啥，關鍵是我寫了多少，日更九千……對自己夠狠的還能日更兩萬。反正每天別讓人催更就行了，最好還能表現自己夠敬業，至於看完更新之後大家滿不滿意的，那就不干我的事了，全當是品味和喜好不同的問題吧……

啥叫境界？這就叫境界。

所以中國人愛說沒有功勞也有苦勞什麼的，也並不是沒道理的事——幫倒忙也是幫，白忙一場也是忙。我出力了，你總不好意思開口再刁難吧？

聽說亡靈一族的老大在高塔開會，雲千千一行人當下毫不猶豫，直接就殺奔了過去。

亡靈領主大人鬱悶了一下，想想還是也跟了上去。不管怎麼說，好歹這人也是他帶回來的；再說瑟琳娜公主的事情現在還沒傳回來，回頭亡靈老大乍聽噩耗之下，如果想追問個什麼細節的話，自己沒在旁邊解答疑惑的似乎有點不大好。再說了，單放那女孩在自己老大身邊，這事情怎麼想著那麼讓人沒有安全感呢……

情不自禁的打了個寒顫，亡靈領主大人也趕緊的跟上，半步不敢落下。

一行人不一會就到了亡靈族老大和其手下正在開會的高塔。

因為威風凜凜的領主大人也在後面氣喘吁吁的跟著的關係，塔門邊的人本來還想攔一下，結果剛一站出來，臺詞還沒背完就被領主大人又轟了回去。他臊眉搭眼的灰溜溜跑回塔門繼續站崗，裝作沒看見那幾個氣勢洶洶直衝入塔門的一群土匪……香蕉的！又是這群特權階級的孫子！算了算了，就當啥都沒看到吧，我們惹不起。

上塔、報名號、等待召見……別看人家只是一個亡靈族的老大，一整套禮儀程序倒也弄得挺正式的，派頭擺得十足。

「君主大人允許你們進去了。」折騰了半天後，才有負責進去通報的亡靈甲一臉公事公辦的表情出來說道。

「這也太久了吧。」雲千千苦笑抬腕看看錶。好傢伙，一路暢通無阻的，臨了在最後這道門前面居然被攔了二十分鐘。

跟在旁邊的領主大人白了雲千千一眼，也無奈了一下，「你們都是修羅族的人，君主大人肯見你們已經是很不錯了。要不是有我陪在旁邊，怕是你們連城都進不了就要被殺出去。」

畢竟大家長久以來都是世仇，尤其是修羅族那位族長還把人家君主的骨頭架子燒成骨灰過，這麼大的過節，一聲不吭的說和好就和好也太刺激了，總得給人個慢慢適應調節的過程吧？沒看一路上負責把守高塔的亡靈族人們都躍躍欲試的想衝來把這些人都抓了嗎？

「如果沒你在旁邊，這位老大能直接殺出一條血路直接去和你們君主親密接觸信不信。」雲千千「切」了一聲，一指身邊的九夜，得意反駁。

「他要是真敢這麼做，全城的亡靈族人們會在第一時間召出滿城骨兵妳信不信？」

領主大人不甘示弱——香蕉的！在老子亡靈一族的地盤上也敢這麼囂張？妳可得搞清楚自己客場的身分，強龍不壓地頭蛇，這句話絕對是真理。

主客場的區別可不僅僅是吃飯、睡覺、上廁所的地方方不方便那麼簡單。比如說，中國男足球技之爛是全國皆知的，基本上一參加什麼世界盃之類的，上場就只有被秒殺的分；但人家在國內體育館邀戰外國隊的時候，那就真是幾乎場場必勝，神勇無敵。

這其中的玄奧就值得研究了，為毛到正式比賽時那麼遜的隊伍，在練習友誼賽的時候卻又會大發神威？經過雲千千的研究，機關可能就出在這主客場的區別上……想想啊，人家隊伍受邀請來踢友誼賽，那總不可能把啦啦隊和後援團也帶來了的，一是路上消費付不起，二是這比賽規模和等級也不夠，喊人來自己都

不好意思的啊。

於是乎，一到練習賽的時候，周圍滿坑滿谷蹲的都是我們本城土著來著，一晃眼看過去，那麼多雙惡狠狠的等待雪恥的眼睛看著你，還不等開踢，受邀來的外國隊伍就得萎靡了——香蕉的，自己真要是敢贏了，這些孫子還不得活撕了我們？回頭走在這異國他鄉上再被人蓋布袋了算誰的？這隊伍裡帶保姆、阿姨也不過才幾十個人，連讓人塞牙縫都不夠……

所以說，人多力量大，就是這個道理。

雲千千完全有理由相信，只要自己敢在亡靈城裡鬧事，那滿城看起來挺紳士的活死人們就絕對會瞬間露出他們本來的陰森面目，在第一時間裡召喚出片片的白骨大軍來……十個 BOSS 加個瑟琳娜都能在修羅族弄出這麼大動靜來了，這會是人家的地盤，那亡靈的優勢只能是更大。

情不自禁的打了個冷顫，雲千千想想還是覺得有些委屈，惡狠狠的咬牙切齒：「操！你們的人要是敢召出骨兵，我們就敢召出瑟琳娜。」

「妳召……」剛在得意的領主大人噎住，一頭冷汗刷刷的——香蕉的，忘記了公主還在人家手上了……這人質分量可是真夠重的。

小勝一局，某水果桃心大悅，於是得意非凡的一甩頭，帶頭跨進了亡靈君主所在的房間。

九夜憐憫的看了眼還在擦拭一頭冷汗的領主大人，一言不發也轉進了房間去。

比較厚道的凱魯爾在原地糾結——這孩子真可憐，自己要不要去安慰一下？可是他又是自己敵對種族；再可是，長老似乎有意派蜜桃來談判和解兩族恩怨；再再可是，那水果一向成事不足，敗事有餘，這事情十有八九要完蛋；再再再可是……

一進入房間，魁梧高大的亡靈君主已經在裡面等待眾人了。

糾結的小凱抬頭看了這個差點成了自己老婆的女人的老爹一眼，再看看九夜已經拿在手裡的魂匣，暗暗的咬牙，神色複雜的退到了一邊去。

「大王好啊。」雲千千熱情的笑著，首先打了個招呼。

「……其實我們平常都是叫君主大人的。」領主大人抹了把汗，在旁邊小小聲提醒。

「小凱，來叫岳父。」雲千千不理他，轉過頭又笑咪咪的招呼著已經退到一邊的凱魯爾。

亡靈君主：「……」

領主大人：「……」

凱魯爾面紅糾結，青筋爆裂。「……」

九夜淡定的乾咳一聲。

雲千千呵呵笑著打破尷尬的沉默，又接著開口了：「君主大人，情況是這樣的，您女兒呢，現在就在我朋友的手裡，我們這次主要就是想來和您談一下，不知道您願意出多少錢來買回瑟琳娜的魂匣？」

「……」亡靈君主如遭五雷轟頂中。

「……」領主大人、凱魯爾震驚石化中。

「……一開始妳好像不是這麼說的。」九夜皺了皺眉，沉吟半晌後回頭疑惑看雲千千。

「開始是開始，現在是現在……說真的，我一開始真是沒想到亡靈族的領地還能這麼富庶。」雲千千羞澀的一低頭，恰似一朵狗尾巴花不勝涼風的嬌羞……自己雖說不是大家閨秀，但好說也是個貨真價實的女孩子。被這些人這樣子緊盯著人家看的，自己臉皮薄，還真是有點不大好意思。

「……」所以說財不露白啊，這是多麼樸素而又精闢的真理啊！

領主大人是聰明人，很快的就反應了過來這女孩到底是什麼意思，緊接著在領悟對方的意圖後，他理所當然的再次震驚了。身為一個亡靈法師，自己自以為見多識廣，連生死都已參悟，再碰到其他任何事情更是早已可以用一顆平常心去對待了。

可是萬萬沒想到的是，時代在越來越進步，人才在越來越風騷。自己活了幾百年啊，硬是沒見過這麼不要臉的女孩……領主大人狠狠的惆悵著，突然發現自己似乎有點跟不上新世紀的脈搏了。是自己落伍了嗎？是這樣嗎？……

亡靈君主倒是沒顧得上在乎什麼錢不錢的，他上要是忙著震驚於自己女兒都被打到需要躲魂匣裡這件事情了。「妳剛才說……瑟琳娜的魂匣在你們的手裡？」

「我覺得您理解得沒錯。」雲千千友好的含笑道。

亡靈君主頓時當場勃然大怒，拍案而起：「卑劣的修羅……」

「喂，大家不熟，您要是再用什麼帶有人格侮辱性的詞彙，小心我翻臉啊信不信!?」雲千千生氣。

亡靈君主噎了噎，眼睛一瞪，抬起氣得顫抖的手指再張口：「妳、妳竟然敢……」

「敢不敢的不是明擺著的嗎？我們既然都千里迢迢跑過來了，您該不會以為隨便散發一下王八之氣就能嚇得住人了吧？」嘖，好歹也是當人家老大的人，這傢伙竟然連臺詞都不知道想點有新意的。最可怕的是，想事情還那麼天真，以為天上地下唯他獨尊……香蕉的，你以為這是爭霸種馬小說啊？再說了，明明老娘才是主角。

「來人啊……人呢？都活了不成？」亡靈君主氣得兩眼發昏，都忘了實際上他自己才是亡靈一族實力

最強悍的人了。

九夜抬起眼皮看了看被雲千千氣到暴走的那個NPC，再無語的擦了把汗。他沉吟片刻之後，一言不發的默默走上前去，把手中瑟琳娜的魂匣往那個亡靈君主面前一遞……

於是，世界終於安靜了。

「……你是想威脅我？」亡靈君主臉色難看的咬牙切齒問。

「沒呢，我們哪敢啊。」雲千千拉下明顯沒有開口意思的九夜同學，笑嘻嘻的接話：「反正現在情況就是這麼個情況，我們也不好太浪費時間了，還是趕快進入正題的好。您說呢？」

「……」亡靈君主轉頭問：「瑟琳娜怎麼死的？」

一直被冷落在旁邊當壁花的領主大人一愣，繼而冷汗刷刷的，不知道這個問題該怎麼回答。

雖然早有坦白交代的覺悟，但是真是事到臨頭的時候，這坦白也是很有壓力的……這話該怎麼說？就老實回答說是因為修羅族的這小子神出鬼沒，不知道從哪裡找到秘密入口突破了自己等人自以為萬無一失的防守圈，然後一眼就看中了瑟琳娜公主，再順手把那時正因為在畫魔法陣而衰弱到只剩一絲血皮的公主秒殺了？

這理由聽著怎麼那麼玄幻呢？

整個刺殺事件當中，天時地利人和缺一不可，不管是對於這個九夜神秘出現在現場的不解，還是對於其出現時機過於湊巧的疑問，這都是自己所沒有辦法解釋的……

反正領主大人想了想，如果是他自己聽到這樣的稟報回答的話，第一反應肯定是想到亡靈族裡是不是出了內奸配合對方了；而且這內奸還得身分夠高，不然不能配合得那麼好。而更杯具的是，當時現場身分

最高、並且又剛好是負責公主晝陣時現場警戒工作的人……正是自己……

領主大人汗，領主大人大汗，領主大人一頭的廬山瀑布汗，支支吾吾的半天說不出話來。就算是本來沒有懷疑他的人，估計在看到他此時的表現之後，也不能不往卑劣的陰謀論方面聯想一下了。

「君主大人，關於這個問題，我們可以解釋。」雲千千拉來另外一朵壁花凱魯爾，無視對方難看的臉色，長嘆一聲後，用沉重的詠嘆調深情的開口：「瑟琳娜公主身為亡靈一族的公主，為自己種族謀求福利當然是她應盡的義務。可是，這世界上卻有一個很偉大的感情，叫愛情……」

「好了，妳閉嘴！」亡靈君主頭大的連忙制止這水果，再次轉向領主大人的方向問話：「還是你來說吧……喂喂？幹什麼呢？聽不見我說話了？」

領主大人猛然回神，看見亡靈君主一臉生氣，忙誠惶誠恐的欠身道歉：「抱歉，大人，我只是太過吃驚了……」他確實吃驚。沒見過當著受害人親爹的屬下的面就敢糊弄的人，難道她不怕自己向君主大人揭穿她的謊話？

「瑟琳娜的事情先不說了，我問你，在你走之前，修羅族的情況怎麼樣？」

「有些小變數，不過一切盡在掌握之中。」領上大人想了想，和了個稀泥。

「哦？」亡靈君主顯然不大滿意，「變數？比如說呢？」

「比如瑟琳娜這女人的死算不算變數？」雲千千興致勃勃的舉手插話。亡靈君主和領主大人瞬間都想掐死她了。

九夜拉回這某水果，皺眉在空間袋裡掏了掏，終於艱難摸出根黃瓜遞過去，簡潔曰：「閉嘴。」

「……」黃瓜？為毛是黃瓜？雲千千可以理解如九夜這類人不喜歡帶零食的性格，但是哪怕是沒有也

好，為毛偏偏要拿出根黃瓜？

「寶馬贈英雄，黃瓜配猛男。」嫣然一笑的將手中黃瓜轉手送給旁邊一個一臉莫名其妙的 NPC 亡靈侍衛甲，雲千千轉回頭來，安撫性對九夜一笑，表示自己有分寸，再轉頭，「君主大人，我的意思是這樣的，大家時間都緊迫。再加上我們又是相看兩相厭，誰都想快點讓對方從自己眼前消失滾蛋的。既然如此，那是不是先把我們的事情解決完了，回頭您不就想怎麼和太師大人說話都沒問題了？」

「太師？」亡靈君主皺眉疑惑。

雲千千一指旁邊那個和自己幾人一起回來的亡靈法師，「不好意思，我是指他，可能你們的叫法不一樣……」

「唔……」亡靈君主認真沉思了一會後道：「瑟琳娜是我女兒，我當然不能不管，可是她已經和妳的同伴綁定了，這即便是我，也沒辦法違逆上頭主神老大定下的規則啊。」

老大不愧是老大，只掃眼一打量就知道九夜手上的魂匣不是自己伸伸手就拿得回來的了。

雲千千了悟的點頭，「那依您這意思，似乎是默許了瑟琳娜公主和九哥的結合？」

「咳！」九夜臉色難看在的旁邊乾咳聲。

雲千千瞥去一眼，沒搭理他，繼續和亡靈君主說話：「既然如此的話，那我們可就走了啊。這次就當是來拜見家長的算了。反正大家以後是一家人，有空常來往來往也……」

「我並沒有同意你們帶走瑟琳娜吧!?」亡靈君主連忙打斷雲千千。

「那您到底想怎麼樣？」雲千千也無奈了。交出去也不行，自己帶走人家又不幹。「你們該不會是想讓我九哥嫁進亡靈族，好和這瑟琳娜一起陪伴在君主大人您左右吧？」

亡靈君主眼前一亮，「這個方法其實倒也可……」

「噌」一聲，九夜冷著一張俊臉，抽出寒光森森的匕首，打斷了亡靈君主未竟的語句，再陰沉沉的盯住雲千千。

雲千千頓時噤若寒蟬，忙不迭自己否定了自己的提案，義正詞嚴道：「不行不行，我九哥英明神武、玉樹臨風，乃是修羅族未來的希望，全體人類的精神偶像，世界的和平救星……如此偉大的人怎麼能隨便被綁在一個女人身上呢？呸！你們想得倒美……哼，如果再敢出言不遜的話，小心我們毀了你女兒的魂匣！」

說到最後，雲千千一臉氣憤填膺，就差沒自詡為正義夥伴。

「……」草泥馬！本來這話一開始也不是老子說的……亡靈君主被雲千千弄得也鬱悶了，死死的皺著眉，半天都說不出話來。

倒是一旁的領主大人似乎是在路上早就思考過關於魂匣的問題，此時一見情形不好，連忙挺身而出說道：「君主大人，修羅族的幾位客人，請不用這麼著急。要讓公主回來並不是沒有辦法的。」

「說！」亡靈君主臉色十分不美麗，尤其是在被雲千千無恥的鬧了一通之後。

領主大人小心翼翼的注意亡靈君主的表情，謹慎的斟酌字句道：「君主大人，難道您忘了魔界商人了嗎？他那裡有一種商品，可以截斷任何靈魂印記上的綁定聯繫……」

亡靈君主聽完沒吭聲，認真的思索起來。這話倒是沒錯，但問題是，要找到魔界商人卻不是一件簡單的事情，尤其是現在三界之間還沒聽說有哪個冒險者探索到新地圖。自己這些原住民倒是無所謂，力量強大一點兒的哪裡都可以去，只是偶爾限於規則才不能隨意走出自己的統治區域而已。

在這樣的情況下，那個魔界商人的商品，該要誰出面、怎麼樣才能弄到手？

亡靈君主正在糾結中的時候，雲千千突然發出恍悟聲：「你們說的該不會是解綁令吧？」

「您知道？」領主大人嚇了一跳。

「……廢話。」

就如有矛必有盾，有鎖必有鑰匙一樣，既然創世紀中有綁定物品的服務，那麼肯定也就有解綁物品的服務。不然的話，玩家綁定一堆的東西在身上，卻沒有辦法在未來更換新的裝備或武器，那有限的空間袋不就要無謂的浪費了嗎？

當然了，如果實在是嫌棄自己的綁定物品占位置的話，也可以選擇銷毀，但是這種行為就太過於敗家了。一般只值個幾百、幾千的優良裝備還好，如果是來個極品，價值動輒數十萬、數百萬的也說銷就銷……那除了敗家子以外，雲千千就真不知道該對這種行為怎麼評價了。

這麼明目張膽的浪費行為，創世紀也是不敢幹的。玩家們又不是傻子，你這明擺著是讓人家血本無歸的了，腦子有問題的才跟你繼續買這麼貴的東西。

解綁令就是為了這種情況因應而生的。這個道具使用後可以解除一切綁定，包括任何裝備、武器或寵物，而且其只值50金幣，和要解綁後再拿出去售賣的東西本身比起來，那便宜的可不是一點半點了。

但是有一點唯一的困難，要得到解綁令這道具的話，必須要找到魔界商人。顧名思義，魔界商人只在魔界行走，而且是無固定行動路線、無固定停滯座標、無固定……

「……這只有靠狐狸了。」雲千千琢磨了一陣，發現任務還是太過艱鉅。進入魔界就不說了，級別到了以後去解解任務就成，最關鍵的主要問題還是怎麼找人……要知道，魔界雖說比玩家活動的這塊創世大

陸小，但好說也有其十分之一的版圖，而創世大陸又是號稱比現實地球版圖還大的。這麼一算下來，單是個魔界最少就比整個中國都大了。

「不管怎麼樣，反正我女兒就拜託你們了。等到你們解除綁定的時候，再來亡靈城找我吧。」亡靈君主才不管雲千千要找誰，既然知道這女孩明白下面該怎麼辦，當然也就不廢話了，揮一揮衣……咳，反正人家是不帶走一片雲彩的走了，就留下領主大人在原地繼續招呼客人。

「喂？喂……靠，怎麼真走了？我還沒談到關於兩族和平友好協定的事情呢！」雲千千忿忿然，拉來一邊的領主大人問：「你老實說，瑟琳娜實際上是她爹從亂葬崗上隨便撿來的吧？哪有這麼不關心自己女兒的，好歹也仔細囑咐拜託我們幾句，這樣我也好敲點勞務費啊！」

領主大人擦汗，「瑟琳娜公主絕對是君主大人親生的，只是君主大人實在很忙……關於勞務費和兩族和平友好協議的事情，這點並不難辦。我們可以先從修羅族收兵，等到你們帶著瑟琳娜公主的魂匣回來的那天，我們再來正式的討論一下協議的問題。」

「也只能這樣了。」雲千千唉聲嘆氣，沒能事先收點訂金的感覺真不爽。「看來還是得留個心眼，解綁令買來先別急著用，帶上道具和魂匣一起回來。等你們把好處交出來再解綁魂匣，免得你們搶了我們……」

「怎麼會呢……您真會開玩笑。呵呵……」領主大人再擦擦汗，一臉的心虛——回頭得跟君主大人說下，以往使的這招千萬不能在這姑奶奶面前用，不然公主可就回不來了。

出了亡靈城，先傳個訊息給零零妖，簡單介紹了下亡靈一族這邊的任務和目前態度，切斷通訊之後，

雲千千這才有工夫搭理看起來一臉惆悵的凱魯爾：「小凱，看起來你臉色不好啊？是不是有什麼難言之隱？說出來讓大家開心下啊。」

凱魯爾白了雲千千一眼，猶豫一會才吞吞吐吐開口：「瑟琳娜……」

「你還記著瑟琳娜？」雲千千長嘆。「都說天涯何處無芳草。雖然我也承認瑟琳娜長得比我只差那麼一點點，但是你也不能老把注意力放到她身上啊！單說修羅族目前的百廢待興狀況，似乎就不是你兒女私情的恰當時機吧？再說人的生活中也不能成天光是談情說愛，這多無聊啊！就比如說凌舞水袖，她要是敢整本書就讓主角愛來愛去的噁心人，肯定第二天就沒有人要訂閱了。有時候你也得適當的把眼光放到其他的事情上面……」

「……我不懂妳說的這些，我只知道自己放不下瑟琳娜。」凱魯爾痛苦糾結道，就像是一個初涉愛河並沉溺其中的青春騷男。

「好吧、好吧，知道你放不下她。那就等我們做完任務把瑟琳娜送回來以後，你再來找她吧。乖啊。」

「不！」凱魯爾搖頭，「我要跟著你們。」

「跟著我們？」雲千千震驚，小心翼翼的問道：「……請問你說的跟著我們是指？」

「你們現在的等級只能有一個隨從，九夜已經有瑟琳娜了，那我就跟著妳吧。」凱魯爾一副人在屋簷下、不得不低頭的忍辱偷生狀，悲壯哀戚道：「雖然我也不想，但現在……已經沒有辦法了。」

「……」沒有辦法那您就別屈尊了，我們其實也不是很喜歡你……雲千千無語望天，實在是不知道該怎麼接這話了。

活動結束後，在活動現場中最多的是什麼？

那不用說，自然就是玩家了。

很多人以為，在系統活動時，活動現場的玩家是最多的；而一旦活動結束之後，大家立刻就各幹各的去了……

在連線的網路遊戲時代也許是這樣沒錯，但擬真世界開通之後，就完全的不同了。

活動結束之後，玩家一般都要兌換活動積分換取獎勵，有些沒換到心儀東西的或者是換到還嫌不夠的，就會在現場擺個攤，收購販賣，與其他玩家交換各自所需。

在這其中，不同勢力的成員或是零散玩家就會趁機和其他人交談；尤其是剛才在活動中配合過的隊員們，更是很容易成為新的朋友夥伴……

總而言之，每一次的活動之後，都是一個擴大交際圈的好機會。

擬真遊戲的世界地圖太大了，大到玩家們光憑腿腳是無法走完的一個地步。這畢竟是比真實世界版圖還大的一個世界，再加上還沒有開放的神、魔界等等，想把創世紀的每一個角落都探索完，那根本就是不可能的事情。

而因為是擬真遊戲的關係，這裡又是沒有所謂世界頻道的。大家平常遇到的人雖然多，但都只是一個有限的小小圈子，要和四面八方來的所有玩家比起來的話，這個圈子就太小了。

有野心的想擴大勢力，沒野心的就當是異地聯誼，總之，能有一個機會見到那麼多玩家聚在一起，這絕對是一件很難得的事情。也於是，在這種難得的時候，大家都不會想那麼早就散去，多認識個朋友以後也就多個助力，傻子才願意當遊戲裡的宅人呢。

雲千千現在就正在修羅族密林中、漫山遍野的玩家中舉步維艱。要換個地方舉行活動也就罷了，偏偏修羅族是個小地方，除了一片可憐的村莊大小的安全區以外，外面就都是林子了。玩家們又捨不得走，當然只能一起聚在外面，抓緊機會和周圍的人認識，看看自己身邊的人有沒有可持續發展的前景。

「美眉妳好，我是XX團的YY，性別男……」

「原來是男的啊？」雲千千打斷對方，做驚訝狀。「我本來還以為是姐姐呢，真對不起。」

「……」性別男的那位YY沉默半分鐘，轉身擠走了——他娘的，傷自尊了。

「女孩，我是AA團的CC，職業是……」

「不好意思，借過。」雲千千無視閃人之。

「小妹妹，妳剛才殺了多少積分啊?千萬別誤會啊，我就是隨便問問而已。」

「我沒誤會，也沒想告訴你，再不讓路我就向GM投訴說你X騷擾我了啊！」

「美女……」

「有眼光。不過就算你看出我是美女，我也絕對不會搭理你的，畢竟漂亮到我這分上的女人總得多點警惕心，你說是吧？」

……

過五關斬六將，雖然雲千千已經效率很高的趕走了一大堆企圖和自己認識的友好人士，但眼看這人山人海的，想要繼續向前並順利到達修羅族內還是一個很嚴峻的課題。

該怎麼辦?雲千千認真的想著這個問題，片刻後終於有了答案。

「本人20級小號，求高手帶，絕對美女，不視訊。陪吃、陪聊、陪逛街，天天帶我練級十小時，而且

還能每週供應我去拍賣行買一件極品裝備的有錢哥哥來了啊……」

這話比什麼都有效，人群呼啦一聲閃開，人人都一臉嫌棄的瞪著聲音發出的方向，生怕自己被這樣子的極品妞纏上。

男人有時候確實喜歡當冤大頭，也願意為了女人一擲千金。但是無論如何，這都不能喊在明處。比如說所有人都知道小三傍男人的究極目的是為了錢，但是所有小三依舊會說自己是有多麼多麼喜歡這男人，男人們也照樣自欺欺人的以為自己英俊瀟灑、風度翩翩……

所謂的潛規則，首先最重要的一點就是要夠潛，即使再想不要臉，最起碼表面上也一定要做得冠冕堂皇。於是雲千千這一番話喊出來，大家會做出這樣統一的姿態也是理所當然的了。

成功的排除萬難，擠進修羅族之後，沒一會雲千千就又擠了出來。原因無他，主要是因為修羅族裡根本沒留下幾個人了。

「完蛋了，那幫去亡靈族阻截大軍的族人還沒回來。」

雲千千鬱悶了，她是真忘了還有這個劇情。

本來玩家圍剿亡靈大軍的活動應該還要持續幾天才對。在這段時間裡，為了合理的把修羅族NPC調走，系統才給出了全修羅族人舉族去攔截亡靈大軍的劇情……結果九夜提前幹掉了瑟琳娜，這直接造成了劇情的後續無力，亡靈大軍還沒來得及聚齊巡演就不得不被亡靈君主召了回去。而已經行進到半路的那群修羅族人沒人通知，這會當然也就還在繼續行軍中。

總結下來就是說，現在全修羅族裡就只剩下三個留守 NPC——

長老自從踏進失落一族禁地後就一去不復返，不知道是不是被自己老婆軟禁了。

凱魯爾被雲千千收成了隨從，現在只是一個屬於修羅族的半自由族人。

於是，整個族內真正在行使 NPC 職務的，目前就只剩下了祭司一人……

「我們現在要想辦法去魔界，妳還去找那些族人做什麼？」九夜皺眉，不解了一下。

「去學技能啊。」雲千千嘆息。「其他人倒是無所謂，積分換禮品在祭司那就行了。問題是我要換本族技能，這只能找技能導師才行。原來的導師是凱魯爾，現在……」

「……」現在被招安了，所以人家已經不算是修羅族編制內的公務員了……九夜對雲千千的痛苦表示可以理解，默了默，也不知道該怎麼安慰人家了。

「對不起。」凱魯爾倒真是厚道孩子，自己承擔下了責任，羞愧的低下頭去道歉：「是我不該這麼早就成為隨從的，都是我的錯。」

「嗯，確實是你不對。所以記得等未來恢復自由身了之後，要多給我發點任務和好處什麼的啊。」

「……對不起，這個不符合主神定下的規則，我要真這麼做了的話，很有可能會被移除，這樣瑟琳娜就要守活寡了。」凱魯爾認真的為難著。

雲千千頓時不想理他了，直接無視掉此人，轉頭拉住九夜，「剛在祭司那接個任務，叫我們去找回修羅族的人。我們先去失落一族把長老抓回來，然後再去找那些去攔截亡靈大軍的熱血青年們吧？」

「……」好吧，除了這樣還能怎麼樣呢……九夜繼續默。他抬腕看了看時間，望天，迅速的心算了一下，最後鬱悶的得出結論，知道自己在今天下線之前是不大可能有時間去找魔界入口的消息了……

前面說過，活動結束之後，通常就是各個參加活動的玩家抓緊時間擴大自己交際圈的時候，好友名單

的充實主要就是靠這種大型社交場合了。

當然了，因為修羅族內的NPC們集體蹺班的關係，族子裡的功能店鋪如藥店、兵器店、酒店、茶鋪一類的地方全都無法使用了，這也就給玩家們的休息和聚集帶來了很大的不便。於是，大家只能自己移動到野外去圈劃地盤。有生意頭腦的部分學了生活技能的玩家更是擺了些臨時的燒烤攤子，或者收拾了些簡陋的小車，裝了自製的食物推出去到處叫賣。

「燒烤小攤經營回神丹、凝血丸、烤肉、烤鴨、烤紅薯……特色招牌菜，修羅族密林生物總匯燒烤大拼盤，特價優惠1銀幣一盤，豪華皇家烤製拼盤3金一盤囉～～」

「武器修理～～武器修理～～中級鐵匠承接各類武器修理，順便兼收破銅爛鐵一斤30銅，賣的來哦……」

「叮叮糖……叮叮糖……」

「還在為找不到願意帶自己練級的帥哥而發愁嗎？還在為找不到拿得出手的女伴而憂鬱嗎？世紀佳緣婚……交友中心，為您充實好友名單，廣交善緣，助上一臂之力……目前已有註冊男會員三百二十四名，註冊女會員兩名，有意者請與XXX小姐或OOO先生聯繫……」

密林中一片熱鬧的喧譁聲，而在這些熙熙攘攘的人群之中，還是有些比較空曠的區域。這些一般都是公會或大型傭兵團圈劃下來的休息地盤。比如說，一葉知秋的落盡繁華公會就也圈下了這麼一片區域，好讓他公會裡的人臨時用來歇腳用。最關鍵的是，還能順便和剛才一直並肩作戰的各隱藏種族玩家們聊一聊、交流交流感情什麼的。

「那個誰，再去買五十份總匯燒烤拼盤，順便看看還有沒有玩家賣酒，再提幾罈過來這放著。」一

葉知秋坐在眾高手中間，到目前為止大家還算相談甚歡，於是他心情也就十分美麗。

要知道，在場這些可不是普通意義上的高手，人家個個都是隱藏種族，就算是玩得再垃圾，也肯定有自己的獨到之處。

所謂人才是什麼？

人才不是說你一定有壓倒性的實力，而是一個人能做到其他人所做不到的事情……從這個意義上來說的話，隱藏種族的玩家們就個個都是人才。

一葉知秋倒是沒有自滿到覺得自己魅力無敵，王八之氣一放就能引得在場英雄競折腰；但是他也不妄自菲薄，不管落盡繁華再怎麼樣，好說也是目前創世紀僅有的幾家公會之一，一葉知秋自信自己手下的攤子還不算太爛，留下一批強人也不算委屈了他們。

在場這些隱藏種族不用全部留下，但只要能收進來三分之一左右，自己就算是賺大了……

一想到這裡，一葉知秋嘴角的笑容擴得越發大了些，舉起自己面前的一小壺清酒，意氣風發的朝前一抬：「來，各位喝酒！今天我作東，大家相逢即是有緣，平常知秋也很少見到這麼多隱藏種族的英雄齊聚一堂，今天就當交個朋友。」

「會長客氣！」

眾人紛紛應和，有酒的舉杯，沒酒的也揮著手上的食物或是點頭示意了下。

不管怎麼說，拿人手短、吃人嘴軟，今天買單的是人家，就算自己沒打算繼續和人家公會打交道，最起碼現在的場面樣子總要做足的，面子是相互給的嘛。

燃燒尾狐也夾雜在這群人當中，咬著烤肉悶不吭聲，一臉被全世界都拋棄的落寞蕭索模樣，好像他就

是言情劇裡那苦情小生一樣。這杯具自從在迷陣裡被亡靈群分屍掛點之後，再要聯繫那個罪魁禍首的死桃子時，就怎麼也接不通人家的通訊器了。

不過想想也是，那女孩剛剛做完壞事，正是心虛的時候，又怎麼可能會乖乖的打開通訊器自投羅網？於是孤苦伶仃的燃燒尾狐只好自己從復活點中走出來流浪，要不是中途遇上了落盡繁華裡出來採購藥品的運輸兵，被認領回公會的練級區的話，估計他一會就只能自己用那點半吊子的迷陣本領勇鬥亡靈了。

一葉知秋應付拉攏其他高手的時候，當然也不會冷落這個本來就已經在自己會裡的隱藏種族玩家。發現燃燒尾狐似乎有點憂鬱症的徵兆，一葉知秋笑笑道：「狐狸，你不會是還在想蜜桃多多吧？」

燃燒尾狐抬眼看了一葉知秋一眼，長嘆了聲，「會長，如果說你有過像我這樣被人殘害至死，回來後卻又找不到凶手的經驗，估計你到時候也絕對忘不了那個人的。」

「呃……雖然說沒有遇到你這樣的事情，但類似經驗其實我也有的。」一葉知秋心有戚戚焉的憂鬱了一下。「要知道，我被那水果算計的次數也不是一次兩次了……」而且似乎那時候您也摻和了一腳……一葉知秋看了眼燃燒尾狐，沒好意思把後面那句話也說出來。

倒是燃燒尾狐自己良心發現了，羞愧低頭主動認錯：「會長，那時候我年幼無知，根本不知道自己是在為虎作倀……唉，總之就是往事不堪回首啊。」

「狐狸兄弟不用這麼感慨，我又沒有怪你的意思。哈哈……」一葉知秋豪爽大笑。

旁邊探過來個腦袋，跟著連連附和：「就是就是，一葉會長是多麼心胸寬廣的人啊，怎麼可能跟你計較這點小事？我說狐狸啊，不是我說你，你偶爾也想開點，別有事沒事的就愛鑽牛角尖，還累得大家都替你擔心……不過話又說回來了，你們剛才到底在討論什麼？狐狸到底做啥錯事，惹得一葉會長不高

興了？」說到最後，後面探頭出來的那人又變得疑惑了起來。

這人誰啊？屁事都不知道就跑出來攪和，還有沒有點規矩了？一葉知秋不高興的清了清嗓子，正想看看是自己公會裡哪個不懂事的跳了出來，順便斥喝對方幾句，讓對方以後知道點進退……

誰知他就這麼一回頭，雲千千那張熟悉的無賴臉就出現在自己的面前。

「……」一葉知秋沉默了。

「嗨，一葉大會長，有白蹭飯的好事怎麼不叫我？」那個被一葉知秋引以為畢生夢魘的聲音再次出現了，從眼前一臉興奮歡快的女人口中傳出。

「……」一葉知秋繼續沉默。

「對了，我這次來主要是想再借下狐狸……我們要找修羅族裡那群離族出走的 NPC 座標。一葉會長，你那麼大方，應該不會不肯借人的吼？再說當初狐狸和無常他們都是我介紹到你會裡來撐場子的，你現在要是翻臉不認人也說不過去啊是吧？」

「……」不願相信殘酷現實的一葉知秋無視耳邊唧唧歪歪的聲音，閉上眼睛冷靜了好一會後再猛的睜開……雲千千還是那個雲千千，事實證明了這不是他自己的幻覺。

「……又是妳！」一葉知秋悲憤，一葉知秋咬牙切齒，一葉知秋已經有落淚的衝動了。

「是我是我，一葉會長，沒想到你見到我那麼激動，都喜極而泣……嗯，這烤肉味道還行，就是醬料下得太重了點。」雲千千笑嘻嘻轉頭，隨手招來個落盡繁華的會員，「……那個誰，再去買幾盤新的燒烤，我剛路過的時候看到有個豪華皇家烤製拼盤不錯。你們會長多有身分的人啊，你也別捨不得這點小錢，真讓你們會長丟人……去，再去。你們拿點公款買個百八十份那個豪華皇家的烤製拼盤，別怕吃不完，吃

不完的我打包。」

「……」這世界上還有比妳更無恥的人嗎？有沒有？有沒有!?

一葉知秋內心陷入了暴走抓狂之中，但是那麼多的隱藏種族高手在旁邊看著呢，他就算現在再怎麼不爽，表面上也得保持著基本的禮貌和風度。打落牙齒也得和血吞，在這節骨眼上，可千萬不能出什麼差錯。

男人嘛，有時候就得對自己狠點……

「大家繼續吃著喝著，沒事沒事，這是我們公會一個老朋友，大家剛才肯定也認識了，修羅族的蜜桃多多……」一葉知秋強顏歡笑的別過臉去招呼高手們，說完之後一轉頭，淚流了個滿面——香蕉的，總有老子報仇的時候，給我記著……

「妳幹嘛？」燃燒尾狐陰著臉看那無恥的水果，怎麼也想不明白對方現在怎麼還有膽……更準確的說，她怎麼還有臉出現在自己面前？而且還要自己去幫她找人？香蕉的！難道她忘了不久前自己因為她而慘死在亡靈群中的事情了？

燃燒尾狐越想越覺得不舒服，更是不想給雲千千好臉色看了。

「剛不是說了嗎？我和九哥現在要去做任務，修羅族那批人的行蹤要算不說，還有魔界商人也得靠你來找呢。你現在吃完沒？吃完我們趕緊就上路了，時間可是不等閒人的……要不，我們打包？」

「……現在先不說找不找人的問題，關鍵是妳沒有想要對我前不久遇難的事情表示一下看法的意思？」燃燒尾狐磨了磨牙。

「看法？什麼看法？」雲千千疑惑了一下，冥思苦想一番後終於恍然大悟，沉痛的低下了頭去，「對了，我還沒有向你表示過哀悼……狐狸，真是辛苦你了，你不愧是失落一族裡的男子漢。」

「……」草泥馬。

燃燒尾狐轉過頭去，不想搭理雲千千了。

可是雲千千是那麼好打發的人嗎？

很顯然不是。這女孩其他的特質先不說，首先她就有一個優點，那就是夠執著……要是把這個優點或者說特質說得更直白一點兒的話，那就是雲千千夠不要臉。

無論人家怎麼不買她的帳，這個女孩都有本事一笑而過，像是根本不知道自己究竟有多麼討人厭似的，死皮賴臉的、軟磨硬纏、不折不撓的繼續貼上去，硬是要磨到人家答應她的請求為止。必須的時候，也許還會使用上威逼利誘之類的不好手段……

「狐狸，我們快走吧，外面九哥還跟那裡等著呢。」

「……不去！我跟妳從今以後恩斷義絕！」

「別鬧了，你以為自己在拍武俠劇呢？我是睡你老婆了，還是搶你家產了？要不就是我發動整個武林來討伐你，順便想逼出你手上的屠龍銅板？你跟我恩斷義絕？小孩子玩家家酒的不懂意思就別亂說……」雲千千嚴肅批評燃燒尾狐。

燃燒尾狐氣得噎了下，漲紅著臉，磨牙低吼：「靠！妳別以為自己跟我熟得很啊！我告訴妳，反正我意已決……不是，我的意思是我已經打定主意了。」

「好好好，那我們就恩斷義絕吧。從此你我就是陌路人了對吧？」雲千千投降，哄小孩似的妥協應了幾聲。

「嗯，就是這樣沒錯，從此我們就是陌路。」

「那麼這位路人甲先生，您能不能助人為樂，幫我這個陌生女子一個小忙？雖然我們不認識，但男人基本上該有的風度，相信你應該還是有的吧？」

「……」

江湖上一直有著這麼一句話——軟的怕硬的，硬的怕橫的，橫的怕狠的，狠的怕不要命的……可是別以為這就是循環的最終端了，要讓現在的燃燒尾狐來說的話，江湖上不管是什麼樣的人，那都得怕不要臉的。

燃燒尾狐活了二十多年，雖說不敢說自己見多識廣，但好歹也算是交遊廣闊，形形色色的人都見了不少了。但任憑他多麼有想像力，在見到雲千千之前，燃燒尾狐也是絕對想像不出世界上還能有這樣子的一個女孩……請注意，這絕對不是一個褒義的語句。

被雲千千一番死纏爛打之後，燃燒尾狐終於沒脾氣了。他絕望的發現，自己根本就玩不過這個爛水果。除非他打算撕破臉去打女人……可是要真讓自己這麼幹的話，對方好像還沒天怒人怨到那分上去。

這到底該算是怎麼一回事啊？燃燒尾狐憂鬱了。

「狐狸兄弟，蜜桃？你們現在又要出去了？」一葉知秋轉頭，正好看到雲千千領著垂頭喪氣跟在她身後的燃燒尾狐要離開。

111．被抓的長老

要出去？可不是到了該走的時候了嗎？雲千千笑笑的和一葉知秋告別，隨口敷衍寒暄了幾句，也沒打算告訴人家自己打算行進的路線和目標。

一葉知秋倒是想從燃燒尾狐那裡套話，可惜人家正在失落低潮中，根本沒那心情搭理他。再說了，燃燒尾狐現在已經到了萬念皆空，或者說心如死灰之狀態，完全是任人擺布的，連他自己都不知道自己會被帶到哪去，就算想說，他又能說出什麼有用的情報來？

於是，三言兩語打發走有心想來分一杯羹的一葉大會長後，雲千千拖著燃燒尾狐就出了落盡繁華的休息圈，和等在外面不遠處的九夜會合。

「你們到底要去哪？」看到九夜之後，燃燒尾狐終於從失魂落魄的挫敗感中回過神來，問了這麼一句。

雲千千笑得不懷好意，「去你們族看看那群大女人，順便把我們修羅族的長老帶回來，嘿嘿……」

剛剛才終於提起一點精神的燃燒尾狐聽完這話後一怔，接著在剎那間淚流滿面，又一次陷入了更深的

低潮情緒中去。在這一刻，他絕望到甚至有種生不如死的感覺——曝光了，曝光了……自己身居女尊男卑部族的秘密終於曝光了……

現在沒人有空去照顧燃燒尾狐的自尊心。其實在雲千千和九夜等人眼裡看起來的話，失落一族那種亞馬遜部落式的生活方式其實真沒啥大不了的，關鍵是這個種族有些什麼特色技能，在遊戲中能不能起到重要的作用。

至於男尊還是女尊什麼的，真沒啥值得介意的，反正大家又不用打交道，身為玩家，以後也不可能真住人家那族子裡。

而燃燒尾狐的情感顯然是更加細膩豐富一些，和雲千千這種神經粗大得跟水泥管子似的女人完全不同，人家他是多麼一個敏感纖細的男人啊！這會被人披露出這不堪的資訊，燃燒尾狐瞬間覺得彷彿連自己的人生都失去意義了，只顧得全身心的投入到自己會被人嗤笑的自怨自艾中去，傷心欲絕如言情劇中的純情女豬腳。

拎著這個脆弱傷感的男人，雲千千小手一揮，再帶著九夜和凱魯爾，一行人就直接這麼殺奔失落一族。能早點就盡量早點吧，失落一族的女人都很剽悍，把長老一個人放在那，萬一那個禁X多年的掌星老太太在看到長老後，忍不住來個ＸＸ焚身，ＯＯ爆發怎麼辦？

霸王硬上弓的事情，這群女人可不是幹不出來，尤其是人家還有合法的ＸＸ關係……

因為有燃燒尾狐在手的關係，再加上雲千千一行人前面也曾經出現過，於是跨入失落一族的族落範圍之後，也並沒有人來為難他們。當然了，迎接引路的人自然也是沒有，畢竟雲千千這幾人無論從哪一方面來說都稱不上是客人，犯不著浪費人力。

雲千千上次和長老一起來這裡，是為了任務直奔禁地，這回沒人帶自己進去了，她也不敢隨便亂闖那地方，萬一在迷陣裡被困住了可真不是好玩的。於是，她和九夜就跟著燃燒尾狐一起去了失落一族聚居的地方。失落一族居住的地方占地範圍很大，建築風格和修羅族明顯不同。

修羅族有種隱世小村的感覺，基本上就是木屋配草棚，簡陋得讓人一踏進去就忍不住懷疑自己是不是到了哪個貧困山區。

雲千千曾以為，自己加入的這個修羅族一定是整個創世紀中最窮的種族了，畢竟他們對生活品質的追求不高，平常閒下來就愛打打殺殺、練練武啥的，要是身邊用的東西擺得太值錢了，不小心打壞了也確實很讓人心疼的。

可是在看過了失落一族之後，雲千千才發現世界上原來還有比修羅族更窮的隱藏種族。如果說修羅族還能稱得上隱世小山村的話，那失落一族就完全是原始部落了。再說得好聽一點，頂多也就是個遊牧民族什麼的。

這個部落中的NPC們都住在帳篷裡，帳篷外面圍的還都是獸皮，一不小心就讓人有種進入石器時代的感覺。

「你們族真窮。」雲千千憐憫的對燃燒尾狐發表自己的觀後感。

燃燒尾狐一撇嘴，根本懶得說話。

「長老就在這裡？」九夜左右看了看，狠狠皺眉。「快點找到人就回去吧。」帳篷間來來往往行走著的都是女人，這讓他很不適應。

燃燒尾狐倒是很能理解九夜的心情。他遇到雲千千和九夜之前，一個人在這個隱藏種族裡升級的時候，

同樣也有種不自在的感覺。

這種感覺具體可參考一柔弱少女孤身落到一群男人們中間生活時的惶恐心情……

當然了，白雪公主那樣子的天然呆例外。那女人和七個男人同居那麼久都沒有什麼不適的感覺，完全

可以堪稱是極品了。這樣子的女人如果不是生活作風本身就不檢點，那就是傻到無藥可救……一般這樣子

天真的人，已經是根本不適合在地球這種狼行天下的世界中生存了。以雲千千個人的觀點建議，她們還是

比較適合回到火星去，那裡安全。

「快看，那男人長得不錯。」

「嗯……確實，還是和燃燒尾狐一起來的。是想加入我們族的新人嗎？」

「看起來不像……可惜了，是個冒險者，不然的話我真想娶他。」

「是啊……唉，暴殄天物。」

雲千千一臉古怪的表情，瞅瞅九夜不怎麼好看的臉色，強忍下自己想笑的欲望——香蕉的，自己總算

是見識了，九哥的美色的影響力還真是無遠弗屆，連NPC都動心了……佩服佩服。

「咳。」燃燒尾狐這會連繼續為自己秘密曝光的事情而憂傷的心情都沒有了，尷尬的乾咳一聲，左顧

右盼的轉移話題，試圖引開九夜的注意力：「呃，你們要找修羅族長老是吧？那就跟我一起去找人問問？」

九夜還沒來得及回答，旁邊已經走上來一個大方主動或者說色膽包天的NPC。

此女笑看九夜曰：「你們要找修羅族長老？」

「……」九夜悶了悶，轉頭對旁邊已經憋笑憋得快不行的雲千千一皺眉，「妳來。」

憑毛老娘要幫你打發桃花啊？雲千千不滿，瞪了九夜一眼。

不過還不用她說話，那女NPC已經惋惜嘆氣道：「原來是有女人的。」她嘆息完，抬頭再看雲千千，倒也大方，笑笑有風度道：「對不起，大姐，不知道這男人是妳的，妳真有豔福……」

「……」雲千千滿臉漲紅、死死的緊抿住嘴唇，憋得淚光閃閃的狠狠別過頭去，肩膀顫抖得更加厲害——豔福、豔福、豔……

九夜臉色鐵青，一聲不吭的抽出匕首來，眼神危險。

這位是頭一次接觸到失落一族的NPC，在此之前完全沒有經驗和準備，冷不防的遇到這麼一群剽悍的女人，確實是很挑戰這位九哥的心理忍耐極限。

「九哥，別衝動啊！」燃燒尾狐知道要糟了，連忙一把抱住九夜的小蠻腰，生怕此人在這裡暴走。而一旁的女NPC還猶不知道自己說錯了什麼，一臉的茫然，不怕死的又驚嘆了一句：「性子好烈的小美人……」

「……」小美人、小美人、小美……雲千千死死的捂嘴，抖得跟觸電了似的埋頭不語。

「九夜、蜜桃，還有那個狐狸……你們都來了啊？」就在九夜即將暴走前的千鈞一髮之際，零零妖天籟般的聲音終於及時響起。

幾人轉頭一看，正好看到此妖一身鮮紅，如眾星捧月般被一群女子簇擁著走來。

如果要是換作平時看到這樣的場景，幾人說不定還要感慨下零零妖的桃花運真不錯，有那麼多女人圍在身邊，這豔福可不是一般的……可在知道失落一族的變異男女尊卑觀念之後，再看到這情景，雲千千心裡的感受就完全不一樣了，感覺對方現在就跟交際花一類的存在差不多。

「長老在哪？」見到自己同事，九夜心情總算平復了一些。也或許是他不想在認識的人面前失態，於

是收起匕首，冷冷的甩出了這麼一句。

零零妖看了看身後的那群女人，轉回頭來無奈攤手，「修羅族長老現在被她們抓去了……他把擅闖禁地的罪名一個人全擔了下來。」

「咦？掌星老太太都不救自己的男人了嗎？好歹那也是她媳婦。」雲千千插嘴。

零零妖翻個白眼，不想理她。

可是他不理，有人理。

後面跟來的那群 NPC 中走出一個老太太，正是最開始在禁地時大家碰到過的失落一族長老：「我們失落一族的規矩，怎麼是能為了一己之私就破壞的？」

「……古板。」雲千千回頭再問零零妖：「長老的事情先放著。彼岸毒草他們呢？」

長老被抓了不在可以理解，可彼岸毒草這麼一大群人為毛也不在？

112・被放的長老

聽到雲千千的詢問，零零妖臉上的表情是複雜的。他嘴角狠狠的抽搐了幾下，眼神可疑的飄忽了一下，聲音小得幾乎快讓人聽不到：「彼岸毒草他們……被充作侍男了。」

「……」雲千千感覺自己眼皮子跳了跳，有些受刺激的愕然。「你說啥？」

零零妖乾咳兩聲，難以啟齒的尷尬了一下，接著才聲如蚊吶般小聲哼唧：「失落一族的人要追究他們擅自闖入禁地的事情，他們一著急，想著這裡都是群女人好欺負，於是就狗急跳……呃，就想殺出去，結果沒想到系統居然刷新了追捕士兵出來……」

「那你為啥沒事？」雲千千看漢奸般看零零妖，一臉正義人士的氣憤填膺狀。

也不怪人家女孩多想，主要是其他人都被抓了，連帶長老這 NPC 都沒能倖免，結果就唯獨零零妖一人沒事。不僅沒事，人家還風光無限，身邊鶯鶯燕燕一堆……好吧，雖然說有些燕子老了那麼點，但總之人家受到的那友好待遇就跟其他人的淒慘景況完全天差地別啊。

這麼明顯的差別待遇，要說零零妖和失落一族的 NPC 之間沒什麼牽扯，雲千千首先第一個不相信——憑毛大家都落馬了，就單剩下他沒事!?

零零妖要說也是察言觀色的高手呢，一看雲千千那表情，立刻就猜到了對方那點小心思，當場一臉受到人格侮辱的氣憤凜然狀：「想什麼呢妳!?」

「你猜我想什麼呢？」雲千千反問。

「我……」猜什麼猜！零零妖一句粗口險些暴出，忍了又忍才終於忍下。

他深呼吸一口氣，鎮定下情緒後道：「我屬於願意配合的守法良民，失落一族的人看我表現良好，再加上已經抓了不少皇朝的人了，所以就象徵性的訓斥了我幾句，把我給放了。」這就叫好人有好報，自己不違法亂紀，所以才能得到寬大處理……

「靠！原來你這麼沒膽色，看到人家被抓了就萎靡，還連屁都不敢放一個？」雲千千倒吸口涼氣，對零零妖鄙視萬分。

「……」零零妖青筋暴跳，太陽穴上一突一突的，牙齒也磨得吱嘎亂響，氣得連話都說不出來。在這心中萬馬奔騰、激情澎湃的時刻，萬語千言只在他腦海中匯成了一句話——去你祖母的！

因為長老被抓起來了的關係，雲千千一行人不得不在失落一族中稍微停留一下，想辦法把這老頭子辦個保釋外出什麼的。

至於彼岸毒草等人，她倒是沒打算去管，反正那群都是玩家，受的懲罰最嚴厲也不過是掉個幾級，沒有生命危險的，就當是體驗生活好了。再說人家還是侍男，搞不好被哪個老婆娘看中，把她伺候得舒服了，

再傳他們個一招半式的，回頭就能出去掛牌，咳……掛旗擺算命攤了。

雲千千邊壞笑琢磨著邊跟燃燒尾狐打聽，先弄清楚失落一族裡哪個是負責管事的。

失落一族的居住地最中心，一個碩大的帳篷很顯眼的佇立在那裡，內中大約可容幾十人寬鬆的坐著，沒準還能擺個小酒會什麼的，這就是失落一族族長專用的私宅。

「老頭子，好久不見。」雲千千一掀帳篷門簾，進去後也不客套一下，笑嘻嘻的直接抬手向坐在帳篷裡的一個老頭打招呼。

失落一族族長與雲千千身後的幾個玩家一起默了默。

燃燒尾狐擦了擦汗，突然感覺全身發冷，有種心跳過速的感覺——自己帶這水果來見族長是不是個錯誤？這女人連基本的禮貌都沒有，族長該不會生氣吧？如果要真那樣的話，自己這引見的可就是直接責任人……

「……又是妳。」燃燒尾狐還沒往更陰暗、更可怕的方向想去前，失落一族族長終於出聲了，還有些鬼祟。他左右看了看，把其他NPC打發出去之後才壓低聲音，小心翼翼的問道：「妳來做什麼？」

「放心，我不是來檢舉你接私活幫我算命的事情的。」雲千千齜開一口小白牙衝人家燦爛一笑，自顧自找了個位置坐下，壓根沒打算和人客氣。

「……」燃燒尾狐又默，無語一會後打開隊伍頻道開口，真誠求分享：「二位，你們誰知道現在這是個什麼情況？」

「我個人的看法，好像是你們族的老頭和她有私情？」零零妖猶猶豫豫，也有些不明白那女孩是什麼時候和人家勾搭上的。

九夜瞥了這兩個無聊人士一眼，沒打算加入討論，繼續把注意力轉回了另外一邊。

那邊的失落一族族長一聽說雲千千不是來找自己補開發票的，頓時鬆了一口氣。知道自己的小金庫私房錢保住了，不會被檢舉揭發之後，老頭子的心情當場也就好了起來，坐直身子，一把一把的捋鬍子，一副仙風道骨、世外高人的裝神秘樣子，清了清嗓子後淡定道：「不知道幾位到我們失落一族來，到底是有什麼事情啊？」

雲千千呵呵一笑，「族長不是早知道我是修羅族的人了嗎？而你們前不久才扣留下了我們族的長老。既然如此，族長應該能想得到我是為了帶長老離開才來的了吧……」

「這不行。」失落一族族長不等聽完下面的話，當即嚴詞拒絕：「國有國法、族有族規，每個種族的禁地都是不可輕易褻瀆的神聖之地，怎麼能容人隨意進出而不讓他們付出應付的代價？」

「……我們交贖金？」她回頭再從修羅族公款上要回雙倍的錢，不肯給，自己就綁架長老，讓那老頭幫自己做苦力刷怪還債。

失落一族族長心動了一下，但是很快又收回蕩漾的春心，痛苦搖頭哽咽道：「不、這是不行的。」

「我們付高額贖金？」雲千千一咬牙，再加贖金——香蕉的！反正羊毛出在羊身上，自己先墊著，回頭一定能賺回來。

「……妳不要逼我。」失落一族族長咬牙從牙縫中擠出這麼幾個字來，看起來像是在做生死抉擇。

「……」雲千千默了默，和藹可親笑曰：「你也不要逼我。其實最近外面正在提倡消費時記得要發票的觀念，要知道逃稅、漏稅對國家來說可不是好事，對部族好像也不是好事……」

失落一族族長淚流滿面，委屈控訴：「妳說了妳不是來補發票的。」

「沒辦法，我事情沒辦成，心情就不好。心情一不好，當然就想找人發洩一下。」

「那妳到底想怎麼樣啊!?」

「你說捏？」

「……」

十分鐘後，雲千千一行人就拿到了由失落一族族長親發的提釋長老的手令，大大刺刺的去牢房提人去了。而她身後跟著的幾個大男人還一副恍在夢中的迷茫朦朧樣子，顯然是一下子無法接受這樣的事實。

雲千千一切順利的從牢裡把長老提了出來之後，掌星老太太接到消息第一時間趕到，本想掙扎一番，不准人將自己老公帶走的，無奈她許可權太低。

雖然說失落一族族長在族裡大部分是作為精神象徵而存在，但人家偶爾發個命令下來，大家還是不得不給個面子的。再說，從牢裡放個人確實不算什麼大事……

於是，在掌星老太太不甘、不捨外加不爽的眼神中，雲千千隊伍中順利添員了一個隨行 NPC——修羅族長老。一行人就這麼暢通無阻的離開了失落一族。

「我覺得，我以後肯定會被報復的。」走出部族後，燃燒尾狐戰戰兢兢，對未來的生活提出了擔憂的假設。

「不會，要是有什麼問題就去找你們族長。」雲千千安慰燃燒尾狐：「見到他後，你就說你是幫我去收發票的就行了。」

一提起這個話題，燃燒尾狐立刻想起了差點被自己遺忘的問題：「我們族長到底欠妳什麼了？為毛一

難。

「這件事情追究起來就複雜了，以你的智商很難理解。」懶惰得不願花時間說明往事的雲千千十分為

說發票他就萎靡？」

燃燒尾狐無語，默然比出中指表達自己不滿的情緒。

雲千千不理他，回頭對那個出了失落一族後就一直在頻頻向身後張望的長老說話：「長老，祭司讓我把您和其他族人找回去。您自己能找到路吧？我們現在就要去找其他人，您有沒有問題？」

「……沒有問題。」長老又向身後張望了下，戀戀不捨的回頭答道。

「……」雲千千也往身後看了看失落一族的方向，轉回頭來無奈嘆息：「長老，雖然我很不想對您的人格提出懷疑，但您應該不會是想等我們走了之後再重新回失落一族去，隨便找個什麼大丈夫光明磊落的狗屁藉口讓她們將您抓起來，明為坐牢，實為和老婆團聚的演場悲情劇給我們看吧？」

「……」長老的嘴角狠狠的抽搐著、抽搐著，一言不發，久久的答不出話來──香蕉的！這歹毒的水果原來竟是這麼眼光銳利、一針見血的人物嗎？

終於把被失落一族強搶的老男人打發回修羅族後，雲千千也總算能繼續接下來的行程，去找那幫修羅族中出去長征的NPC們。而要去尋人，這行當自然得要燃燒尾狐出馬。人家的專職就是算命的，在這種毫無頭緒的時候，就得靠他來算出修羅族人現在大概會在的方位……

別指望著雲千千會乖乖的在從修羅族去亡靈族的路上一路找過去，那種費心費時的事情，明顯就不是她這種不喜歡腳踏實地的女孩能幹得出來的。

想算隱藏種族的NPC可不是簡單的事情，這屬於高許可權。就燃燒尾狐現在這占卜水準，硬是捏著兩枚小銅板使勁搓搓了十多分鐘才終於技能成功一次。

系統提示曰：請輸入要查找的NPC名稱。

燃燒尾狐大喜過望，毫不猶豫的輸入修羅族族人。

系統沉默三秒，毫不猶豫當機……香蕉的！大陸和修羅界裡的那群修羅族人加起來沒有一萬也有八

千，老子上哪替你查去？

這就好比你去某地方找人，守衛和藹可親問：「你找誰？」

你答曰：「找人……」

燃燒尾狐被系統的無作為反應弄得迷糊了一會，不過還好他畢竟也算是有經驗人上，很快明白自己給出的模糊查找範圍實在是太大了，系統也實在是沒辦法給出反應，於是只好無奈回頭問道：「你們修羅族有誰啊？」

「有誰？」這問題是個什麼意思？雲千千迷惑的抓頭，皺眉糾結半晌後掰指頭遲疑著數了起來，「有族長、長老、祭司、職業導師……」

「等等、等等……」燃燒尾狐連忙阻止對方繼續數下去，想想後換了個更準確些的問法：「我的意思是，你們族裡有名字的 NPC 妳認識幾個？」

「凱魯爾！」這回想都不用想了，雲千千斬釘截鐵的給出唯一選項，順便比出大拇指往自己身邊新上任的隨從 NPC 一指……旁邊的凱魯爾應聲挺了挺胸脯，無意的炫耀了一把自己結實的小肌肉。

「……還有呢？」

「沒有了！」依舊是那麼毫不猶豫的堅定語氣。

燃燒尾狐吐口血道：「妳讓我算人家的位置，好歹總得給我個名字吧？不然我算個屁啊！系統根本都不搭理我。」

雲千千這才恍然大悟，轉頭捅捅凱魯爾，「小凱，我們族出發去亡靈一族的有哪些人？隨便給幾個名字出來。」

凱魯爾認真想了想，為難道：「我不知道有誰。」

「你可是修羅族的人，在那裡都生活那麼久了，難道就連認識的人都沒有？」雲千千驚訝。

凱魯爾一聽，連忙解釋：「但是也不是所有族人都去亡靈一族了……有部分老弱病殘被安排去後山躲起來了，那個地方離這裡不遠。等事情一完，長老或祭司就會去把他們接回來。去了亡靈一族的都是精兵，我也不能確定那些人中有誰或是沒有誰啊。」

「咦？不是說所有修羅族人都去亡靈一族了嗎？既然有躲的地方，為毛我不知道？」

「……這主要是長老他們規定的。他說妳要是知道有這個地方的話，肯定就不會用心抵抗亡靈一族了。他還說妳就是屬驢子的，不打妳就不幹活。再說我們族人死一個算一個，你們冒險者無所謂，長老說這種送死的時候就得要你們去……」這話說出來真讓人不好意思，厚道的凱魯爾臉紅得不行，連連擦汗，聲音小得跟蚊子似的。

九夜淡定依舊，對自己被算計的事情並沒有什麼發表感想的意思。

雲千千咬牙切齒的撓牆，萬萬沒想到這其中居然還有這麼一個隱情。

悲憤了一會後，想著反正事情已經過去了，這姑奶奶才終於慢慢平復下情緒，還是把注意力重新拉回到目前急需解決的事情上來，乾咳聲道：「總而言之，現在情況你也看到了，失落一族有冒險者願意幫我們的忙，讓我們更快的找到族人。而此時的問題就是，他需要知道那些去了亡靈一族的族人的名字……你就把我們族裡那些你認為不屬於老弱病殘的人的名字隨便說兩個出來吧，我們多試試，總能猜中一兩個的。」

凱魯爾認真為難了好半天，傷心抬頭，「可是在這個大陸上的修羅族人中，我覺得除了我和長老以外，

其他人都屬於老弱病殘這個範圍啊……」

「……」這是多麼絕對的強大，或者說多麼強大的自戀啊！

既然凱魯爾靠不住了，雲千千還是只有掉頭重新回修羅族去，找長老要名單，好提供給燃燒尾狐占卜。

雲千千剛一跨進修羅族中，還沒來得及見到長老，果然就看到族中已經回歸了不少族人，想必大概就是凱魯爾口中那些躲在後山的族人被接回來了。

長老看見雲千千一行人去而復返，當場撞破這批族人回歸，說實在的他還真是有點小尷尬。不過人家的老臉畢竟是練出來的，他很快就又恢復了鎮定，清清嗓子問道：「你們找我又有什麼事嗎？」

「把你們派去亡靈族的族人名單給我一份，我們要算算他們現在的位置。」雲千千沒什麼好氣的手一伸，也懶得跟這喜歡利用人的老不死客套了。

長老理虧心虛，咬牙無視對方的不敬，一聲不吭的掏出本小冊子就遞了出去，十分配合。

雲千千接過小冊子，也是一言不發的轉身就走，對自己被設計去密林孤身抵擋亡靈大軍的事情提都不提一句。眼看著她快要走出門口了，長老剛剛鬆下一口氣來，這女孩突然轉身。

「對了，關於這次活動的事情，等我回來的時候再來慢慢和您討論下……相信長老應該還記得凱魯爾現在是我隨從吧？聽說只要我不解約，他這輩子就沒辦法恢復自由身了？」

「……」妳祖母的，這是挾持人質的意思嗎？

丟下兩眼似要噴火的長老，雲千千這回才是終於真正的離開，小曲哼著，似乎心情十分之愉快……

「您有一封郵件，請注意查收。」

剛糾集起在外面等待的九夜等人，還不等出發，雲千千就收到系統資訊。

創世紀裡寫信的人很少，一般大家有什麼事要說的話，都是直接一個訊息飛出去就行了。有通訊器在呢，而且還支援語音，誰耐煩專門找個信箱去寫信、寄信啊？

一般會使用郵件功能的，只有那些沒有互加好友的人士。比如說雲千千最開始幫混沌粉絲湯發新聞曝料的時候就是這麼幹的。不過自從兩人一拍即合、勾搭成姦之後，雲千千再要聯繫對方就可以透過通訊器完成了，郵件功能再次被冷落，已經是幾乎被遺忘的一個雞肋功能。

自己好友應該沒人特意去寫信，那麼意思就是說，這是不屬於自己好友名單上的人發來的？難道是情書？

雲千千狐疑的找到修羅族中的郵差NPC，從對方手中領了一封信，一看，居然是小雲美眉發來的。大致意思就是說有事相商，約她一小時後在X城X街X巷恭候大駕，最後末尾還接了個不見不散。

這什麼意思？發封信來叫她去她就得過去？這年頭連叫個小姐都有出場費呢，自己好說也是高手榜排名第六的，這人也太不給自己面子了吧？

雲千千生氣，把信一丟，扭頭就喊：「走了走了，你們幹嘛呢？磨磨蹭蹭的浪費我時間！」

「大姐，我也要收個信件好不好。」燃燒尾狐無奈抬頭，從郵差手裡接過一大疊書信。

「誰，這麼多？」雲千千倒吸口涼氣，感覺有點受刺激。為毛自己只有薄薄一封，對方卻有這麼多啊？因為好友可以用通訊聯絡的關係，所以郵件的多少也可以說是變相代表了一個人在遊戲中的知名度。

想想，有那麼多不認識的玩家通過郵件來找你，這是何等旺盛的人氣啊。這就跟經常有人寫信給明星們一

樣，你要不是名人的話，誰稀得搭理你？

「前陣子有個工作室找我，讓我在他們那裡兼職打工，只要玩家有什麼想占卜的情報，他們就會把業務單記錄下來再發給我，看我想不想接這生意……」燃燒尾狐解釋。

雲千千想想就明白了。燃燒尾狐這屬於稀有人才，會占卜人或物的技能，這全創世紀可就他獨一份的。比如說自己這會就要靠他占卜修羅族人一樣，其他玩家有時也會有些任務需要燃燒尾狐出手幫忙……會有工作室注意到這個人才並找上他，雲千千還真是不奇怪。只是前世的時候沒想到過這方面上。

「混得不錯啊，改天記得請我客。」雲千千拍拍燃燒尾狐的肩，半羨慕的含酸恭喜道。

等她心理不平衡的回頭，正要把九夜拉到一邊去的時候，卻抓狂的看到對方淡定的從郵差那裡取出更厚一疊信……

隱藏種族，就是那麼風騷。

身為隱藏種族再兼高手榜第一人的九夜，如果要是沒有人發信給他的話，那才真是件奇怪的事情了。不管是想擴大實力的傭兵團，還是遇上打不過的關卡而想僱傭高手幫忙的玩家，更甚至有些單純是想認識個高手來炫耀，幫自己長面子的。

總而言之，九夜就是現在創世紀裡名頭最響的風雲人物，雖然大家未見其人，但久聞其名，早已經是心嚮往之了。

只大概的想了想，雲千千也就很快想通了這其中的彎彎繞繞，明白了為毛這兩個人會有那麼高的人氣和知名度。可是唯一讓她不解的是，自己好歹也是高手榜上有名有號的人物，能在全國玩家中排上第六，這已經是很了不起的成就了，也不想想是從那麼好幾億人中脫穎而出的呢，這可比什麼全市文理科狀元的都風騷多了。

再說了，就單說自己那情報掌握力，比同期玩家領先了足足兩年的優勢，怎麼也該是被人趨之若鶩才對啊！一葉知秋和龍騰那些對人自己的拉攏就是最好的證明……可為毛？為毛九夜和狐狸混得風生水起了，自己卻只有薄薄信紙一小張，還是個關係並不怎麼友好的女人發的？

雲千千就這個問題詢問了正在看信並篩選回覆的在場二人。

九夜抬頭掃她一眼，又埋下頭去，一聲不吭的繼續抓著信紙一目十行的飛速流覽，確定沒有什麼值得留意的內容後再順便打包，又丟回郵差手裡轉寄給無常……人家才是專職負責情報篩選整理的，既然有免費的勞力用，自己何必那麼勞神費時？

燃燒尾狐倒是比較厚道，把信件往空間袋裡一塞，看著雲千千有些猶豫的開口安慰：「其實呢，有多少人聯繫妳並不重要。在這世上的芸芸眾生中，真正懂妳的不過那麼寥寥數人而已。人與人之間靠的是緣分，是那……」

「……你再敢打這種文藝腔來噁心人，信不信我翻臉？」雲千千抬手隔空搧過去兩耳光。一看就知道這小子是知道理由的，而且那理由一定挺難以啟齒，不然他才不會這麼故意扯開話題。

「……」燃燒尾狐惆悵了一下，許久後方才哀怨道：「蜜桃，難道妳真不知道自己在外面是個什麼樣的名聲嗎？」

「……」明白了。

等三人都處理完自己的事情之後，雲千千把從長老那裡得到的名單拿出來交給燃燒尾狐。這回的占卜總算有了成效，修羅族人目前的座標行程不一會就被算了出來。

雖說玩家經常被系統設計的各種圈套無恥算計，也經常被猶如開了BUG般的多職業NPC們凌虐，但是身為玩家，畢竟還是會有些NPC們所沒有的優勢。比如說能使用傳送陣跨地圖移動……

三塊定位在主城的回城石，再加傳送陣，最後跑路……不過十分鐘的時間，雲千千一行人已經順利出現在燃燒尾狐計算的座標附近。而凱魯爾目前身為雲千千的隨從，性質基本上等同於玩家寵物一類的附屬NPC，所以自然而然也占了把傳送的便宜，跟著一起到達。

當然了，等雲千千等人到的時候，人家修羅族大部隊已經又移動了一段距離，此時已經沒在原處了。

燃燒尾狐本想再二次計算對方座標，可惜銅板還沒掏出來就被雲千千無情鄙視之。

要知道，占卜隱藏種族行蹤的成功率可是很低的，等他再搓出個蛛絲馬跡的出來，人家不知道就移動到哪裡了。再說自己等人又不是不知道修羅族的移動方向，了不起也就是相差十分鐘的路程，自己等人往正確方向猛追一截就是，還算個屁啊？

於是雲千千一人拍板定案，其餘人等或者是意見被駁回，或者是乾脆就懶得有意見。一行人開拔加速行進，往亡靈一族的聚居地方向一路狂追。

剛追一分鐘，燃燒尾狐低頭接了個通訊，接著突然一個急剎車停下，臉色古怪，「我能不能請個假？」

「請產假還是生理假？」雲千千煩躁。這麼緊張的時候請假？這人不會是故意來給自己搗亂的吧？

於是燃燒尾狐臉色瞬間變得更加古怪，「……不是產……咳，有朋友被PK了，現在拉人幫忙。」

「PK？」雲千千瞪大眼睛，倒吸口涼氣，「這麼危險的活動你也參加？我們可是遵紀守法的良好公民，不能摻和這樣子的打架鬥毆活動好不好？」

「……」在遊戲裡嚷嚷說不參與打架，妳以為妳玩的是勁舞團呢？

深覺扯遠的燃燒尾狐為難了下，「其實以我本人的觀點來說，其實我也是真不想去……問題這是一葉會長喊的。我們公會現在似乎和人起衝突了，喊讓線上的都過去呢。」

群P一向是遊戲的特色之一。但凡是玩過遊戲的，但凡是有 PK 功能的，就沒見哪個遊戲沒發生群P過。像一葉知秋手下的落盡繁華現在的規模，站在風口浪尖上也是正常的，就算人家不惹他，也免不了自己公會裡偶爾會出現一兩個狗仗人勢的，自以為是大公會成員了，就去欺負欺負下小號。

畢竟一個勢力組織裡的人多了之後，良莠不齊是肯定的。要說整個公會都抱成團，誓死效忠一葉知秋，還令行禁止，還友善恭愛，還……真要有那麼範本式的團體，估計得是小說裡才會出現的橋段。

聽到燃燒尾狐說的這理由，雲千千倒是沒感覺太意外，反而還有些驚訝，感覺這種事情出現得太晚了些。前面的時候倒是一直沒覺得，現在聽燃燒尾狐這麼一說，她才剛剛想起來創世紀中還有這麼一項團體特色娛樂活動——群P耶！自己怎麼就沒趕上？

「你們公會跟誰P啊？」雲千千好奇了一下。

燃燒尾狐打開通訊器，嗯嗯啊啊的和那邊又交流了一會後才抬頭，答道：「聽說是跟龍騰……」

「哦。」意料之中，這兩個是死對頭了。

雲千千點點頭，滿足好奇心後就略過了此事，像沒事人一樣招招手，「知道了，我們走吧。」她說完，轉身就要繼續趕路。

燃燒尾狐抓狂撓牆，「大姐，妳沒聽我剛才說話？我說我得過去。」

「你過去能做啥？」雲千千轉身反問求分享。

「……」

「而且你現在才過去，到了之後和誰組隊？一葉知秋和無常幾個早應該組一起了吧，難道你打算單挑龍騰的人？」

「……」

「再再而且，現在活動已經結束了，修羅族停止開放，玩家現在都是出得來，進不去。沒有我和九哥在，你打算怎麼進我們修羅族的密林？」

「……」

雲千千嘆口氣，拍拍燃燒尾狐的肩膀，最後總結道：「反正你剛才也說了其實不想去，乾脆就說你其實是被我強行綁架了吧。反正本蜜桃債多了不愁，名聲於我就如那天邊的浮雲……」

燃燒尾狐感動得淚光閃閃，哽咽抹眼，「蜜桃，妳真是個好人。」

得，被發好人卡一張。

燃燒尾狐的事情剛解決，還沒等動身，九夜也低頭了。他抓起通訊器看了看，接通，沉默聽完，沉默收線，再抬頭，頂著其他幾人疑問的視線想了想，抬眼對雲千千淡定曰：「一葉知秋以會長和僱主的身分下任務給我，出100金讓英勇的我從窮凶極惡的妳手中救出燃燒尾狐並將其帶回。公會裡需要他去占卜龍騰在群P中的躲藏方位，好安排遠端職業集中轟炸……」

「操！好歹毒的男人！」雲千千忿然咬牙，「九哥，就跟他說你也被我綁架了！」

九夜瞥了雲千千一眼，沒說話。

倒是燃燒尾狐擦把汗，厚道的開口：「蜜桃，九夜是高手榜第一，妳才第六……而且他還能獨力頂住四個駐地BOSS半小時。妳說妳綁架他？那也得有人信好不好？」

這明擺著就是瞧不起自己。雲千千皺眉，但終於還是沒好意思厚著臉皮說自己武力值比九夜強悍，想想後又道：「那九哥，你就回他，說你正在努力的搏鬥並想解救人質，沒想到歹徒太過聰明靈活……」

「這個行！蜜桃的狡猾陰險是公認的，一葉知秋肯定能信。」燃燒尾狐點頭附和。

雲千千瞪他一眼，對其擅自改動關鍵字的行為表示了不滿和譴責。

打發了一葉知秋，雲千千等人終於可以再次動身了。可是還沒等這幾人抬腳，這回是凱魯爾又停了下來。

雲千千終於生氣：「你千萬別告訴我說你也收到通訊了啊！」

凱魯爾愣愣的看著幾人身後的位置，沒有說話。過了好一會後，他才終於回過神來，臉色古怪的看了眼燃燒尾狐，再看了眼雲千千，抬臂一指幾人剛才跑來的方向，「我們的族人……在這裡。」

115・香

雲千千很傷心，她覺得自己受到了莫大的欺騙。

明明聽說修羅族在往亡靈族的方向趕，可是為毛等自己等人匆忙到達燃燒尾狐占卜出的座標再追趕之後，卻會突然發現那幫 NPC 是從自己身後走過的那條路上走了出來？

雲千千鄙視的瞥了燃燒尾狐一眼，後者連忙抹汗辯解：「這可不關我的事，占卜得出的位置本來就是說那座標『左右』，我們趕過來都已經又花了十分鐘時間了，我哪曉得這群 NPC 居然還沒跨越座標？」

「……」

所謂「左右」的偏差越大，實際上也就代表了占卜的準確率是越低。

雲千千嘴角抽了抽，想了好久才憋出個問題：「你技能熟練度到底多少？」

「……天地人三算，我是人算初級。」饒是燃燒尾狐這樣的堂堂男子也禁不住汗顏靦腆了一下，然後想想又連忙補充了句：「不過我已經到了第四層境界了，再有五層就可以到人算中級。」言語之間，似

乎還隱藏著一絲自得。

「……」原來是尼瑪最低級的菜鳥一枚。雲千千深深的嘆息著，搖頭著，一副痛心疾首的表情，「這就是平常不注意勤加練習的後果。小狐同學啊，組織上級對你很失望你知道嗎？」

「又不是我想這樣的。」燃燒尾狐委屈了一下。

「蜜……大人。」剛想直呼其名，凱魯爾就想起了自己的隨從身分。以前他身為任務發放人和職業導師之一，對雲千千呼來喝去自然是毫無壓力；可是現在形勢下已經是今非昔比了，只好改口恭敬的使用尊稱。

這其中的落差可不是一般的大，所以說愛情這玩意可怕就在這裡。古往今來不論男女，一般栽都是栽在這上面。

「蜜大人？」雲千千三人都汗了一下。雲千千連忙舉手應著，生怕這NPC繼續拿這稱呼噁心自己。「在呢在呢，有事您說話。」

「我覺得我們是不是應該把注意力轉回來？」凱魯爾無奈的再次指點了一下修羅族人的方向，提醒大家這才是現在該著重專注的。

這麼會工夫裡，修羅族的人也早就發現凱魯爾一行人了。

這支長途遷徙的大部隊在看到自己的族人後，免不了的微微滯了一下，緊接著，當先似乎是領頭的那人不敢耽擱的匆匆迎了上來，一臉憂心忡忡的問凱魯爾：「你怎麼在這裡？」

身為留守並兼發布駐守修羅族任務的戰士，凱魯爾此時的出現確實讓人很意外也很不安。他居然跑到了這裡，那麼修羅族現在怎麼樣了？該不會……想到那個不大美妙的猜測，上前問話的領隊都忍不住被駭

得倒吸了一口涼氣。

凱魯爾張張口，還沒來得及回答，領隊突然又發現了一件更驚悚的事情，毫不掩飾的失聲尖叫：「你為什麼會變成了這個……呃，的隨從？」

「喂！呃是什麼意思啊呃？」雲千千不高興，她總覺得那個可疑的停頓之間似乎隱含了什麼不大友好的形容詞。

「……其實也沒什麼意思。」領隊投鼠忌器，看在凱魯爾的面子上，現在倒也不敢太刺激雲千千。

「說正事，正事。」凱魯爾乾咳兩聲，半是尷尬、半是鬱悶的提醒……香蕉的！除了自己以外，這些人說話時還能有不歪樓的時候嗎？

雙方終於恍然，於是商談總算是進入正軌。很快的，修羅族的遷徙大部隊就知道了凱魯爾和雲千千幾人會出現在這裡的原因；而知道修羅族現在已經平安無事之後，大家自然都是歡呼雀躍，非常興奮的。同時，眾人還對九夜秒殺瑟琳娜的英勇事蹟表示了瞻仰和崇敬。如果不是他神出鬼沒的突然出現在亡靈大軍的後方，打斷魔法陣刻畫並秒殺瑟琳娜的話，這次的事件也就不可能是這樣的展開了。

九夜再次成為英雄，雲千千則再次被遺忘到不知道哪個角落裡去了。

相聚完後，遷徙大部隊滿意的準備拔營回族。一看人要走，雲千千這才趕快從角落裡鑽出來，從人群中抓出法術導師，連忙開口留人：「您可不能走啊！我還要兌換技能。您看反正回去也是給，在這也是給，您將就著現在幫我把積分兌換了唄？」

「這……不大合規矩吧？」法術導師有些為難。

功能 NPC 一般都是固定在某片地圖內起效的，他現在會出現在這裡，完全是活動的劇情所致。這時

不在自己的職守地圖之內，亂發放獎勵會不會有點不大好？

「別管規矩不規矩的了。你總不能讓我們再傳送穿越回修羅族去，然後等你們過個幾天長途跋涉的走回去再給我兌換技能吧？」雲千千抓狂。

法術導師猶豫的看了看都停在原地等自己的一堆夥伴，再看看雲千千，也覺得真是這樣的話就確實是太折騰人了。可問題是，功能 NPC 不在自己的職責地圖內，擅自發放獎勵或是實現功能，這都是屬於違規的行為，完全可以看做是跨區域非法競爭。

「主要是我現在也沒有技能書。」想了想，法術導師只能來這麼個緩兵之計了。

「一本都沒？」雲千千絕望。

「沒，都在族裡放著呢。」法術導師一咬牙，扯謊也不在乎多編幾句了。

「那麼其他……」雲千千剛把視線轉到另外兩個平常負責發放活動獎勵的 NPC 身上，那二位也趕緊跟著搖頭。

「沒有沒有，我們的獎勵也都是放族裡的，平常都在抽屜裡鎖著，不愛帶身上。」

「操！早知道族裡有那麼多東西，老娘出來前應該先掃蕩一遍的！」雲千千捶胸頓足，悔不當初。

其他人擦把冷汗，決定還是當成什麼都沒聽到。

修羅族的人終於離開，雲千千也就帶著凱魯爾回城了。

九夜和燃燒尾狐先行回修羅族去參加落盡繁華和龍騰九霄的群P活動，至於去搜尋魔族商人的事情，等到修羅族的遷徙部隊回到了族裡，雲千千也回去一趟，兌換過技能後再說吧。要知道，純 NPC 的隊伍可是只能靠兩隻腳走的，想來這中間的路程起碼又要耗上一兩天的時間。

活動的熱潮已經消失得差不多了，再加上密林那邊現在正在打群架，普通玩家們自然也是有多遠就避多遠，免得被人誤傷。

此次活動的交流高峰已經結束了，現在不是一個適合大家聚在一起繼續聊天打屁的時候，還是在主城裡安全些啊。

《禍亂創世紀04》完

敬請期待更精采的《禍亂創世紀05》

一份謎樣的遺書，兩個命運相依的少年，三起連續殺人案……

華人新星作者 邪貓靈

＋新銳畫者 Lyoko

聯手打造讓人**驚聲奸笑**的神祕都市傳說──

當天兵又路痴的衝動少年，
遇上優雅卻冷漠的貓男偵探，
急驚風與慢郎中的相遇相激，
結果會是……？！

魔人血祭大典
5月8日正式開幕
歡迎您的蒞臨

※不思議特報※
小編準備了**精美好禮**相送，活動辦法請持續鎖定官網、FB、噗浪上的消息哦！

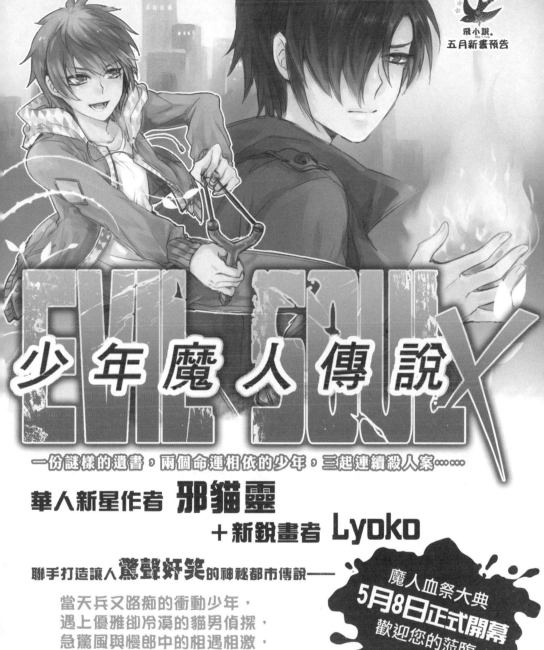

輕小說小天后 林佩
特色系新銳繪師 牛魚
ANTENNA
聯手打造全新鉅作!!
咒事顧問
腹黑抓鬼顧問 VS 熱血單蠢刑警
當正直一直線的警犬遇上堪比修羅還可怕的妖孽道長——
且看最恐怖(？)、最驚天地泣鬼神的抓鬼實錄！
第七集完結篇即將上市，敬請期待！
Ⅰ～Ⅵ全國各大書店、租書店、網路書店持續熱賣中。
不思議工作室_
立即搜尋
典藏閣
采舍國際
www.silkbook.com
版權所有© Copyright 2013
華文聯合出版平台 www.book4u.com.tw

飛小說系列050

禍亂創世紀04

Love story 其實是一把辛酸淚

出版者■典藏閣
作　者■凌舞水袖　繪　者■lemonlait
總編輯■歐綾纖
製作團隊■不思議工作室
郵撥帳號■50017206 采舍國際有限公司（郵撥購買，請另付一成郵資）
台灣出版中心■新北市中和區中山路2段366巷10號10樓
電　話■(02) 2248-7896　傳　真■(02) 2248-7758
物流中心■新北市中和區中山路2段366巷10號3樓
電　話■(02) 8245-8786　傳　真■(02) 8245-8718
ISBN■978-986-271-337-2
出版日期■2013年4月

全球華文國際市場總代理／采舍國際
地　址■新北市中和區中山路2段366巷10號3樓
電　話■(02) 8245-8786　傳　真■(02) 8245-8718

新絲路網路書店
地　址■新北市中和區中山路2段366巷10號10樓
網　址■www.silkbook.com
電　話■(02) 8245-9896
傳　真■(02) 8245-8819

☞您在什麼地方購買本書？☜

□便利商店＿＿＿＿＿市／縣＿＿＿＿＿＿＿＿＿＿便利超商

□博客來　□金石堂　□金石堂網路書店　□新絲路網路書店　□其他網路平台

□書店＿＿＿＿＿＿＿市／縣＿＿＿＿＿＿＿＿＿書店

姓名：＿＿＿＿＿地址：＿＿＿＿＿＿＿＿＿＿＿＿＿＿＿＿＿＿＿＿＿＿＿＿＿

聯絡電話：＿＿＿＿＿電子郵箱：＿＿＿＿＿＿＿＿＿＿＿＿＿＿＿＿＿＿＿＿＿

您的性別：□男　□女

您的生日：＿＿＿＿＿年＿＿＿＿＿月＿＿＿＿＿日

（請務必填妥基本資料，以利贈品寄送）

您的職業：□上班族　□學生　□服務業　□軍警公教　□資訊業　□娛樂相關產業
□自由業　□其他＿＿＿＿＿＿

您的學歷：□高中（含高中以下）　□專科、大學　□研究所以上

☞購買前☜

您從何處得知本書：□逛書店　□網路廣告（網站：＿＿＿＿＿＿＿）　□親友介紹
（可複選）　□出版書訊　□銷售人員推薦　□其他

本書吸引您的原因：□書名很好　□封面精美　□書腰文字　□封底文字　□欣賞作家
（可複選）　□喜歡畫家　□價格合理　□題材有趣　□廣告印象深刻
□其他＿＿＿＿＿＿＿＿＿＿

☞購買後☜

您滿意的部份：□書名　□封面　□故事內容　□版面編排　□價格
（可複選）　□其他＿＿＿＿＿＿＿＿＿＿

不滿意的部份：□書名　□封面　□故事內容　□版面編排　□價格
（可複選）　□其他＿＿＿＿＿＿＿＿＿＿

您對本書以及典藏閣的建議＿＿＿＿＿＿＿＿＿＿＿＿＿＿＿＿＿＿＿＿＿＿＿＿＿

＿＿＿＿＿＿＿＿＿＿＿＿＿＿＿＿＿＿＿＿＿＿＿＿＿＿＿＿＿＿＿＿＿＿＿＿＿

未來您是否願意收到相關書訊？□是　□否

未來若有校園推廣您是否願意成為推廣大使？□是　□否

✎感謝您寶貴的意見✎

✌From＿＿＿＿＿＿＿＿＿＿@＿＿＿＿＿＿＿＿＿＿＿＿＿＿＿

♦請務必填寫有效e-mail郵箱，以利通知相關訊息，謝謝♦

U0080934

印刷品

$3.5

請貼
3.5元
郵票

235 新北市中和區中山路二段366巷10號10樓

華文網出版集團 收

（典藏閣－不思議工作室）